中央编译局出版基金项目 | 基础理论系列

马克思主义与主体性

抗战时期胡风的"主观论"研究

黄晓武◎著

中央编译出版社
Central Compilation & Translation Press

目 录

前 言 ·· 1

第一章　导论："主观论"及其批评史 ······························· 4
第一节　黄药眠的立场 ·· 7
第二节　香港批判 ·· 12
第三节　从革命的反对派到反革命 ····································· 15
第四节　关于胡风文艺思想的反思 ····································· 20

第二章　"主观论"问题的缘起 ·· 29
第一节　《七月》与《希望》的差别 ····································· 29
第二节　"民族文学" ·· 32
第三节　儒学的复兴 ·· 36
第四节　马克思主义的中国化 ··· 39

第三章　郭沫若与左翼阵营的儒墨之争 ···························· 42
第一节　屈原的思想 ·· 43
第二节　儒墨批判 ·· 53
第三节　反对教条主义 ··· 65

第四章 "才子集团"的"生活态度论" …… 68
第一节 "生活三度"说 …… 68
第二节 感性生活与理性生活 …… 75
第三节 唯"唯物的思想"论 …… 83
第四节 批评与反思 …… 88

第五章 "主观论"及其对象 …… 96
第一节 感性的对象 …… 96
第二节 "在混乱里面" …… 108
第三节 个性解放 …… 123

第六章 "主观论"与"香港批判" …… 134
第一节 文艺的新方向 …… 134
第二节 论主观问题 …… 143
第三节 论小资产阶级的改造 …… 152
第四节 文艺的感性作用 …… 160

第七章 结论 …… 171

参考文献 …… 184

后记 …… 195

前　言

　　胡风的"主观论"在胡风研究中一直是一个重要的问题，因为它体现了胡风文艺思想的特殊性，也是界定胡风文艺思想的重要依据。在不同时期，胡风对创作中作家主观作用的强调既有一致性，也存在差异。本书关注的是20世纪40年代"主观论"问题的提出，试图通过对相关问题的梳理，从新的角度来阐释这一问题，并发掘这一问题中包含的复杂的历史关系。

　　20世纪40年代胡风等人的"主观论"的提出是为了反对左翼阵营中的机械主义与教条主义，在文艺上的直接对立面是姚雪垠、沙汀、茅盾等的文学创作，而在思想和学术上，另一个对立面则是郭沫若的儒墨研究，后者在现有的胡风研究中并没有得到足够的重视，而缺乏对这一问题的理解，我们就无法全面地认识"主观论"在反对教条主义问题上的某种限度。郭沫若从生产力与生产关系的角度出发，认为儒学在当时代表了先进的生产力。

　　胡风对人的主体能动性的提倡和"才子集团"的"生活态度论"有很大关系，双方在最初的反对教条主义的论争中站在一起，但在1948年的香港批判中，"才子集团"却成了批判胡风"主观论"的主要力量。现有的胡风研究在涉及"生活态度论"时，往往局限于执守与背叛这样一个框架，没有对"生活态度论"和"香港批判"本身的观点和动力作更多的研究，而缺乏这种视角，我们就不能理解"才子集团"从"生活态度论"到"香港批判"的转变，也不能理解相对而言胡风的执守究竟意味着什么。本书认为，在香港批判中，"才子集团"认识到知识分子受教育的最好途径是与人民群众的革命实践相结合，而不是单纯地诉诸抽象的主观能动性，认为知识分子对主观能动性的提倡仍停留在马克思所说的费尔巴哈阶段，因而才会对"主观论"提出批判。

　　本书从历史框架出发，对这些论述进行了梳理和辨析，认为不管是胡风对人的主观能动性的强调，还是抗战时期国统区左翼知识分子对马克思主义理论资源的利用和阐发，都与民族主义等思潮诉诸人们的情感，用"民族的"标准对马克思主义的阶级的、国际主义的标准的挤压有关，是左翼知识分子自觉的理论努力，试图来发展马克思主义中主体性、情感性的一面，是国统区马克思主义中国化努力的组成部分。论争各方都借鉴了马克思主义中的不同理论资源，来强调马克思主义中的经济的决定性作用是要通过人的主观因素起作用的，以对抗当时直接诉诸人的主体性和感性层面的"新儒学"、民族主义、自由主义等思潮，认为后者是观念论的。马克思和恩格斯对费尔巴哈和德意志意识形态的论述成为其参考的主要理论资源，然而这些讨论本身能否脱离它们所批判的观念论的倾向，能否克服马克思主义内部的教条主义的倾向，这在后来的研究中一直是存在争议的。没有这样一个背景，单纯从胡风文艺思想本身出发，我们就无法正确认识"感性对象"等概念在这一时期胡风思想中的出现，也无法对胡风文艺思想在中国马克思主义文艺传统中的地位作出合理评价。

　　以往的胡风研究总是把"主观论"放在与毛泽东文艺思想相对立的这一框架中来加以论述。如果说20世纪四五十年代"主观论"被当成反马克思主义的、非现实主义的而加以批判，那么新时期以来的研究基本上是把它归在马克思主义传统中的，甚至视之为中国的马克思主义的现实主义所能达到的最高水平。胡风与延安之间的对立或统一关系似乎一直是国内胡风研究的一般范式，而国外的研究也没有脱离这一范式，很多研究把胡风的"主观论"放在反对《在延安文艺座谈会上的讲话》的位置上来讲，或者在二者的对立或统一关系上作出了更多样化的理解。但本书认为，胡风与延安之间的对立或统一被当成研究的重点,这当然是可以理解的,因为这是胡风文艺思想成为"政治问题"的根源。同时,对二者关系的研究,也是20世纪80年代以来国内外学者在新的条件下反思中国马克思主义的一个途径。但这种研究并不是完全没有问题的,因为胡风受到批判的那些思想的提出,开始的时候针对的并不是延安,它针对的是抗战时期国统区的思想状况,因而必须被放置到当时国统区更广大的各种思潮论争的背景下来加以理解。

本书认为,胡风等人的"主观论"是在马克思主义的立场和框架内提出自己的主张的,是立足于中国左翼文艺传统的,这种马克思主义的"中国化"和毛泽东1938年以来提倡的马克思主义的"中国化"并不完全一致,这也说明中国的马克思主义(也就是马克思主义的中国化)在走向"毛泽东思想"的过程中是有很多支流的,这是一个不断探索的过程。我们的研究如果直接从马克思主义、列宁主义走向毛泽东思想,没有看到这一发展过程本身的复杂性,这种简单化的思路就违背了历史唯物主义和辩证唯物主义的方法,也贬低了中国的马克思主义理论本身所具有的吸引力和凝聚力。

第一章　导论："主观论"及其批评史

在建国后的"胡风问题"中,"主观论"是争论的焦点之一,胡风对人的"主观"作用的强调,究竟是马克思主义的还是反马克思主义的,是辩证唯物的还是主观唯心的,这是界定胡风文艺思想的关键。我们可以看到,在胡风自己、他的批评者和后来的研究者中间,这都是一个不得不解决的问题,在不同时期关于胡风文艺思想的论争中,这一问题不断地被提及。对胡风的"主观论"的探讨一般是以他在20世纪40年代发表的文章为基础的①,这些文章对当时文艺界存在的问题提出了自己的看法,强调作家要发扬主观战斗精神。当时,这些文章中的观点并不是孤立的,所用的那些概念也不是他们自己发明创造的,可以说,它们跟当时的思想界有着千丝万缕的回应关系。但是"主观论"后来被孤立和整合起来作为一个理论整体,成为批判和反批判的对象。我们可以看到,它身上具有的某些历史联系被突出和强调了,某些历史联系却在我们的视野里渐渐隐去了,当然,这些突出和隐去都是需要我们大家去研究的课题。没有人能够再现历史的全部,谁也无法整个地了解和再现一个事件包含的所有关系,但

---

① 代表性的文章有《文艺工作的发展及其努力方向》、《置身在为民主的斗争里面》等,和这些文章联系在一起的还有舒芜的《论主观》等文章。胡风:《文艺工作的发展及其努力方向》,载《抗战文艺》1944年第9卷第3、4期合刊;胡风:《置身在为民主的斗争里面》,载《希望》1945年第1集第1期;舒芜:《论主观》,载《希望》1945年第1集第1期。

是，以某些正在隐去的文本和关系为中介，我们也许能接近历史的另一些方面，为已有的研究作补充。正像胡风若干年后在《胡风评论集·后记》中所说的："人的言行总是受着具体历史环境（时间、地点、人事关系）的限制，从具体的历史环境得到根据，又是针对着具体环境中的人或事表示他的感应、态度和理解的。因此，说明当时的历史环境，对于读者的检阅应该是有益的。"①

胡风对"主体性"或创作活动中作家主观作用的论述可以追溯到20世纪30年代，鲁贞银认为，1935年至1936年间，胡风在《张天翼论》、《〈七年忌〉》、《为初执笔者的创作谈》、《M.高尔基断片》、《文学与生活》等文章和著作中就已经注意到了"主观"以及"主观力"这些概念，认为它们是胡风的文艺理论独到的起点。②艾晓明的研究甚至指出，"主体"的概念在胡风的著译中最早出现是在1934年的一篇译文《历史上主观条件之意义》中，并认为这篇文章中的思想对胡风有着指导性的作用。③但是，我们所要研究的"主观论"问题主要关注的是胡风在20世纪40年代所发表的一系列文章，因为正是这些文章使胡风的主观论思想引起了广泛的论争和批判，而胡风的辩解也是从这些文章出发的。

在1944年以全国文艺界抗敌协会理事会的名义撰写并在文协第六届年会上宣读的论文《文艺工作的发展及其努力方向》以及后来的《置身在为民主的斗争里面》等文章中，胡风从抗战形势的发展出发，总结了文艺工作的成果，认为现实主义的文艺在抗战期间获得了多方面的发展，但也出现了各种病态的倾向，胡风把这些病态的产生归因于战争状态的日常生活所导致的文艺家主观战斗精神的衰落。胡风认为，问题的解决要依靠两个方面，一方面要提高文艺家的人格力量或战斗要求，另一方面也要争取客观的条件。"所以，在这个混乱期，就文艺家自己说，要克服人格力量或

---

① 胡风：《胡风评论集·后记》，见《胡风全集》第3卷，湖北人民出版社1999年版，第583页。
② 鲁贞银：《胡风文学思想及理论研究》，上海复旦大学，博士论文，2000年，第79页；也参见鲁贞银：《鲁迅的"主见"与胡风的"主观战斗精神"》，载《浙江学刊》2003年第2期。
③ 艾晓明：《胡风与卢卡奇》，载《文学评论》1988年第5期。

战斗要求的脆弱或衰败，就社会说，要抵抗对于文艺家的人格力量或战斗要求的蔑视或摧残。"① 然而，在胡风看来，在这两个因素中，文艺家的主观努力是决定性的，因为"客观条件的争取依然是一种主观努力"②，因此要提倡主观战斗精神，认为克服当时文艺上的"公式主义"和"客观主义"的弊病的方法就是强调作家对血肉的现实人生的搏斗，这一方面要求作家主观力量的坚强，另一方面要求作家向感性对象的深入。"感性的对象"是胡风在这一时期使用的一个新概念，这一概念此后在他的各种文章中成为了一个重要的概念。胡风自20世纪30年代的《张天翼论》等文章以来就一直在强调创作过程中作家的主观能动性，强调创作过程中主体与客体之间的相互征服、相互融合，但在这个时候他开始使用"感性对象"、"感性存在"、"感性机能"这些概念，并用这些新的概念来重新表述他原来的理论主张。应该说，胡风主要是从文艺家的主体方面对抗战以来的文艺提出要求的。

舒芜的主观论和胡风的有所区别，胡风强调的主要是创作过程中主体的能动性，他试图解决的也是文艺工作中的问题，而舒芜的《论主观》则试图从马克思主义理论的历史发展出发，来为思想领域提倡和强调主观性寻找理论依据。他认为，马克思主义发展到今天，已经进入了"约瑟夫（斯大林）阶段"，而这一阶段的特征就是主观作用的加强。"所谓约瑟夫阶段，反映着历史新形势而作为其特质的，就正是对于主观作用的强调；换言之，今天的哲学，除了其全部基本原则当然仍旧不变而外，'主观'这一范畴已被空前地提高到最主要的决定性的地位了。"③ 他用"主观"范畴梳理了人类的整个发展历史，这是他后来颇为人诟病的地方。舒芜在这篇文章中的很多观点，比如"主观是一种物质性的作用"、"教条主义是在主观上完成了的"等并不是他的独创，它们和当时重庆思想界的各种思潮论争，比如才子集团的"生活态度论"等，有着密切关系，并有着一定的现实针对性。胡风和舒芜这些理论主张背后的历史契机和理论动力是很具

---

① 胡风：《文艺工作的发展及其努力方向》，载《抗战文艺》1944年第9卷第3、4期合刊。
② 同上。
③ 舒芜：《论主观》，载《希望》1945年第1集第1期。

体的，并不是抽象的理论论争。

胡风和舒芜的这些观点在当时和之后都引起了批评者和研究者的许多争论，对它们的批评和研究大致可以分为以下几个阶段：首先是黄药眠撰文对《文艺工作的发展及其努力方向》和《论主观》进行了批评；其次是1948—1949年香港《大众文艺丛刊》上展开的对"主观论"的批判；再次是新中国成立后上世纪50年代展开的对胡风文艺思想的批判，它基本上奠定了后来对"胡风集团"进行批判的基调，此后30多年的研究基本上也是在这个框架中进行的；最后是新时期以来，尤其是1988年胡风文艺思想彻底平反之后的研究，这些研究试图在新的框架中重新看待"主观论"问题，提出了许多有益的见解，这些研究今天还在继续和深入发展。①

我们可以看到，胡风和舒芜的主观论是在马克思主义的框架内提出的，而各个时期对主观论的批判也是在马克思主义的框架内进行的，这并不是说这些争论的本质是真假马克思主义的问题，可以有一个一劳永逸的答案。它们各自参照的马克思主义框架本身并不是完全一致的，借鉴了马克思主义传统中不同的资源部分。而且，借鉴马克思主义资源当然是为了解决中国的现实问题，也就是说，这些讨论并不是抽象的学院式的探讨，它们有很强的现实针对性，是左翼知识分子试图解答现实问题的理论努力。只有联系到这一点，我们才能理解这些理论论争背后的历史和现实的驱动力，才能理解主观论一次又一次地被拿出来清算背后的具体的历史差异性，才能理解马克思主义的中国化在毛泽东思想形成之前和形成过程中知识分子所作出的其他种种努力。

第一节 黄药眠的立场

黄药眠是最早从马克思主义的立场出发写文章对胡风和舒芜的主观论提出批评的学者，他认为胡风和舒芜的主观论只是披上了"约瑟夫的外

---

① 关于新时期以来的研究，参见本章第四节《关于胡风文艺思想的反思》中的论述，见本书第20—28页。

套",在马克思主义的术语下掩藏的是非马克思主义的思想。

在写于桂林撤退前夜的《读了〈文艺工作的发展及其努力方向〉以后》一文中,黄药眠对胡风的"主观精神"和"客观精神"概念提出了质疑,认为胡风把主观和客观截然分开,忽视了"主观精神"和社会现实之间的内在联系,犯了机械论的错误。"抗战这一个客观形势的存在,它基本上是由于主观的努力。作为知识者的作家,对于这,也曾担任过重要的角色。因此作家的主观和客观的现实有着内在的关联,决不是如执笔者所说的那样,主观和客观绝对机械地对立着。这是机械论的变种。"① 在黄药眠看来,他和胡风的分歧在于对马克思主义的一些基本概念的理解上,后者"没有正确的文艺社会观和正确的文学史的方法"。② 他认为,胡风的这篇文章尽管使用了社会史观的框架,但"其中有机械派、波打诺夫布恰林派的观点,有唯心论马哈主义的观点,有考茨基的机会主义的观点,错综杂陈"③,是"个人主义的文艺批评家的看法"④。黄药眠认为,胡风在马克思主义基本概念和基本理论上的错误理解导致了他不能正确认识抗战时期的文学所取得的成绩,也不能正确提出解决文艺问题的方法。

在写于成都的《论约瑟夫的外套》一文中,黄药眠继续探讨了唯物史观中的主客观问题。他认为,舒芜尽管在文章中从卡尔(马克思)、伊里奇(列宁)到约瑟夫(斯大林)的理论发展出发来论述主客观问题,认为"真正卡尔—约瑟夫的看法,应正确地强调主观作用"⑤,但在具体分析中,却把生产力和生产关系的矛盾完全抛弃,把人类的整个历史解释成了主观的发展史,"舒先生把卡尔的生产力和生产关系矛盾的学说完全抽出去,而代替以他自己的主观发展的学说","把整个历史的发展都看成为生命力的发展,或更确切地说,看成为主观的发展"。⑥ 黄药眠认为,"卡尔—约

---

① 黄药眠:《读了〈文艺工作的发展及其努力方向〉以后》,见《论约瑟夫的外套》,人间书屋1948年版,第123页。
② 同上,第129页。
③ 同上,第128页。
④ 同上,第122页。
⑤ 舒芜:《论主观》,载《希望》1945年第1集第1期。
⑥ 黄药眠:《论约瑟夫的外套》,人间书屋1948年版,第13页。

瑟夫强调主观作用是站在特定的历史阶段上根据当时的历史的任务,强调特定阶级对于推动历史的主观作用"①,但舒芜所说的"主观"却是一种抽象,抽去了具体的历史的、阶级的、生活的内容。因此,舒芜在此基础上展开的对客观主义和"机械—教条主义"的批判是非马克思主义的,也在唯物论的"外套"下掩藏了唯心论的各种杂质。"本来舒先生要相信唯心论、生机主义、唯生史观,这是舒先生的自由,但是舒先生硬要在唯心论上面借点机械唯物论来装点门面,便趁此机会披上了约瑟夫的外套,而自侪于唯物论之列则大可不必!对于这种伪装,我认为,每一个忠诚的唯物论者都有揭发他的义务。"②

那么,黄药眠是反对胡风和舒芜提倡的主观战斗精神的吗?为什么黄药眠说抗战这一个客观形势的存在基本上是由于主观的努力呢?这句话涉及黄药眠对主观问题的特定理解。唯物主义者在什么样的条件下讲人的主观能动性呢?和其他马克思主义者一样,黄药眠认为,存在决定意识,意识对存在具有反作用,人的主观是由社会的物质条件决定的,主观力量反作用于社会物质条件。但他同时也认为,在一定的客观条件下,主观力量是推动历史发展的决定性因素。在评论冯雪峰的《论民主革命的文艺运动》一文时,黄药眠就认为:"当社会发展到一定的阶段,内部的矛盾日益尖锐,没落的阶级的腐烂日益暴露,新兴阶级从自然生长而逐渐走到意识的成长的时候——当这个时期,这新兴阶级的主观力,就不仅是推动客观的因素之一,而且是成为了变革这个世界的决定的因素。"③他认为冯雪峰在主客观问题上忽视了主观战斗力,"没有把主观的力量看成为决定的因素,而只是在那里空谈客观的现实",因此觉得冯雪峰对于"革命的史的唯物论"的最重要的命题,即人民的战斗力在一定的客观形势下才是推动历史前进的决定的因素这一点,完全是忽视了。正是从这一观点出发,黄药眠强调主观战斗力,认为革命的宿命论者和客观主义者的错误,在于

---

① 黄药眠:《论约瑟夫的外套》,人间书屋1948年版,第15页。
② 同上书,第15—16页。
③ 黄药眠:《论文艺创作上的主观和客观》,见《论约瑟夫的外套》,人间书屋1948年版,第100页。

看轻了主观战斗力的决定作用。对于当时的作家的创作，黄药眠提出的要求也是："作为一个近代作家，必须有自己坚定的世界观和人生观，必须充满着战斗精神和蓬勃的活力，必须有为人民服务的耐心，因为必须这样，他才会有足够的精力和毅力，弹性和耐性，足够的深度和广度去探测那些潜伏在生活的表面下的各种各样的灵魂。"①

因此，尽管对胡风和舒芜的文章提出了批评，黄药眠却是赞同和提倡人的主观能动性的，也就是说，他们认识到的是同一个问题，只是在表述和解决这个问题时，使用了不同的术语和分析框架。黄药眠认为胡风和舒芜在使用马克思主义基本术语方面犯了错误，掺杂了非马克思主义的因素，而他所从事的则是理论甄别工作。他们都在唯物论的框架内谈人的主观能动性，都认为在一定的客观条件下，人的主观能动性对历史发展起到了决定性的作用，强调主观战斗力，在这些问题上，他们基本上是一致的。

但是，舒芜为什么会认为"主观是一种物质作用"，"教条主义是在主观上完成了的"呢？黄药眠对这些观点的分析和批判并没有触及其具体的理论来源，忽视了胡风和舒芜的观点提出的具体的语境，没有分析"主观论"和之前的"生活态度论"以及重庆其他思想论争之间的关系，只是在马克思主义框架内展开了对基本概念的辨析。这可能跟黄药眠当时不在重庆、不太了解重庆思想界的状况有关，他是在重庆左翼论争的范围之外来评价胡风和舒芜的主观论的，所以在探讨主观论的根源时，他有时甚至把它归之于主观的英雄主义、风头主义："不错，他们的热情是有的，然而他们的热情，有时并不是来自为人民服务的观点上，（虽然他们口头上还是说为国为民），而是来自主观的英雄主义、风头主义，或是某种自私的目的上。"② 这样的说法当然会引起胡风等主观论者的愤怒。

在写于"香港批判"时期的文章中，黄药眠重新评价了胡风等人的"主观论"，虽然他还是认为后者是个人主义的走私主义的哲学，也就是

---

① 黄药眠：《思想和创作》，见《论约瑟夫的外套》，人间书屋1948年版，第79页。
② 黄药眠：《文艺之政治性、艺术性及其他》，见《论约瑟夫的外套》，人间书屋1948年版，第87页。

说,"在外表上,他们用的也是马列主义的牌子,然而实际上则在偷运着个人主义的私货"①,但是他也试图重新从历史的观点来看待主观论,认为它们在特定的历史阶段起到了积极的作用,"就是个人主义吧,在某一特定的时间,某一特定的地方,它也许可能还起着若干的进步作用"。②"在过去革命的低潮时期,或者说是在南中国的统治时期,封建势力独裁势力占着统治地位,在这个时候,小资产阶级的个人主义的文艺作家,以他的个人主义和封建势力对抗,毫无疑义这是有进步的意义的。"③

那么在新的历史条件下,胡风"主观论"的错误又体现在哪里呢?黄药眠认为,胡风等人的错误在于在抗战胜利、解放战争开始这样一个转型期,他们没有认识到历史任务的变化,仍然坚持前一时期的观点。"历史是有阶段性的,在前一个阶段,这种现象也许是一种微小的缺点,或是可以容忍的错误,但在新的一个阶段里,这种现象已经是不可容忍的,原则性的错误了。"④因此,余林(路翎)在《论文艺创作的几个问题》中为主观战斗精神的辩护,在黄药眠看来,就犯了时代错误。"如果余先生说这些话的时候,是在政协协议未被撕毁之时,这些话,也许在某些蒋管区有其若干的意义,因为那时的一般的策略是要争取公开,争取和平,以上层的活动来掩护下层,可是到了政协决议已被撕毁,新的策略是在于发动广大的农民实行土地改革从事于武装斗争的时候,这些话显然就是昧于国家大势的谬论了。"⑤

我们可以看到,黄药眠虽然似乎从抗战中起就一直坚持对胡风等人的"主观论"提出批评,但他的批评背后的框架是出现了转换的,而这种转换是跟大的历史时代的变化联系在一起的,这也是1948年香港批判的意义所在。

---

① 黄药眠:《论走私主义的哲学》,求实出版社1949年版,第6页。
② 同上书,第7页。
③ 黄药眠:《论诗歌工作上的几个问题》,见《论走私主义的哲学》,求实出版社1949年版,第51页。
④ 同上,第50页。
⑤ 黄药眠:《论走私主义的哲学》,求实出版社1949年版,第11页。

第二节 香港批判

1948年3月至1949年3月，邵荃麟、胡绳、乔冠华等中共党内的知识分子在香港创办《大众文艺丛刊》（共六辑）①，配合着解放战争中共产党转入全面反攻的新形势，对国统区的文艺状况进行了全面检讨，其中包括对胡风的"主观论"进行了批评，在胡风研究中，这次集中的批评被称作"香港批判"。②但"香港批判"并不是一场针对胡风等个别人和个别文艺思潮的批判，而是在历史进入到一个新的阶段后，对国统区整个文艺界的清算。当然，研究和清算过去正是为了说明现在和认识将来，对国统区整个文艺界的清算是要在思想上为"文艺的新方向"作准备。正像《大众文艺丛刊》最后一辑在回忆创刊时所说的："本刊创刊时候，正在毛泽东《目前的形势和我们的任务》发表以后，当时我们感到历史已发展到了转折点，一个新的形势快将到来了，为了迎接这即将到来的新形势，觉得有必要特别强调文艺上为工农兵的基本方向和无产阶级思想领导的问题。""在新形势到来之前，这种思想上的准备，我们以为是必要的。"③

邵荃麟认为，现有的国统区文艺并没有能真正表现在革命的新形势下翻身起来的工人和农民，国统区文艺作为思想斗争的一翼已经远远落后于革命形势的发展了，五四以来的革命文艺的传统已经转移到了解放区，而不是在国统区。"二十年来革命大众文艺传统，事实上不仅是在坚强地发展着，而且已经大大地跨进一步，和真正工农大众密切结合起来。这个主流却是在那人民已经翻身起来的广大区域里汹涌着，那个区域里文艺书籍的畅销和受到群众热烈欢迎的情况，是打破中国出版界与文艺界的记录的。只有在这个人民失去自由的区域里，文艺才呈现出上述的病态，而这

---

① 这六辑分别为：《文艺的新方向》、《人民与文艺》、《论文艺统一战线》、《论批评》（此册亦以《鲁迅的道路》印行）、《论主观问题》、《新形势与文艺》。

② 关于这方面的研究，见钱理群：《1948：天地玄黄》，山东教育出版1998年版；王丽丽：《在文艺与意识形态之间：胡风研究》，中国人民大学出版2004年版；万同林：《殉道者——胡风及其同仁们》，山东画报出版社1998年版。

③ 《新形势与文艺·编后》，载《大众文艺丛刊》1949年第6辑。

种病态的根源,则正是因为我们的创作生活多少是从那传统的革命文艺路线上脱逸了出来。"① 邵荃麟认为,国统区文艺的根本问题是在统一战线中犯了右倾错误,没有强调无产阶级思想的领导,从而导致小资产阶级思想的泛滥。国统区文艺病态的两大表现一是胡风等人的强调主观战斗精神和追求生命力的倾向,二是臧克家和姚雪垠所代表的用浅薄的人道主义和微温的怜悯与感叹态度来描写农村和农民的倾向。胡绳认为,在这两种倾向下面,新形势下起来的农村和农民都无法真实地得到表现,相反却被神秘化了。②

香港《大众文艺丛刊》上的这些批评激起了胡风、路翎和舒芜等人的反批评,他们在内地的《呼吸》、《泥土》、《蚂蚁小集》等刊物上发表文章,阐述自己的立场和主张,这使关于主观论的讨论似乎成为了香港批判的主要内容。邵荃麟认为,主观论者以马克思主义者的面目出现,但实际上是和马列主义毛泽东思想完全背离的。"他们自命为'马列主义者',可是无论在理论观点和态度上,都远离乃至背叛了马列主义和毛泽东文艺思想的原则,而成为一种宗派的喧闹。"③ 我们可以看到,论辩双方诉诸的都是马克思主义的理论话语和中国的左翼文艺传统,但在一些基本问题上却存在分歧。

为什么从同样的革命立场出发会出现这样的根本分歧呢?胡风等人虽然能接受解放区所代表的民众和思想的历史主体地位,但却不能理解国统区革命的知识分子为什么在抗战胜利后却成了落后分子,甚至是反革命。林默涵在回忆香港批判时认为:"在光明与黑暗进行殊死搏斗、在新中国艰难诞生的前夜,迫切需要各种思想武器来帮助催生的时候,在进步文艺阵营内,把这些问题提出来谈清楚一下,以便统一步调,加强战斗力,不能不说是一件具有重要意义的事情。这些文章的出发点还是从'统一战线

---

① 荃麟:《对于当前文艺运动的意见——检讨、批判和今后的方向》,载《大众文艺丛刊》1948年第1辑。
② 胡绳:《评路翎的短篇小说》,载《大众文艺丛刊》1948年第1辑;胡绳:《评姚雪垠的几本小说》,载《大众文艺丛刊》1948年第2辑。
③ 《论批评·编后》,载《大众文艺丛刊》1948年第4辑。

的立场来进行思想斗争,以期达到文艺思想上的加强团结'(荃麟),态度也是严肃的。"① 除去理论上双方都可以商榷的一些问题外,应该说,这背后也隐含了其他层面的问题,那就是如何评价国统区的革命知识分子在8年抗战中的作用和在新中国的地位,当然这跟更大范围的问题即如何评价国统区的历史地位问题是联系在一起的。

从这个历史框架来理解这次论争,我们可以看到,香港批判论辩双方都试图以自己的方式对改变了的革命形势作出理论上的回应,在马克思主义中国化和坚持中国左翼文学传统方面,双方都为提出现实的、有力的理论主张进行了探索。论争的展开本来应该是很有利于"文艺的新方向"在理论上的进一步发展的,因为论辩双方在各自的理论观点上都有着极其复杂的立场,存在着很多具体的问题,这些问题在进一步的充分的讨论中是可以更好地解决的,比如如何正确评价国统区抗战8年的文艺成绩,如何在马克思主义传统中认识文艺的感性作用等问题。但是,由于解放战争形势的迅速发展,论争最后却以香港批判单方面的基本观点为标准固定下来,成为评价抗战时期国统区文艺的准绳。我们可以看到,茅盾1949年在第一次文代会上所作的关于国统区文艺运动的报告《在反动派压迫下斗争和发展的革命文艺》基本上就是在这个框架中展开的。茅盾认为,主观论是一种"小资产阶级的革命"文艺理论,实际上是小资产阶级禁受不住长期的黑暗与苦难生活的表现,它对于思想问题的解决没有什么积极的贡献,只是片面地抽象地强调"主观",因此,"主观"问题,"在近几年来就成为国统区文艺界思想中积蓄酝酿着的基本问题",不能不要求解决;而这一问题"继续展开下去,就不得不归结到毛泽东的《文艺讲话》②中所提出的关于作家的立场观点态度等问题"。③ 国统区和国统区革命知识分子的历史地位和作用问题没有得到充分的研究和讨论,这与其他相关问题

---

① 林默涵:《胡风事件的前前后后》,载《新文学史料》1989年第3期。
② 毛泽东《在延安文艺座谈会上的讲话》在国统区是以《论文艺问题》为名于1944年1月1日在《新华日报》上发表的,后来又以同名结集出版单行本,所以茅盾用这一名字来称呼它。本书所用的版本是《论文艺问题》,新华书店1949年上海版。
③ 茅盾:《在反动派压迫下斗争和发展的革命文艺——十年来国统区革命文艺运动报告提纲》,见《中华全国文学艺术工作者代表大会纪念文集》,新华书店1950年版,第63—64页。

一起成为了历史遗留问题。

第三节　从革命的反对派到反革命

新中国成立后上世纪50年代对胡风的主观论的批评，既有解决历史问题的因素，也有特定的背景，那就是1951年年底开始的文艺界整风和重新兴起的关于马克思主义的讨论。新中国的建立使马克思主义的话语和理论得到了广泛的传播，和20世纪30年代初马克思主义的传播引起关于社会史和社会性质的大讨论一样，这时马克思主义的传播也引发了大讨论。正像史笃所说的："由于全国解放，马列主义学说得到空前广泛的传播，被广大知识分子所热烈学习和研究。这对中国人民的教育，与对知识分子的改造，都是具有最重大意义的事情。"①

1951年年底文艺整风以来，对胡风主观论的批判基本是放在与毛泽东《在延安文艺座谈会上的讲话》为代表的文艺思想相对立的这个框架中的，而批判的重点是《在延安文艺座谈会上的讲话》发表以后的言论，尤其是1948年的《论现实主义的路》。1952年9月26日《文艺报》发表舒芜的《致路翎的公开信》，编者按中说，这个小集团"在基本路线上是和党所领导的无产阶级的文艺路线——毛泽东文艺方向背道而驰的"。②根据舒芜、胡风和林默涵的日记和回忆，在1952年年底举行的关于胡风文艺思想的几次内部座谈会中，周扬认为，对于胡风的批评，应该从延安文艺座谈会以后的时间开始，更具体地说，应该是胡风的《论现实主义的路》，因为它完全是与毛泽东文艺路线针锋相对的。③

在内部的讨论座谈会之后，中宣部在向周恩来和党中央报送的《关于批判胡风文艺思想经过情况的报告》中提出，"为了清除胡风和胡风类似

---

① 史笃：《反对歪曲和伪造马列主义》，见《胡风文艺思想批判论文汇集》第二集，作家出版社1955年版，第101页。
② 《致路翎的公开信·编者按》，载《文艺报》1952年9月26日第18期。
③ 舒芜：《参加胡风文艺思想讨论座谈会日记抄》，载《新文学史料》2007年第2期；胡风：《胡风家书》，复旦大学出版社2007年版，第351页；林默涵：《胡风事件的前前后后》，载《新文学史料》1989年第3期。

的这些思想的影响,决定由林默涵和何其芳两同志写文章进行公开的批评"。① 1953年初,林默涵和何其芳的文章《胡风的反马克思主义的文艺思想》和《现实主义的路,还是反现实主义的路?》相继在《文艺报》公开发表,延安文艺座谈会成为评判胡风文艺思想的标准。② 林默涵认为,"我们的批评,打算着重于毛泽东同志《在延安文艺座谈会上的讲话》发表以后的胡风的文艺思想,因为从这里可以明显地看出胡风的文艺思想和毛泽东同志的文艺方针的根本区别"。③ 何其芳认为,胡风文艺思想在一些根本问题上分不清无产阶级思想和资产阶级、小资产阶级思想之间的区别,这在延安文艺座谈会以前的革命文艺界,本来是相当普遍的现象。"胡风同志的错误的严重性在于他在毛泽东同志的《在延安文艺座谈会上的讲话》发表以后,并不用它来检查和改造自己的思想,仍然积极地宣传他那些错误观点,用它们来和革命文艺的新方向对抗。这样,他和他的支持者实际上就成为一个革命文艺界内部的反对派了。"④

林默涵认为,胡风文艺思想和毛泽东《在延安文艺座谈会上的讲话》的根本对立在于采取了非阶级的观点来对待文艺问题。主观战斗精神强调的抽象的主观离开了阶级斗争的立场,这使胡风不能在旧现实主义和社会主义的现实主义之间作出正确的区分。"现实主义的根本问题,决不是如胡风所说的那种抽象的'主观战斗精神',因为任何作家都有他的某一种性质和某一种程度的'主观战斗精神',而这种'主观战斗精神',首先是由他的阶级立场所决定的。旧现实主义,例如批判的现实主义,由于它能够正视和批判当时的现实,揭露资产阶级的缺点和丑恶,这种现实主义有很大的进步作用,但它的反映现实和批判现实,却不能不受它所依据的阶级立场和世界观所限制,因此不可能充分反映工人阶级和劳动人民的斗争。显然地,这不是什么作家的'主观战斗精神'的问题,而首先是作家

---

① 转引自林默涵:《胡风事件的前前后后》,载《新文学史料》1989年第3期。
② 分别为《文艺报》1953年第2期和第3期,林默涵的文章被《人民日报》1953年1月31日转载。
③ 林默涵:《胡风的反马克思主义的文艺思想》,载《文艺报》1953年第2期。
④ 何其芳:《现实主义的路,还是反现实主义的路?》,载《文艺报》1953年第3期。

的阶级立场问题。同样，对于社会主义的现实主义者，根本问题也不是有没有抽象的'主观战斗精神'，而是首先要具有工人阶级的立场和共产主义的世界观；没有这种立场和世界观，那就不管你的'主观战斗精神'怎么强烈，也不可能正确地充分地反映今天的现实。胡风的错误，就是始终离开阶级的观点，看不到各种不同的现实主义的阶级性，因此也就看不到旧现实主义和社会主义的现实主义的根本区别。"① 林默涵认为，胡风这种抽象的主观论的实际效果，阻碍了文艺工作者进行思想改造的必要性。"因为依照胡风看来，革命的文艺工作者的根本问题，不是改造自己，以转入工人阶级的立场，而是加强那种抽象的超阶级的所谓主观战斗精神。"② 这就和毛泽东《在延安文艺座谈会上的讲话》中所提倡的小资产阶级的作家要进行思想改造以取得无产阶级立场的说法走到了相反的立场上去了。

在这一时期的批判中，对胡风以及他身边的同道们的定位基本上是，他们在政治上是进步的，但在文艺思想方面存在问题，他们跟《在延安文艺座谈会上的讲话》所代表的文艺思想存在根本的对立，也就是何其芳所说的"革命文艺界内部的反对派"。林默涵也在文章中表示，说胡风他们形成了一个文艺上的小集团，"并不是说他们有什么严密的组织，不，这只是一种思想倾向上的结合"。③ 但是把胡风的文艺思想放在和毛泽东《在延安文艺座谈会上的讲话》所代表的文艺思想相对立的框架中，这种思维模式已经开始明晰，并形成了一套清晰的理论体系。林默涵和何其芳的这两篇文章是胡风写作反批评的《关于解放以来的文艺实践情况的报告》的主要目标。

在1954年底召开的中国文学艺术界联合会主席团和中国作家协会主席团扩大联席会议上，胡风对俞平伯《红楼梦》研究中的资产阶级观点和《文艺报》在批评《红楼梦》研究问题中所暴露出来的问题的发言受到严厉批判，被认为是"趁着这个机会来狂热地宣传他的反马克思主义的主观

---

① 林默涵：《胡风的反马克思主义的文艺思想》，载《文艺报》1953年第2期。
② 同上。
③ 同上。

唯心论"①。在这次会议结束时,周扬作了《我们必须战斗》的报告,在以《胡风先生的观点和我们的观点之间的根本分歧》为标题的关于胡风问题的部分,周扬指出,现在的问题是,"胡风先生假批评《文艺报》和批评庸俗社会学之名而把关于文学的许多真正马克思主义的观点一律称之为庸俗社会学而加以否定","胡风先生的计划却是借此解除马克思主义的武装"。②但是,就是在周扬的这篇文章中,他还是认为:"我在上面说了我们和胡风先生等在文艺思想上的基本分歧,但这并不等于否认胡风先生、阿垅先生、路翎先生在文艺事业上的劳绩。同时胡风先生和路翎先生在大会上所发表的意见也有一些是好的,值得重视。他们的一切正确的意见,我们都愿意诚恳接受。"③

1955年《文艺报》第一、二期合刊附发胡风《关于解放以来的文艺实践情况的报告》中关于文艺思想和组织领导的两部分,要求对之进行公开的讨论和批判。这年的1月26日,中共中央以［55］018号文件批转了中宣部关于胡风问题的报告,要求对胡风文艺思想进行彻底的批判,一场全国范围的胡风文艺思想批判运动展开了,各大报刊杂志都组织发表了关于胡风文艺思想批判的文章。④而胡风文艺思想和以毛泽东《在延安文艺座谈会上的讲话》为代表的党的文艺路线之间的对立则成为了批判的基本框架。同时,这次批判运动也引用了以往对胡风文艺思想的各种批评,试图把它们整合到现在这个批判框架中,像作家出版社的6卷本的《胡风文艺思想批判论文汇集》,就把解放前左翼阵营中关于胡风文艺思想的批评也汇集起来了,抹平了这些不同的理论批评背后的历史差异,力图达到最强烈的批判效果,就像它的前言所说的:"从抗日战争时期以来,胡风一直就以他的资产阶级主观唯心论的文艺观点顽强地对抗党的文艺路线。"⑤

---

① 《胡风文艺思想批判论文汇集·前言》,作家出版社1955年版,第1页。
② 周扬:《我们必须战斗》,见《胡风文艺思想批判论文汇集》第三集,作家出版社1955年版,第15—18页。
③ 同上,第22—23页。
④ 1955年作家出版社编辑出版的6卷本《胡风文艺思想批判论文汇集》和中国作家协会上海分会编辑出版的《胡风文艺思想批判》就是这一运动的产物。
⑤ 《胡风文艺思想批判论文汇集·前言》第一集,作家出版社1955年版,第1页。

1955年5月13日,《人民日报》发表《关于胡风反党集团的一些材料》,毛泽东在编者按语中称胡风和他所领导的文艺小集团是"反党反人民"的小集团,在之后的第三批材料中胡风集团的性质直接上升为了"反革命集团"。正像林默涵所说的:"一个文艺思想的分歧问题,何以演变、上升为敌我性质的政治问题?"这背后有着复杂的政治的、经济的、文化的原因。① 我们这里要讨论的是胡风的文艺思想被这样一种对立塑造起来,而这种对立反过来又重新对以往的历史进行了阐释和整合,并影响到后来的叙述和研究。这种历史性过程,正像马克思在谈到历史发展时所说的:"最后的形式总是把过去的形式看成是向着自己发展的各个阶段,并且因为它很少而且只是在特定条件下才能够进行自我批判,——这里当然不是指作为崩溃时期出现的那样的历史时期,——所以总是对过去的形式作片面的理解。"而这种理解,可以说"掩盖了一切其他色彩,改变着它们的特点","它决定着它里面显露出来的一切的比重"。②

　　以工人阶级为领导的、以工农联盟为基础的人民民主专政的新政权的建立,无疑使毛泽东思想在当时的中国成为马克思主义最为有力的代言人和合法继承者,而其他各种倾向的马克思主义的、左翼的、革命的思潮则必须在这一标准之下重新得到认同。这也是舒芜在《从头学习〈在延安文艺座谈会上的讲话〉》和《致路翎的公开信》中承认自己的主观论是反马克思主义的、反毛泽东思想的原因,就像他回忆的:"本来我对马克思主义有自己的看法,写《论主观》那个时期我认为我是马克思主义的,人家批评那不是马克思主义,当时心里不服,解放后在思想改造形势下就不能不服了。我努力学习毛泽东思想,回顾《论主观》,觉得这和毛泽东思想是不合,既然毛泽东思想是马克思主义,我先前自以为马克思主义的文章自然就是反马克思主义了。是这么一种逻辑推下来的。"③ 舒芜这个时候也认识到自己在《论主观》一文中的硬伤是用主观作用来解释历史,"所谓

---

　　① 参见林默涵:《胡风事件的前前后后》,载《新文学史料》1989年第3期。
　　② 马克思:《政治经济学批判·导言》,见《马克思恩格斯选集》第2卷,人民出版社1995年版,第23—24页。
　　③ 鲁贞银:《关于"胡风编辑活动和编辑思想"访谈录》,载《新文学史料》1999年第4期。

'主观作用'，在这里，恰好相当于资产阶级历史观里面那些'永恒正义'、'绝对理性'之类的东西。以它为中心的'历史观'，在方法上也一定会是资产阶级进化论的，而不会是马克思主义唯物辩证法的"①。

舒芜为什么会接受毛泽东思想并以之为标准来改造自己的思想呢？用新政权的意识形态霸权或知识分子的投机性这些政治的或投机的原因来解释就显得过于简单化了，应该说国家的解放和统一这个历史事件是进步知识分子心理转变的重要因素。正像钱理群所说的，当毛泽东提倡革命的知识分子跟广大的工农群众相结合时，"他不但是在传达时代的命令，历史的要求，而且也是说出了中国富有历史使命感的知识分子的内心要求"，"他们通过自身的痛苦经验，达到了与毛泽东相类似的结论"。②

这个时期形成的胡风文艺思想与毛泽东文艺思想相对立的框架基本上决定了之后三十年中胡风研究的基本范式。

第四节　关于胡风文艺思想的反思

1988年6月，中共中央办公厅下发了《关于为胡风同志进一步平反的补充通知》，在1980年76号文件对胡风集团作政治上的平反的基础上，对胡风文艺思想、宗派主义等问题作了进一步的澄清和说明，认为胡风的文艺思想、理论、批评和文艺活动，应当按照宪法关于学术自由、批评自由的规定和党的"百花齐放、百家争鸣"的方针，由文艺界和广大读者通过科学的、正常的文艺批评和讨论，求得正确解决，不必在中央文件中作出决断。这一文件的下发被视为对胡风文艺思想的彻底平反，同时也引发了对胡风文艺思想的进一步研究。

1988年7月16日，中国社会科学院文学所和《文学评论》编辑部召开了"关于胡风文艺思想的反思"的座谈会，1989年5月，全国"首届胡风文艺思想学术讨论会"在武汉召开，这两次会议的召开和会议论文的公

---

① 舒芜：《致路翎的公开信》，见《胡风文艺思想批判论文汇集》第二集，作家出版社1955年版，第131页。
② 钱理群：《胡风与五四文学传统》，载《文学评论》1988年第5期。

开发表，使关于胡风文艺思想的研究进入了一个新阶段。① 正像朱寨所说的：" 今天来反思胡风文艺思想，不应该再停留在翻案上，辨正胡风文艺思想不是什么；应该进一步深入探讨胡风的文艺思想是什么，在文艺思想上的独具贡献是什么，从而恢复他应有的历史地位，恢复他的被歪曲、摒斥的思想理论的本来面貌。"② 而刘再复认为：" 胡风同志的问题，不是他个人的问题，而是我国社会主义文艺运动的一个重大问题。"③ 应该说，研究胡风文艺思想的独特内涵和通过胡风文艺思想来反思20世纪中国文艺政策、文艺思想甚至知识分子的精神的发展演变，成了此后胡风研究的主要方向。

如何界定和进一步探讨胡风这种强调创作者主观精神的文艺思想的特殊性呢？如果说在20世纪40、50年代胡风的文艺思想被当成反马克思主义的、非现实主义的而受到批判，那么新时期对胡风文艺思想的研究基本上是把它归在现实主义、马克思主义的文艺传统中的。严家炎认为，" 在历来的现实主义文学理论家中，还没有哪一个人像胡风这样把作家主观作用强调到如此突出的程度。胡风与七月派作家的这一重要思想，终于促成了中国小说史上一种新形态的现实主义文学——'体验的现实主义'的诞生。"④

很多研究者在现实主义的框架内探讨了胡风文艺思想的特殊内涵。⑤ 支克坚则进一步指出，胡风的现实主义是中国现代革命文学现实主义两派中的一派，也是马克思主义文艺思想在中国发展的两派中的一派，把它看成是和《在延安文艺座谈会上的讲话》为代表的革命现实主义相对的另一

---

① 1988年"关于胡风文艺思想的反思"座谈会发言和论文发表于《文学评论》杂志1988年第5期；1989年"首届胡风文艺思想学术讨论会"会后出版了论文集《胡风论集》，文振庭、范际燕主编，中国社会科学出版社1991年版。
② 朱寨：《胡风文艺思想的几个重要内容》，载《文学评论》1988年第5期；也参见朱寨：《关于胡风文艺思想的评价问题》，载《文学评论》1999年第1期。
③ 刘再复：《给胡风的文艺思想以科学的评价》，载《文学评论》1988年第5期。
④ 严家炎：《教训：学术领域应该"费厄泼赖"》，载《文学评论》1988年第5期。
⑤ 如温儒敏：《胡风的体验现实主义批评体系》，见《中国现代文学批评史》，北京大学出版社1993年版；曾凡解：《悖论中的胡风——胡风文艺思想内在矛盾剖析》，武汉大学博士论文，2000年。

种革命现实主义。① 很多学者从胡风与"五四"文学传统的关系出发,探讨了胡风的理论作为中国式的马克思主义文艺理论的成就,给予了很高的评价②;一些学者甚至认为,"胡风的现实主义文学理论就其理论实质而言,达到了中国的马克思主义现实主义所能达到的最高水平"③;而另外一些学者则更多地从五四与抗战或者启蒙与抗战这两种文化的冲突与分歧出发论述了胡风及其论争产生的根源。④ 这些研究在重新评价胡风的理论贡献时,同时也包含了强烈的时代主题,对胡风现实主义的"主体性"维度的强调、对中国革命的现实主义的两种流派的提法、对"五四"与抗战或启蒙与抗战两种文化相冲突的提法跟20世纪80年代、90年代思想界的状况无疑有着密切的联系,不管研究者有没有意识到,对胡风的研究也是研究者自身所处时代思想状况和要求的反映。即使那些看上去非常学理化的探讨,如艾晓明对胡风与卢卡奇关系的探讨,我们也可以在其中发现那种诉求的痕迹,因为在20世纪40年代以来的批判中,与以卢卡奇为首的"潮流派"的关系是胡风遭受批评的一个因素,而对二者关系的澄清当然可以看做一种对以往的批判的回应。⑤ 而20世纪90年代初以来,从公共

---

① 支克坚:《胡风与中国现代文艺主潮》,载《文学评论》1988年第5期;支克坚:《胡风论》,广西教育出版社2000年版。另外,周勃、达流也提出了相似的观点,见周勃、达流:《胡风与二十世纪中国现实主义》,见《胡风论集》,文振庭、范际燕主编,中国社会科学出版社1991年版,第49—50页。

② 钱理群:《胡风与五四文学传统》,载《文学评论》1988年第5期;范际燕:《胡风文艺思想的源脉与特色》,载《华中师范大学学报》(人文社会科学版)2000年第1期;范际燕:《胡风文艺思想与马克思主义文艺理论》,载《湖北大学学报》(哲学社会科学版)2000年第1期;旷新年:《胡风文艺思想研究》,载《作家》2001年第3期;刘忠:《胡风的"五四"新文艺观与现实主义理论》,载《福建论坛》(人文社会科学版)2005年第5期;张光芒:《胡风启蒙文学观新论》,载《人文杂志》2003年第3期。

③ 陈思和:《胡风对现实主义理论建设的贡献》,载《海南师院学报》1997年第2期;类似的评价见刘成友:《现实主义思潮中的胡风和路翎》,武汉大学博士论文,1999年;徐文玉:《胡风论》,湖北人民出版社2005年版,第102页。

④ 李泽厚:《中国现代思想史论》,天津社会科学出版社2003年版;鲁贞银:《胡风文学思想及理论研究》,复旦大学博士论文,2000年;张业松《胡风问题研究》,复旦大学博士后研究工作报告,2002年。

⑤ 艾晓明:《胡风与卢卡奇》,载《文学评论》1988年第5期;相似的研究还有张国安:《论胡风文艺思想和外国文学的关系》,见《胡风论集》,中国社会科学出版社1989年版;王向远:《胡风与厨川白村》,载《文艺理论研究》1999年第2期。

领域的角度出发,对"七月派"作为一个文学集团和出版社团的研究,对胡风编辑思想的研究,客观上跟20世纪80年代末90年代初以来世界社会主义体系遭遇的危机,从而对一种替代性的思想文化的诉求也有着密切的关系,尽管研究者本人也许并没有意识到这一点。①

尽管胡风集团事件在政治上和文艺上已经彻底得到了平反,但在关于胡风文艺思想的研究中,胡风的文艺思想与毛泽东《在延安文艺座谈会上的讲话》所代表的文艺思想之间的关系仍然是关注的焦点,胡风与延安之间的对立或统一似乎仍然是胡风研究的一般范式。

国外的胡风研究似乎也没有脱离这个范式,很多研究都把胡风的主观论放在反对《在延安文艺座谈会上的讲话》的位置上来讲②,但是在二者的对立或统一关系上作出了多样化的理解。③ Kirk A. Denton 认为,尽管20世纪30年代以来创作过程中的主体的能动性一直是胡风强调的重点,但只是在1942年以后,主体性才开始以一种集中的强化的形式表现出来,这可能是为了对抗毛泽东《在延安文艺座谈会上的讲话》。④ 他把胡风与延安之间的对立看成是中国马克思主义"正统派"与"异端派"之间的对立,从这种对立出发,展开对胡风及其相关思想的研究。他积极评价胡风这种"异端"的马克思主义,而对以延安为代表的中国的正统的马克思主义持批评态度,这种研究的立场不能说是毫无问题的。首先,它会使我们对这种研究的意识形态立场提出质疑,它们似乎在以胡风研究的名义对中国官方的马克思主义提出批评;其次,所谓"正统的"马克思主义在抗战时期

---

① 例如王丽丽:《在文艺与意识形态之间:胡风研究》,中国人民大学出版社2003年版,第四章。

② 比如,史景迁的叙述:"(胡风和冯雪峰)这两个都是坚定的革命者,也都是鲁迅的生前好友,抗战期间他们主要生活在重庆,当时他们批评延安的共产党人企图操纵文化,并创办了一份杂志反对这种倾向。"见史景迁:《天安门》,中央编译出版社1998年版,第343页。苏云中也认为,主观论产生的背景之一是要反对毛泽东《在延安文艺座谈会上的讲话》,Yunzhong Shu, *Buglers on the Home Front: The Wartime Practice of the Qiyue School*, State University of New York Press, 2000, p. 19。

③ Theodore Huters, "Hu Feng and the Critical Legacy of Lu Xun", in *Lu Xun and His Legacy*, Leo Ou-fan Lee, ed. University of California Press, 1985, pp. 151 - 152.

④ Kirk A. Denton, *The Problematic of Self in Modern Chinese Literature: Hu Feng and Lu Ling*, Stanford University Press, 1998, p. 86.

的中国也是值得质疑的，因为与其说那时有所谓的"正统"的马克思主义，不如说那是中国"正统的"马克思主义战胜与其竞争的各种马克思主义，逐渐构建自身的过程。对胡风及其相关思想的批判就是这种斗争过程的一部分，正是通过这种斗争，所谓中国正统的马克思主义才逐渐成形。

但是，Denton 也提出，认为胡风文艺思想与《在延安文艺座谈会上的讲话》所代表的革命集体主义相对立，认为它继承了"五四"的个人主义和知识分子的启蒙传统，那么，这种个人主义和集体主义的二元对立的观点也显得过于简单化了。在这种观点影响下，"中国现代文学从 1928 年革命文学论争到毛泽东《在延安文艺座谈会上的讲话》的历史在某种程度上可以被看做是一个渐进的集体主义战胜个人主义的历史。"① 延安与"五四"之间有着复杂的关系，他认为，尽管胡风反对革命的集体主义，但他本人也在某种程度上是革命的集体主义的共谋，当代中国的政治和文化史不是两股相对立的力量之间的斗争，而是一个问题的不同方面的相互联系。② 这些研究在胡风与延安思想的区别和联系方面作出了一些很好的理论分析。

胡风与延安之间的对立或统一被当成研究的重点，这当然是可以理解的，因为这是胡风文艺思想成为"政治问题"的根源。同时，对二者关系的研究，也是 20 世纪 80 年代以来国内外学者在新的条件下反思中国马克思主义的一个途径。但是这种研究并不是完全没有问题的，因为胡风受到批判的那些思想的提出，开始的时候针对的并不是延安。胡风成为问题的"主观战斗精神"的提出，也就是所谓"主观论"问题的出现，针对的是抗战时期国统区的思想状况，也就是胡风所说的左翼文学中存在的"客观主义"和"教条主义"。而且，胡风对左翼文学的这种批评必须被放置到当时国统区更广大的各种思潮论争的背景下来理解。本书要关注的正是 20 世纪 40 年代"主观论"问题的产生，本书也试图通过对相关问题的梳理，从新的角度来阐释这一问题，并发掘这一问题中包含的复杂的历史联系。

---

① Kirk A. Denton, *The Problematic of Self in Modern Chinese Literature: Hu Feng and Lu Ling*, Stanford University Press, 1998, p. 5.

② Ibid., p. 68.

20世纪40年代胡风等人的"主观论"的提出是为了反对左翼文艺阵营中的"客观主义"和"公式教条主义",直接的对立面是姚雪垠、沙汀、茅盾等的文学创作,认为后者在客观的、公式主义的描写中没有反映出作为历史过程主体的人民的真实的力量,没有反映出历史发展的趋势,反而对人民与历史作了歪曲的描写,使现实主义的文艺丧失了生命力。① 为什么追求进步的左翼文艺阵营会出现这种情况呢?胡风等人认为,这是因为左翼知识分子斗争到一定的程度就停止不前了,满足于已经取得的成绩,在思想上"完成了起来",使思想脱离了不断发展的革命实践,文艺上的教条主义是跟更大范围中的思想上的教条主义联系在一起的;而要克服这种状况,就要发扬主观战斗精神,提倡个性解放,进行广义的启蒙运动。②

对教条主义是"思想上完成了"的这种描述,我们在同一时期的"生活态度论"和冯雪峰的论述中都能见到。③ 那么,如何来看待他们对教条主义的这种指责呢?教条主义的表现是多方面的,以往的研究主要集中于胡风等人对文学领域姚雪垠等人的教条主义的批判,但如果我们把关注的领域稍微扩大一些,就会对这一问题得到一些不同的理解。郭沫若的儒墨研究是胡风、舒芜等人在这一时期反对教条主义时关注的另一个问题,胡风和舒芜等人在私下的通信里屡屡谈及这一问题,认为郭沫若崇儒贬墨的文章是当时马克思主义学者中理论脱离生活实际的教条主义的表现,郭沫若没有把马克思主义的立场、观点和方法贯彻到具体的研究中,反而在崇儒还是崇墨这样的基本问题上走到了相反的立场上。舒芜撰写了长篇的论文来反驳郭沫若的这一研究,并且,相对于胡风和路翎,郭沫若的儒墨研

---

① 参见《希望》、《呼吸》、《泥土》等杂志上路翎等对姚雪垠、沙汀、茅盾等人的文学创作的批评,也参见本书第五章第二节"在混乱里面"对这一问题的分析,第108—123页。
② 对教条主义的分析,见胡风:《置身在为民主的斗争里面》,载《希望》1945年第1集第1期;舒芜:《论主观》,载《希望》1945年第1集第1期。也参见胡风1943年9月11日致舒芜的信,见《胡风全集》第9卷,湖北人民出版社1999年版,第472—473页。
③ 见本书第四章《"才子集团"的"生活态度论"》中的分析,冯雪峰在《论民主革命的文艺运动》一文中称之为"革命的宿命论",见《中原、希望、文艺杂志、文哨联合特刊》,1946年第1卷第1、2、3期。

究也是舒芜提倡发扬主观和个性解放的直接动力。① 那么，如何看待郭沫若这一时期的儒墨研究呢？通过对相关资料的梳理，我们发现，郭沫若儒墨研究的出发点也是为了反对左翼史学中的教条主义，而来自左翼阵营的对它的不满和批判是多方面的，并不仅限于胡风、舒芜等人，并且，这些不满和批判暗含了不同的理论立场和背景，胡风、舒芜等人的批判和侯外庐的批判就出发于完全不同的理论背景，这也就是说，虽然同样反对教条主义，但对教条主义问题的认识是不一样的，在教条主义问题上的认识与误认也展现了当时国统区的马克思主义在理论上的混乱。在胡风研究中，郭沫若的儒墨问题所引起的争论并没有得到足够的关注，而缺乏对这一问题的理解，我们就无法认识"主观论"在反对教条主义问题上存在的某种局限。

在反对教条主义问题上，乔冠华、胡绳、陈家康等"才子集团"的"生活态度论"和胡风等人的"主观论"有很多共同点，"主观论"的提出跟"生活态度论"也有很大的关系，但在1948年的"香港批判"中，"才子集团"是批判"主观论"的主要力量。作为同样是来自国统区的左翼知识分子，作为当初的同道，后来思想上为什么会出现这样大的分歧呢？现有的胡风研究在涉及"生活态度论"时，往往局限于胡风等人的论述和共产党内部的批评，在执守与背叛这样一个框架中来叙述，没有对"生活态度论"和"香港批判"本身的观点和动力作更多的研究，而缺乏这种研究视角，我们就不能理解"才子集团"从"生活态度论"到"香港批判"的转变，也不能理解相对而言胡风的执守究竟意味着什么。因此，对"生活态度论"和"香港批判"本身的研究就成了廓清基础的必要工作。

"生活态度论"在反对教条主义时，提倡感情、感性生活和热烈的爱

---

① 参见胡风致舒芜的信，见《胡风全集》第9卷，湖北人民出版社1999年版；舒芜致胡风的信，载《新文学史料》2006年第3、4期；舒芜在后来的各种回忆文章和著作中都提到郭沫若的儒墨研究是他提倡发扬主观和个性解放的直接动力，而不是文学上姚雪垠、沙汀等人的创作，见舒芜：《回归五四》，辽宁教育出版社1999年版；舒芜：《舒芜口述自传》，中国社会科学出版社2002年版。

憎,这和胡风提倡发扬主观战斗精神一样,都诉诸人的主体性中能动性的因素,这种相似并不是偶然的,这跟民族战争所引起的民族主义情绪的高涨有关,也跟其他民族主义思潮用"民族的"标准对马克思主义的"阶级的"和"国际的"标准的挤压有关。民族主义诉诸人的主体性中情感性的因素,马克思主义者在面对民族主义的这种挑战时,教条主义所导致的马克思主义中能动性的、情感性一面的缺陷就立刻显露出来了。"生活态度论"和"主观论"都可以放到这一背景下来理解,看成是左翼知识分子自觉的理论努力,来重新提倡马克思主义中主体性的、能动性、情感性的因素,以发展马克思主义。我们可以看到,马克思和恩格斯批判机械唯物论,强调如何在唯物论的框架内理解"感性"、"感性活动"的《关于费尔巴哈的提纲》和《德意志意识形态》等著作是他们主要的理论来源。此外,他们也诉诸鲁迅以来的本土的革命文艺传统,在左翼文艺的框架内使自身对热烈的情感等主体性因素的强调区别于"战国策"派等从其他框架出发对抽象的情感的强调。因此,本书也部分地涉及了"战国策"派的"民族文学"、儒学的复兴等内容,试图从民族主义和马克思主义中国化这样一个大背景来理解胡风等人的"主观论"问题。同时,我也认为,没有这样一个背景,单纯从胡风的文艺思想本身的发展出发,我们就无法理解"感性对象"、"感性机能"这些概念在这一时期胡风思想中的出现所具有的特殊的意义,也无法对胡风的文艺思想在中国马克思主义文艺思想中的地位作出合理评价。

在已有的研究中,苏云中提到"主观论"的背景之一是要反抗国民党的文化高压造成的文艺界的普遍颓废,但他对"主观论"产生的国统区的氛围只是作了大概的描述,没有涉及理论上的探讨。[①] 关于胡风"主观论"与当时国统区思想界之间的复杂关系,目前已经有一些学者进行了研究和探讨,王丽丽的《在文艺与意识形态之间:胡风研究》、万同林的《殉道者——胡风及其同仁们》、苏光文的《大后方文学论稿》、吴永平的《舒芜

[①] Yunzhong Shu, *Buglers on the Home Front: The Wartime Practice of the Qiyue School*, State University of New York Press, 2000, p.19;类似的研究参见黄曼君:《回到历史的原初语境》,载《文艺研究》2004年第1期。

撰〈论主观〉始末考》都探讨了胡风的"主观论"与"才子集团"的"生活态度论"之间的关系,吴永平的文章也试图探讨"主观论"与当时郭沫若的儒墨研究在左翼思想界的影响之间的关系。① 本书的研究将在上述这些研究的基础上进行。

---

① 王丽丽:《在文艺与意识形态之间:胡风研究》,中国人民大学出版社2003年版;王丽丽:《胡风与文学意识形态转折的碰撞》(中),载《海南师范学院学报》(社会科学版)2003年第5期;万同林:《殉道者——胡风及其同仁们》,山东画报出版社1998年版;苏光文:《大后方文学论稿》,重庆西南师范大学出版社1994年版;吴永平:《舒芜撰〈论主观〉始末考》,载《粤海风》2006年第3期。

第二章 "主观论"问题的缘起

在"主观论"的批评史中,我们可以看到,当"主观论"的基本概念和术语被当成一个理论整体在各种理论和历史框架中进行批判和研究时,它们被激发和提出时的那些偶然性、具体性被消除了,它们和当时国统区其他各种话语和理论之间的千丝万缕的对话关系被剔除了。"主观论"和它所包含的"主观战斗精神"、"个性解放"这些概念和话题是如何出现的呢?它们是如何在特定的时刻成为一个问题的呢?如果说"主观论"继承了胡风一贯以来对作家在创作活动中的主体性和能动性的关注,那它为什么在20世纪40年代才成为一个问题呢?那个特定的契机和话语氛围又是什么呢?胡风并不是一位象牙塔里的理论家,他的理论和批评都有极强的现实针对性。我们觉得,通过对20世纪40年代跟"主观论"相关的论争和资料的考察,可以揭示出那个特定的问题产生的背景,从另外一些方面为我们更好地理解这一问题提供帮助。

第一节 《七月》与《希望》的差别

要分析"主观论"问题的缘起,我们不能不先谈一谈胡风创办的杂志《七月》和《希望》的差别。在谈到胡风及其同仁时,大家一般以"七月派"这个名称来称呼他们,把杂志《希望》看成是《七月》的继续,强调它们在文学创作和文艺思想上的一致性，而对二者之间的差别没有作过多的阐发。杂志《七月》和《希望》之间是存在差别的，而且这种差别对于我们理解"主观论"问题的产生也是很重要的，因为这种差别可以向我们透露某些蛛丝马迹，了解1943—1945年间国统区思想界的具体状况。

《七月》1937年创刊，1940年底停刊。《希望》1945年初创刊，1946年底停刊。《七月》与《希望》的区别是国统区思想界在抗战初期与抗战中后期的区别，其间，国统区经历了1941年初的"皖南事变"、1942年底1943年初英美不平等条约的废除和新约的订立、1942年底至1943年苏联在对德战场上的不断胜利、1943年6月"第三国际"的解散、1944年英美欧洲"第二战场"的开辟、1944—1945年上半年国民政府在豫湘桂战场上的全面溃败等历史事件。反法西斯主义战争在国际上的不断胜利和在国内的不断溃败形成的极为鲜明的对比，共产主义运动在国际上的策略的改变对国内共产主义运动的影响，战争所引起的民族主义情绪的高涨，这些都为国统区各种思想论争的出现提供了契机。

《七月》主要以诗歌、报告文学、小说等文学作品为主，基本上是一本文艺刊物。《希望》虽然也有诗歌、小说和文学评论，但我们可以看到，它的重头是思想评论方面的文章。胡风在谈《七月》和《希望》的不同时说："《希望》继承了《七月》的现实主义传统，但和《七月》有些不同，它发表了一些思想理论方面的文章，不是纯文艺性的了。"① 这跟胡风1943年3月回到重庆后，重庆思想界的氛围有关。胡风在谈到《希望》为什么会和《七月》不同，开始登载一些长篇的思想性论文时也说："我为什么会破例地在刊物上用起关于哲学的论文？这有一个原因：当时，郭沫若办的《中原》是综合性的刊物，同时，乔冠华等办的《群众》也登了不少探讨哲学的文章。如乔冠华、陈家康、胡绳等曾在《群众》上发表了《方生未死之间》、《唯物论与唯"唯物的思想"论》等几篇文章。我感到这是在国统区讨论唯物论与唯心论的一个极好的锻炼机会，我同意他们的做

---

① 胡风：《关于〈七月〉和〈希望〉的答问》，见《胡风全集》第7卷，湖北人民出版社1999年版，第218页。

法，准备也发表一点关于这方面的文章。"①

1943年，乔冠华、胡绳、陈家康等后来所谓的"才子集团"的成员们在《新华日报》、《群众》周刊和郭沫若新创办的《中原》杂志上发表文章，响应延安整风运动，反对国统区左翼阵营中的机械教条主义，提倡改变生活态度，他们的理论主张后来被称为"生活态度论"。"生活态度论"在国统区的出现是马克思主义阵营内部的自我调整，它既面对着内部的教条主义问题，也面对着来自马克思主义阵营外部的其他思潮的压力。通过分析我们可以看到，"战国策"派的民族主义和当时儒学的复兴都是他们要反对的目标。胡风和"才子集团"有密切的往来，"主观论"的提出和"生活态度论"也有着密切的对话关系，因此，探讨"生活态度论"对我们了解"主观论"是一个重要的切入口。

很多学者都指出了"主观论"跟"生活态度论"之间的联系，认为胡风等人的"主观论"问题的提出，"本质上乃承续了乔冠华、陈家康'反教条主义'的余风，共同构成了一次流产的思想启蒙运动"②；认为"才子集团"的乔冠华、陈家康、胡绳"堪称胡风思想同道"③。但是他们对胡风"主观论"与"才子集团""生活态度论"之间的这种关系的强调，都是为后来对1948年的"香港批判"的分析作伏笔的。因为，在"香港批判"中，正是乔冠华、胡绳、邵荃麟这些昔日的胡风的"同道"们对胡风进行了集体的批判。他们认为，昔日的"才子集团"是借"香港批判"为自己"洗了手"，借批判胡风洗刷了自己。这种观点的始作俑者可能还是胡风自己。胡风在解释香港批判中乔冠华所起的作用时说："但在乔冠华还有一个特殊内容。原来在重庆时，他成了资产阶级唯心主义的重要批判对象，现在他忽然跑出来'找出'了胡风是主观唯心主义，他自己就成了当然的

---

① 胡风：《回忆录》，见《胡风全集》第7卷，湖北人民出版社1999年版，第625页。此处乔冠华的《方生未死之间》应当是发表在《中原》上，胡风的回忆录武汉撤退后部分由梅志根据日记撰写，此处有误。
② 万同林：《殉道者——胡风及其同仁们》，山东画报出版社1998年版，第83页。
③ 王丽丽：《在文艺与意识形态之间：胡风研究》，中国人民大学出版社2003年版，第127页。

马克思主义唯物主义者。他用胡风的名字洗了手。"① 但乔冠华、邵荃麟等人在香港批判中所表现出来的"反戈一击"的背后的原因是什么？有没有什么理论基础？胡风自己并没有深究，正像他自己所说的："他（乔冠华）经过了怎样的过程呢？完全不知道。"② "主观论"与"生活态度论"之间的联系被当成了"香港批判"中"才子集团"背叛的证据，但"生活态度论"本身的理论动力和逻辑发展、"主观论"与"生活态度论"之间的理论上的异同却被忽视了，"香港批判"本身的特定的语境也被忽视了。

至少在胡风看来，"主观论"和"生活态度论"并不完全一致。他认为，乔冠华的文章《方生未死之间》"没有真正提出要害问题"，"文章是有才情的，但觉得浮华，没有刺到教条主义痛处的分析，而且，像在对人民的态度问题上说'要爬到他们心头上去疼他们'，也显得轻飘即虚伪了"。③ 但是，胡风对陈家康"唯'唯物的思想'论"比较赞同，认为它可以用来形容教条主义的实质和教条主义之所以能吓唬人起危害作用的原因，是"一种天才的提法"。胡风也认为陈家康"自然生命力"的看法和毛泽东关于"人的主观能动性"的提法是一致的，对反对教条主义很有必要，但要作历史唯物论的分析说明，否则就有陷入"生物学主义"的危险。④ 胡风与"生活态度论"之间的这种差异与后来"香港批判"中所表现出来的最终的分歧之间具有什么样的联系，并没有得到令人满意的理论上的研究。

第二节　"民族文学"

与胡风和"才子集团"的"主观论"和"生活态度论"同时在重庆兴起的关于"民族文学"的讨论，也强调人的主观意志和情感。虽然都是

---

① 胡风：《关于乔冠华（乔木）》，见《胡风全集》第6卷，湖北人民出版社1999年版，第516页。
② 同上。
③ 同上，第503—504页。
④ 同上，第503页。

强调人的主体性中感性的一面，但我们可以看到，"民族文学"论跟"生活态度"论和"主观论"是很不一样的，在《希望》和《群众》这些左翼刊物上，"民族文学"论往往是他们批判的重要目标。那么，他们的共同点和分歧又在哪里呢？

"民族文学"论主要是由"战国策"派的理论家陈铨提出的，跟"战国策"派的史学和哲学有着紧密的联系。陈铨从文化形态史学出发，认为在这样一个战争时期，民族主义是一切问题的核心，但是民族意识的发展，不能诉诸人们的理智，而是要诉诸人们的情感和意志。他也重视文学在政治方面的功用，认为民族运动是和文学运动联系在一起的，所以民族意识的提倡，不单是一个政治问题，同时也是一个文学问题，"政治和文学，是相互关联的。有政治没有文学，政治运动的力量不能加强；有文学没有政治，文学运动的成绩也不能伟大。现在政治上民族主义高涨，正是民族文学运动最好的机会；同时民族政治运动，也急需文学来帮助它，发扬它，推动它。"①

"民族文学"论在民族主义问题上有自己独特的见解，它把个人主义、社会主义和民族主义这几种思潮对立起来，认为中国真正民族意识的强烈发展是抗日战争以来的事情。陈铨认为，如果说1927年的大革命使马克思主义关于阶级分析与社会主义的话语得到了迅速普及，那么抗日战争的兴起则使民族主义重新成为一种主导性的话语。"自从五四运动以来，中国的思想界经过三个明显的阶段，第一个阶段是个人主义，第二个阶段是社会主义，第三个阶段是民族主义"，"到了第三个阶段，中国思想界不以个人为中心，不以阶级为中心，而以全民族为中心"，"中国现在的时代是民族主义的时代。我们政治上的先知先觉，虽然早已经提倡民族主义，然而真正民族意识的强烈发展，实在是近几年来的事情"。②

什么是民族主义呢？林同济认为，"民族主义是一种社会现象，也是一种政治主张。按前者看去，民族主义是：一群人们受了地理历史及其他

---

① 陈铨：《民族文学运动》，载《民族文学》1943年第1卷第1期。
② 同上。

种种的环境作用,感觉他们彼此之间虽然分别言之,利害难免参差,但从大处着想,却有一种生命上心灵上不可分离的共同根据,于是产生一种渴求、愿望,在政治上要组成一个完整的单位,内在要统一,外在要独立。凡是一群人有了这种感觉和渴望,我们便可以说这群人们中发生了民族主义的社会现象。承认这种现象是合理的,是'应当'的,并且须设法培植,增进,加强,使它那种感觉和渴求充分实现的,——这便是把民族主义变为一种政治主张。"① 他认为孙中山的民族主义就是对中国社会已萌芽的民族意识"现象"的一种有意识的政治上的提倡,也就是说,捕获了这种社会现象,并在政治上加以培植和发展。并且,他认为,民族主义无论是一种社会现象还是一种政治主张,都是文化体系发展到"战国策派"所谓的"封建、列国、大一统"的阶段论中"列国"阶段的产物。

立足于这样的"民族主义"理论的"民族文学"诉诸人们的感情和意志,因此,它也对中国社会和历史中的理智主义展开了批判。陈铨认为,从先秦的孔孟之学到宋朝的程朱理学,中国数千年以来一直受儒家思想的支配,一直就是理智主义占主导地位的社会。陈铨从这个角度出发对五四运动展开了批判,认为五四运动的领袖们尽管提倡民主和科学,反对儒家传统,但他们对宇宙人生的理解、尤其是他们的科学主义和儒家没有太大的区别,五四运动仍然没有改变理智主义在社会生活中的主导地位。而民族意识的发展,不是肤浅的理智所能分析的,"它是一种感情,一种意志,不是逻辑,不是科学,乃是有目共睹、有心同感的具体事实,一经分析,就瓦解冰消了"。② 林同济对五四运动的评价不太一样,他更多地肯定了五四运动的贡献,但谈到五四运动与理智主义的关系时,他也认为:"物质当然是必须的。但莫忘了运用者、组织者还在其人。这是我们抗战以来所发现的最可贵的真理:有物质无意志,根本无力;有意志无物质,还有办法。'五四'时代的伟大在于它相信理智的可靠。此后我们的伟大在了解意志是理智之王。理智可贵,意志可贵又可敬。如果'五四'时代是实利

---

① 林同济:《民族主义与二十世纪——一个历史形态的看法》,程国勋记,载《大公报》《战国》副刊,1942年6月17日。
② 陈铨:《五四运动与狂飚运动》,载《民族文学》1943年第1卷第3期。

逻辑飞跃之期，我料得此后吾国的思想必定要对'意志自有的逻辑'开始领略其滋味。"①

"民族文学"论强调文学要诉诸人的感情，认为民族主义运动的基础就是人们强烈的爱与恨的情感，因而在理论上把感情放到了极其重要的地位上。陈铨认为，发源于人类生存本能的力量是最伟大的力量，"世界上任何的力量，什么都可以压迫，有时思想都可以压迫，但是它决不能压迫人类的感情"②。因此，"在国家危急存亡之秋，要使每一个国民，甘心情愿，执干戈以卫社稷，唯一的办法，就是鼓动他们的感情，提高他们对于祖国的爱"③。

"民族文学"论这种对民族情感的强调是直接以马克思主义为对立面的，在"第三国际"解散后，它评论道："世界上的人类，不能用'横的分法'（阶级），只能用'纵的分法'（民族）。第一第二第三国际，不能成功，就是因为它违反人性，不合时代，不能抵抗排山倒海的民族主义。"④ 民族文学及其代表的哲学思想在当时就受到了国统区左翼知识分子的强烈批判，被当成是反理性主义的和法西斯主义的，茅盾、胡绳等在重庆《新华日报》、《群众》等报刊杂志上发表了一系列文章对之进行批判。与20世纪30年代初和1936年的民族主义文学相比，"战国策派"的"民族文学"论在与左翼知识分子的论战中和读者中是具有一定的影响力的。民族文学的代表作是陈铨的《野玫瑰》、《狂飙》等作品，它们的主人公都具有强力的意志和热烈的情感，这些作品在当时是吸引了一定数量的读者的。

胡风等人的"主观论"由于强调意志与情感经常被与"战国策派"的"民族文学"论联系起来，认为同样是具有法西斯主义倾向的尼采式的文学论，我们也可以看到，在强调感性和情感，批判中国传统的理智主义等方面，"生活态度论"和"民族文学"论也存在某些方面的相似性。那么，

---

① 林同济：《廿年来中国思想的转变》，载《战国策》1941年第17期。
② 陈铨：《感情就是一切》，载《民族文学》1943年第1卷第4期。
③ 陈铨：《恋爱崇高化》，载《民族文学》1943年第1卷第3期。
④ 《第三国际正式解散》，载《民族文学》1943年第1卷第2期。

怎么看待这种相似性呢？"民族文学"论能够拥有一定的市场当然是跟抗战时期民族主义情绪的高涨分不开的，它在某些方面反映了当时的社会需求，也使一些问题以新的形式浮现出来，比如具有国际主义倾向的马克思主义如何应对民族主义的挑战等。"生活态度论"和"主观论"诉诸情感和意志主要针对的是国统区马克思主义阵营内部的问题，认为主观主义和教条主义倾向已经使马克思主义遭受了损害，而对主观和感性的强调则是试图在马克思主义内部寻找革命的新动力，但它们与"民族文学"论的交锋也显示了马克思主义在面对民族主义问题时遭遇的压力和作出的应变。

第三节　儒学的复兴

在"战国策"派的"民族文学"论外，《希望》、《中原》、《群众》这些左翼杂志批判的另一个主要的对象是儒学的复兴，儒学的复兴一方面是指国民政府在"新生活运动"、"国民精神总动员"这些运动之下对中国传统文化的提倡，另一方面是指知识分子对中国传统文化、尤其是儒家学说的研究和新的阐发。

在"抗战建国"的口号声中，民族文化的复兴被看成了民族复兴的关键。蒋介石认为，1934年以来以"礼、义、廉、耻"为准绳的"新生活运动"的实质就是"中国文化复兴运动"①。儒学的提倡也是国民政府重要的文化政策。国民政府试图通过诉诸一种伟大的文化传统来构建自身的主体性。

学院派知识分子也试图通过对儒学的新的阐发在文化上建立一种新的主体性，并且认为这是"抗战建国"要解决的首要问题，它关系着国家的前途和命运。在被看做新儒学的奠基性作品的《儒家思想的新开展》一文中，贺麟认为："民族复兴不仅是争抗战的胜利，不仅是争中华民族在国际政治中的自由、独立和平等，民族复兴在本质上应该是民族文化的复兴。民族文化的复兴，其主要的潮流、根本的成分就是儒家思想的复兴，

---

① 蒋介石：《新生活运动九周年纪念》，载《大公报》1943年2月19日。

儒家文化的复兴。假如儒家思想没有新的前途，新的开展，则中华民族以及民族文化也就不会有新的前途、新的开展。换言之，儒家思想的命运，是与民族的前途命运，盛衰消长同一而不可分的。"① 钱穆在《国史大纲》中也认为，抗战建国必先复兴文化，"我民族国家之前途，仍将于我先民文化所贻自身内部获得其生机"。②

儒学的复兴更多地强调的是中国文化自身的主体性，这种主体性，不是建立在排斥外来文化上面，而是建立在"五四"和20世纪30年代大规模吸收外来文化之后，开始对外来文化和自身的传统有了新的认识，要求在传统文化的基础上复兴民族文化。从这种基础出发，也出现了对"五四"的反思，它们关注的更多的是"五四"对传统文化的批判，强调"五四"对传统文化的破坏作用，认为"五四"造成了中国文化与传统之间的断裂，而中国的文化精神要从传统中寻找根源。李长之认为，抗战以来，"五四"文化运动的精神已日渐结束，相反，中国学术却日渐精彩，其中最有意义的学术研究是梁思成等对中国建筑的研究和冯友兰的"新理学"，因为他们使用的是真正现代的知识，"但他们所发现的，却是真正中国的传统精神"。③

国统区的左翼阵营在如何看待传统文化的问题上是出现了分歧的，郭沫若的儒墨问题研究就是论争的焦点之一。当时左翼阵营中对儒学的批判是相当普遍的，这种否定和批判有现实政治的根源，很多人试图通过对墨学的重新研究来对抗当时官方的儒学意识形态。郭沫若的先秦思想史研究则对儒墨作出了相反的评价，认为先秦儒家是革命的，墨子是反动的。这种结论在很多左翼人士看来是不能接受的，舒芜在解释他写作《论主观》一文时说："我本来偏重于用马克思主义反对国民党法西斯主义，反对国民党所欢迎的新儒学新理学之类，但是也渐渐感到马克思主义旗帜下面，有某种力量在背离五四传统，甚至反对五四传统，与我先前以为马克思主义与五四精神一致的想法很不相同。这种感觉逐渐积累，及至郭沫若公开

---

① 贺麟：《儒家思想的新开展》，载《思想与时代》1941年第1期。
② 钱穆：《国史大纲》（上），商务印书馆1994年版，第32页。
③ 李长之：《五四运动之文化的意义及其评价》，载《大公报·星期论文》1942年5月3日。

发表崇儒贬墨的文章，给我震动很大，感觉到的东西一下成了意识到的东西。郭氏不是国民党统治区内进步知识分子最大的代表么？他思想上相信马克思主义，当然没有问题，何以在崇儒还是崇墨的尖锐的思想斗争中，出了这样大的问题呢？"① 他把这一问题归结为国统区进步知识分子中的主观主义和教条主义，认为他们"思想得太多，而感觉得太少"，而解决这种思想上的混乱的方法就是发扬主观战斗精神、提倡个性解放。

如何看待郭沫若在这一时期的儒墨研究呢？舒芜所说的郭沫若公开发表的崇儒贬墨的文章，是指郭沫若1943—1944年发表的《墨子的思想》②、《秦楚之际的儒者》③、《孔墨的批判》④ 等文章。郭沫若在文化工作委员会以这些文章的内容为主题作过多次学术演讲，胡风听了这些演讲，由于舒芜正在研究墨学，他提醒舒芜注意郭沫若在儒墨问题上的这些不同见解。舒芜认为，郭沫若的这些文章，"反映出一种态度，一种方法，直接影响研墨的工作，扩而大之，更影响整个哲学史的研究"。⑤ 在舒芜之外，郭沫若这些文章的发表在左翼阵营中也是有很多反对意见的，郭沫若自己也说，《墨子的思想》的发表"差不多普遍地受着非难，颇类于我是犯了众怒。这些委实刺激了我。因为假如是不同道的人，我要受他的攻击，那是很平常的事；在同道的人中得不到谅解，甚至遭受敌视，那却是很令我不安。"⑥

郭沫若关于古代思想的这一系列研究文章是在唯物史观的框架内展开的，是在其古代社会结构和组织研究之上，对意识形态领域的清算。这也是郭沫若整个20世纪40年代先秦思想史研究的特色。郭沫若认为，不能根据当前儒学的反动性而抹杀儒学在历史上曾经起到过的积极作用，唯物

---

① 舒芜：《回归五四·后序》，辽宁教育出版社1999年版，第597页。
② 郭沫若：《墨子的思想》，载《群众》1943年第8卷第15期。
③ 郭沫若：《秦楚之际的儒者》，载《中苏文化》1944年第15卷第2期。
④ 郭沫若：《孔墨的批判》，载《群众》1945年第10卷第3、4期合刊附册。
⑤ 舒芜1943年10月27日致胡风的信，见舒芜：《舒芜致胡风信》（上），载《新文学史料》2006年第3期，第137页。
⑥ 郭沫若：《我怎样写〈青铜时代〉和〈十批判书〉》，载《民主与科学》1945年第1卷第5、6期合刊。

主义的史学既要反对观念论史学，也要反对新史学阵营中的主观主义和教条主义。郭沫若的儒墨研究在左翼阵营中引起的论争反映了当时国统区的马克思主义理论在特定历史条件下所具有的复杂性，而"主观论"在这一问题上的立场也可以让我们认识到它在理论和现实问题的认识上的某种限度。

第四节 马克思主义的中国化

左翼阵营在民族危机和民族主义情绪高涨的背景下，正在作出新的调整，正是在这个调整过程中才出现了各种理论上的论争，这些论争都试图在新的历史条件下坚持和发展马克思主义。改版以后的《群众》杂志在1943年第1、2期合刊的《编后》是这样说的："配合着我们党中央整风的号召和当前的现实的要求，我们的理论工作不能不有一步前进。概括地说，那就是从抽象到具体，从一般到特殊，从原则的铺陈到事实的分析，一言以蔽之，马列主义的中国化。分别地说，我们要把每一个领域里的原则和理论，应用到中国的生活和现实里；在这当中，中国的昨日、今日和明日都在我们注意的范围之内。"[①]

当民族主义重新成为主导性的话语时，其他各种思潮和话语都必须因之作出调整，这是当时国统区思想界的主要方面。如果说向西方学习是"五四"以来思想界的主流，那么"中国化"则成了这一时期思想界的主要特征。"中国化"成了抗战时期最流行的一个术语，被各领域争相采用。国统区发生的那些论争，包括抗战初期的"民族形式"论争，抗战后期的关于"战国策"派、"主观论"和"生活态度论"等的论争都必须放到这个语境中来考察。欧阳凡海认为，利用旧形式所关联着的内容问题、文学遗产问题及通俗化问题，都可以包括在"文学中国化"这一问题之下。[②]桂林《文化杂志》的《发刊词》中也说："抗战以后，由于中国人民生活

---

① 《编后》，载《群众》1943年第8卷第1、2期合刊。
② 胡风：《宣传·文学·旧形式的利用——座谈会记录》，见《胡风全集》第5卷，湖北人民出版社1999年版，第333页。

剧烈的变动以及民族革命战争对文化的迫切要求，文化的民族性特别被重视起来了。革命的民族文化的具体内容与形式的创造已成为当前文化界的直接课题。学术中国化，文艺的民族形式创造，中国文化遗产的接受诸问题的提出，都是为适应现阶段中国历史的实际要求。"①

"主观论"问题的提出应当被放到国统区马克思主义阵营内部应对社会生活和思想界的变化而作出的调整这个语境中来看待，胡风是自觉的马克思主义者，他在这个时候提出的主张显示了马克思主义中国化过程中的一种努力。国统区马克思主义中国化的问题远比我们想象的更为复杂。我们可以看到，马克思主义的不同组成部分，它的唯物史观、辩证法、阶级斗争学说，在不同的思想派别中的接受的方向和程度是不一样的。1945年在重庆的一次读书会上，张申府就说，"中国文化，要孔子、罗素和马克思三位一体结合起来，《新理学》已经是有代表性的杰作了"。② 冯友兰从生产方式和经济制度出发来分析中国的社会制度，认为以家庭为单位的生产方式决定了中国的封建社会的特征，中国要赶上西方，通向自由之路的途径是工业化。③ 冯友兰虽然部分地接受了马克思主义理论，但并没有得到左翼进步人士的认同，在20世纪40年代，他的每一本书出来都会受到当时左翼阵营的批判。正像他自己所说的："我在40年代虽然自命为接触了一点马克思主义，但是对于马克思主义的一个中心思想——阶级斗争——却是不懂，也不能接受。就我的阶级出身和当时的阶级立场说，这也是不足为怪的。我习惯于从民族的立场来了解周围的事物。"④ 在建立三民主义的文学和唯生论的哲学的讨论中，周肖鸥就认为，唯生论是延续中国古代"生生之谓易"的思想而来的，但马克思的辩证唯物论是唯生论从中国古代哲学发展而来不可逾越的阶段。"没有了这种思想的胚胎，生的宇宙观便没有发展的可能的根据。马克思的辩证唯物论恰好给予了这胚胎

---

① 《我们对于现阶段文化建设的意见——代发刊词》，载《文化杂志》1940年第1卷第1期。
② 侯外庐：《韧的追求》，三联书店1985年版，第193页。
③ 冯友兰：《新事论》，商务印书馆1947年版。
④ 冯友兰：《三松堂全集·自序》，见《三松堂全集》第1卷，河南人民出版社1986年版，第259页。

以助长的作用,好像适当的温度和水量促使种子能够发芽茁壮一样"①,"对于马克思主义的辩证法唯物论,我们应加以改造,而且是站在唯生论的哲学立场上加以改造。改造的意义,就是以批评为武器,而吸收其中合理的部分。"②

总之,"主观论"问题应当放到抗战后期民族主义高涨的形势下来理解,正是在这个时候,出现了传统文化的复兴,为了应对民族危机和民族主义情绪的高涨,一些领域也出现了"中国化"的问题,也就是寻求和建构一种国家和民族的主体性的问题,马克思主义的中国化也是这个问题的一部分,胡风等人的"主观论"问题是国统区马克思主义中国化的努力中的一种。只有从这个语境和视角出发,我们才能理解"主观论"问题的出现的历史复杂性及其意义。

---

① 周肖鸥:《辩证唯物论之透视》,正中书局1942年版,第14页。
② 同上书,第12页。

第三章 郭沫若与左翼阵营的儒墨之争

"五四"以来,由于反封建、反礼教运动的影响,儒学受到了一定程度的打击,在现实的政治和学术中,它往往成为复古主义者、民族主义者的思想资源,而遭到左翼阵营的批判。比如在抗战后期,由于民族危机的加深,民族思想的复兴就表现为左翼阵营之外的儒学的复兴,一方面是冯友兰等的"新理学"、"新儒学"的复兴,另一方面是官方提倡的儒家精神的复兴;这些当时都是左翼阵营批判的对象。而墨学则恰好相反,晚清以来墨学得到了复兴。墨学的复兴一方面是对儒学的反拨,是"以诸子代儒学"的产物;另一方面,也是因为墨子的"兼爱"、"非攻"、"明辨"等思想在一定程度上与现代的"平等"、"科学"、"民生"观念暗合,可以作为一种思想资源来重新作出解释,梁启超、孙中山、胡适等人都推崇过墨学,20世纪30年代以来,墨学更是作为代表"工农大众"的学说而受到左翼阵营的推崇。正是在这样的背景下,郭沫若在20世纪40年代撰写的一系列崇儒贬墨的文章引人注目。

那么,郭沫若为什么要发表这样一些在左翼阵营中显得格格不入的文章呢?郭沫若的崇儒抑墨的特定背景和理论立场是什么呢?我想,我们也许可以从郭沫若与侯外庐1942年关于屈原思想的论争中找到一些线索。

第一节 屈原的思想

郭沫若一生写过很多关于屈原的文学作品,也发表过很多关于屈原的研究性文章,1935年开明书店就出版了他的《屈原评传》,但他关于屈原的主要作品是写于抗战期间的,最为大家熟知的当然是剧本《屈原》的创作。屈原在楚国危难之际,"忠而见疑,信而被谤",最后自投汨罗,以身殉国,他的形象在抗战进入相持阶段、尤其是皖南事变之后是具有很强的象征意味的。在谈到屈原以及相关题材的创作时,郭沫若也说:"抗战以来,因为国家临到了相当危险的关头,屈原的身世和作品又唤起了人们的注意。"① 在这个时候,纪念屈原、讨论屈原本身就是一种立场、一种姿态,是一种政治的表现。茅盾在总结抗战十年国统区文艺的成就时认为,"皖南事变以后《屈原》的演出,引起热烈的回响,在当时起了显著的政治作用。"② 郭沫若后来也回忆说,在他这个时期所写的收于《今昔蒲剑》集的杂文中,讨论的问题虽然并不单纯,但差不多以屈原问题为讨论的中心。

郭沫若在抗战期间参与了三次关于屈原问题的论争,一是反驳廖平和胡适的屈原否定论,二是驳斥了孙次舟的"屈原是弄臣说",三是和侯外庐关于屈原思想的论争。在这三次论争中,大家比较关注的是前两次论争,也出现了很多深入的研究;但对于与侯外庐的论争,大家都把它放在左翼阵营内部的意见的不统一上,只作了一些零散的、简单的事实的陈述,没有作进一步的研究。然而这不为我们注意的第三次论争,是有一些独特的内容的,他们争论的中心不是我们所熟知的屈原的爱国精神,而是屈原作为儒家思想的继承人在历史上的地位。

侯外庐与郭沫若之间关于的屈原思想的论争是从郭沫若的《屈原的艺术与思想》一文开始的,它最早是郭沫若1941年12月21日在中华职业学

---

① 郭沫若:《蒲剑、龙船、鲤帜》,载《中苏文化》1941年第8卷第6期。
② 茅盾:《在反动派压迫下斗争和发展的革命文艺——十年来国统区革命文艺运动报告提纲》,见《中华全国文学艺术工作者代表大会纪念文集》,新华书店1950年版,第47页。

校作的一次讲演。据侯外庐说,他先看到的是这个讲演稿,在此之前,他接触到的郭沫若在抗战期间所写的学术论著,只有《庄子与鲁迅》一篇而已。① 在《屈原的艺术与思想》一文中,郭沫若是怎样来分析屈原的艺术与思想成就,而侯外庐又是在什么问题上跟郭沫若产生分歧的呢?

在《屈原的艺术与思想》一文中,郭沫若认为:"其实屈原的思想,简单地说,可以分为:一,词藻——艺术;二,儒家的精神。"② 但在这篇文章中,他主要是从文学艺术而没有从儒家精神的角度来评价屈原的思想成就。他认为屈原的成就是在文学上实现了一场革命。五四运动作为一场文学革命,是用白话代替了文言,使白话文成为了文学的主流,郭沫若认为,在春秋战国时代,兴起了一场和五四运动性质相似的文学革命,那就是用日常的白话替代书面的古文,"中国文学在春秋战国时代有了一个很大的变革,就是使文学与活鲜鲜的生活接近了起来。换一句话说,使文学同生活配合了。"③ 五四运动是用"呀哪吗啊"等字作语助词的白话文替代了用"之乎者也"作语助词的文言文,郭沫若考证,用"之乎者也"作语助词的文章,是在春秋战国时代才有的,在它之前的古文,是没有这些语助词的,"之乎者也"是春秋战国时代的口语,只是后来语音发生了变化,使它们和我们的口语疏离了。《楚辞》和当时的诸子散文都是白话文运动的表现,郭沫若认为,周秦诸子的散文是当时白话文的代表,屈原的《楚辞》是当时的白话诗的代表。因此,屈原的成就在于:"他在文字史上,成就了一大革命。他在文字史上,对诗歌有最大最大的成就,是一个文学革命,诗歌革命者。他把民间文字扩大起来,成为与生活配合的新文学,以活鲜鲜的新文学来代替了古板的贵族文学","总括一句话,屈原不仅是我们中国文学史上的民族诗人,而且的的确确是很有革命性的革命诗人。他的艺术是富有革命性的艺术。"④

郭沫若对屈原的艺术成就的评价是和他当时对"五四"的评价联系在

---

① 侯外庐:《屈原思想的秘密》,载《中苏文化》1942 年第 11 卷第 1、2 期合刊。
② 郭沫若:《屈原的艺术与思想》,载《中苏文化》1942 年第 11 卷第 1、2 期合刊。
③ 同上。
④ 同上。

一起的，当时国统区思想界出现了对"五四"进行反思的潮流，左翼阵营中也出现了对"五四"的不同评价，在这一问题上，郭沫若是持肯定态度的，他肯定了"五四"的积极意义。同时郭沫若对屈原艺术成就的评价也是和他对中国古代社会的研究紧密联系在一起的。抗战时期，郭沫若虽然修正了他在《中国古代社会研究》中的某些立场，但在西周奴隶制问题上，态度是很明确的，反对西周封建论，认为中国的封建社会是从秦、汉之际才开始形成的，殷周都是奴隶制时代，春秋战国是从奴隶制社会向封建社会过渡的时代。"春秋战国以前，是一个奴隶社会，到了春秋战国时代奴隶解放以后，社会乃由奴隶生产制度，变成庄园生产制度。社会起了一个划时代的变革，文字当然要随着发生变革。我们明白了这一点，才能知道屈原的真正的伟大处。楚辞的特创性，也必须要知道这一点，才能了然于心。"① 社会的变革产生了文化变革的要求，屈原适应了时代的要求，他的革命性必须从这个角度加以理解。这种从特定生产方式出发研究古代社会及其之上的意识形态的方法，是郭沫若强调的新史学区别于旧史学的基本特征。

那么，侯外庐和郭沫若的分歧在哪里呢？侯外庐的屈原研究也是跟他的古代社会研究联系在一起的。在社会史分期问题上，侯外庐也是反对西周封建论，同意郭沫若的西周社会是奴隶制社会的观点的。因此，他也认为，春秋战国是一个过渡时期，一个大转变的时期，屈原的思想应该从这个历史基础出发来衡量。"关于中国周秦社会史的论断，我和郭先生虽然各有重点的注意，大体上是站在一边的，没有这个相接近的观点而研究屈原思想的渊源，好像如韩非子之评儒墨，'孔子墨子俱道尧舜，而取舍不同，皆自谓真尧舜，尧舜不复生，将谁使定儒墨之诚乎？'"② 他们的分歧是在生产方式问题上。侯外庐这个时候虽然还没有形成完整清晰的"亚细亚生产方式"理论，来阐释中国古代的奴隶制社会，但已经开始运用这一理论来解释思想史的问题。他认为，屈原思想的秘密，"涉及中国古典社

---

① 郭沫若：《屈原的艺术与思想》，载《中苏文化》1942年第11卷第1、2期合刊。
② 侯外庐：《屈原思想渊源底先决问题》，载《中苏文化》1942年第11卷第1、2期合刊。

会的一般性问题,它的亚细亚生产方法的特殊性问题"①。

侯外庐认为自己关于亚细亚生产方式的论述是对马克思所作的论述的"理论的扩展"。马克思最早在《政治经济学批判·序言》中提出了"亚细亚生产方式"这一概念:"大体说来,亚细亚的、古代的、封建的和现代资产阶级的生产方式可以看做是经济的社会形态演进的几个时代。"② 在普列汉诺夫之后,开始兴起了关于亚细亚生产方式与东方社会的关系的争论。如果说在20世纪30年代社会史论战中关于"亚细亚生产方式"的讨论跟政治紧密联系在一起,那么侯外庐觉得自己这时做的纯粹是理论上的"延展"工作。他认为,中国古代的奴隶制是"亚细亚生产方式"占主导地位的奴隶制,如果说希腊罗马时代古典的奴隶制走的是革命的路径,那么"亚细亚的"奴隶制走的是"人惟求旧,器惟求新"的改良的路子。"我的研究,中国的古典社会有它的特殊性,它不像希腊罗马,从第一个阶段的氏族、酋长撞破过时的氏族枷锁,发展而为第二阶段的城市显族,而反是严密地保存着氏族组织,以代替城市国家。"③ 这种改良的路子导致了新时代的难产性。"它的长时间新时代的难产性,是一方面为活的封建社会发展之不足所苦,他方面又为死的古旧社会制度(主要为氏族制的残留)所束缚的奴隶制所苦,因此,'死的抓住了活的'。"④ 侯外庐认为,战国时代的秦国和楚国,都是没有严密的"先王之道"所约束的后起的"公族国家",都是新的历史出演者,都有可能战胜没落的"公族"制度做新历史的"适者"。

从这一基础出发,侯外庐也肯定了屈原在历史上的地位,但他认为,历来的屈原研究多是把合纵救楚一个问题作为他抑郁投水的中心思想,因而神秘化了这一位中国的伟大诗人。侯外庐把屈原与王国维相提并论,认为,屈原思想的矛盾和王国维一样,在于错误的世界观和求真的方法论之

---

① 侯外庐:《屈原思想的秘密》,载《中苏文化》1942年第11卷第1、2期合刊。
② 马克思:《政治经济学批判·序言》,见《马克思恩格斯选集》第2卷,人民出版社1995年版,第33页。
③ 侯外庐:《屈原思想渊源底先决问题》,载《中苏文化》1942年第11卷第1、2期合刊。
④ 侯外庐:《屈原思想的秘密》,载《中苏文化》1942年第11卷第1、2期合刊。

间的矛盾的不可调和,"在这里,暴风雨时代战国的屈原,是有暴风雨时代北伐革命的王国维做了他的同志,这无独有偶的两个中国学术大师,是中国历史上最可夸口的人物","我们要了解屈原思想的第一个秘密,在我看来,在于明白他的矛盾的思维。这一秘密,是归结到他的世界观和方法论之间的矛盾。"① 侯外庐认为,作为人民作家的屈原,用他的歌唱代表了人民的喉舌,反映了战乱时代人民的呼声,但是作为当时贵族阶层的一员,屈原对没落的公族制寄予了同情。屈原反映了一个过渡的时代的精神面貌。"屈原处在这一变革的时代,他的忠贞节操可以代表人民而怨忧,反之在新兴人类不能独立地走上历史舞台的时候(秦国也是在旧址上革新),又可以产生他的历史长诗,恋忆于古旧的'王制'。这是具体的历史矛盾,屈原的诗歌,正反映了'战国时代的一面镜子'","他的诗歌的愤怒,掩盖不住他的诗歌的另一面,即历史的回忆与安慰,在这里,托尔斯泰求助于宗教,屈原则求助于'前王'!(及前王之踵武)招呼前王魂"。②

我们可以看到,在这里,侯外庐的论述是借鉴了马克思和恩格斯对巴尔扎克、列宁对普希金、托尔斯泰的论述框架的。侯外庐认为,普希金之死,是他的艺术思想和他的政治生活之间的裂痕,他的悲剧性,正如经济学开山鼻祖魁奈在旧的封建社会框架内装潢进步的资本主义内容,现实主义文学家巴尔扎克在封建贵族的死壳里发挥他的近代人文主义,他们虽然没有尖刻性的悲剧,但其体系与方法间的矛盾,是属于同一类型的历史法则。因此,战国时代本身的矛盾性,就是屈原思想的秘密,和托尔斯泰一样,屈原是"战国时代的一面镜子"。因此,屈原思想"本质上是反动的招魂,是亚细亚古典社会底氏族制残余的梦想"③,但这种激烈的言辞无害于认识屈原,就像列宁虽然称托尔斯泰为19世纪无出其右的文豪,但论到他的世界观则谓之"东方神秘主义",这并不有害于托尔斯泰。因为"屈原的艺术价值,天才和下贱间的内部斗争;他的精神的原动力,和人民联系的以及和贵族背离的纯洁思想;他的求真的方法,不畏惧现实的'无所

---

① 侯外庐:《屈原思想的秘密》,载《中苏文化》1942年第11卷第1、2期合刊。
② 同上。
③ 同上。

顾虑'的推断；是他的生活内容中的主体。如果屈原没有政治表白，或所谓相对的旧制度的正义心，那么论断便成为八股，不但是公式罢了。"①

侯外庐和郭沫若都没有把屈原思想当成一个抽象的观念体系来加以研究，而是把它看做特定的生产方式之上产生的特定的思想形态来进行研究，没有脱离当时的社会实际物质条件。这种研究方法，正像马克思和恩格斯所说的，"这个历史观不像观念论的历史一样，要在各个时代中去追求一种范畴，宁是始终立定在实际的历史之基地上，非由观念去说明现实，是由物质的现实去说明观念构成"②。马克思和恩格斯在这里讲的是唯物论史观与观念论，也就是他们所说的唯物论与唯心论之间的区别。而这也可以用来形容侯外庐和郭沫若的历史研究在方法上与他们所批判的胡适等人的研究的不同，也就是郭沫若一直强调的新史学跟以前的"游离了社会背景而专谈逻辑"③的史学在研究方法上的区别，是侯外庐所说的他的研究跟以前的把屈原"神秘化了的"的研究的区别。在这个意义上来说，郭沫若和侯外庐的研究是一致的，都是"新史学"，都试图区别于他们之前的所谓的唯心主义史学。我们在这里说的唯物论和唯心论的区别是在方法论的意义上来说的，并没有涉及价值判断，事实也证明，有些在方法论上是唯心论的研究所取得的成绩也是难以抹杀的。

郭沫若认为，说屈原思想存在矛盾，这一矛盾是他的世界观和方法论之间的矛盾，这个论断是相当正确的。但把屈原和跳了水的王国维、法国的巴尔扎克、俄国的托尔斯泰相比，说他在方法论上是前进的、"求真的"，在世界观上是落后的，"本质上是反动的"，这种说法是大有问题的。"我的看法，却正相反。屈原的世界观是前进的，革命的，而他的方法——作为诗人在构思与遣词上的技术——却不免有些保守的倾向。这便是我所认识的屈原思想的矛盾，结论的形式虽然和侯先生所见到的相同，

---

① 侯外庐：《申论屈原思想》，载《中苏文化》1942年第11卷第1、2期合刊。
② 马克思：《德意志意识形态》，郭沫若译，群益出版社1947年版，第80页。
③ 郭沫若：《我怎样写〈青铜时代〉和〈十批判书〉》，载《民主与科学》1945年第1卷第5、6期合刊。

而内容则恰恰相反。"①

郭沫若认为,屈原的矛盾在于,他本质上对神的存在是怀疑的,但在他的诗歌作品中,却不惜笔墨来描写天堂地狱,描写各种怪力乱神的存在,郭沫若把这种矛盾归结为:"屈原并不是一位纯粹的思想家,而是一位卓越的艺术家。他在思想上尽管是北方式的一位现实主义的儒者,而在艺术上却是一位南方式的浪漫主义的诗人。"② 这种矛盾是前进的思想和落后的生活习惯之间的矛盾,他具有先进的儒家的思想,但是当他作为艺术家,在给这些思想穿上外衣,赋以血肉,加以形象化时,却不知不觉地沿用了生活习惯上的许多不合理的东西,比如在楚国广为流传的怪力乱神的传说。我们可以看到,郭沫若对屈原艺术的这种解释跟马克思对希腊神话与希腊艺术之间的关系的解释是极其相似的。在郭沫若译的《政治经济学批判》中,马克思认为:"希腊的艺术以希腊的神话为前提,那是说自然界与社会形态本身由民族的幻想在一种无意识的艺术的方法中已经是加工过的。这是希腊艺术之资料不是任意的一种神话,也不是自然界之任意一种无意识的艺术的加工。在这儿是指说一切的对象物不消说社会(也是)包含在里面。"③

郭沫若给屈原的最后评价是这样的:"总之,屈原的思想是前进的,他是一位南方的儒者。儒家思想,在当时,由奴隶制蜕变为封建制的当时,是前进的。我们不好由现代的观点来指斥为反动,更不好因而说屈原也是思想反动。他和王国维不同,王国维是在封建制已开始蜕变的时候而仍然固执着封建思想。同样也和托尔斯泰与巴尔扎克不能并比。屈原固仍不免有些矛盾,但他的矛盾只是作为艺术家的构思和遣词上,有意无意地不能将旧有的生活习惯完全摆脱,但是思想是前进的,而方法则不免仍有多少限制。"④

侯外庐后来回忆,20 世纪 40 年代,在重庆左翼阵营内部,不同意郭

---

① 郭沫若:《屈原思想》,载《中苏文化》1942 年第 11 卷第 1、2 期合刊。
② 同上。
③ 马克思:《政治经济学批判》,郭沫若译,群益出版社 1947 年版,第 293 页。
④ 郭沫若:《屈原思想》,载《中苏文化》1942 年第 11 卷第 1、2 期合刊。

沫若对屈原的评价，或对《屈原》剧本持不同意见的同志是为数不少的，但只有他在《新华日报》上撰文和郭沫若进行辩论。① 他和郭沫若之间是存在一些共识的，表现为以下三点：一，认为封建社会始于秦、汉之交，因而把春秋战国看做一个大转变时期，屈原是一个奴隶制蜕变时代的诗人；二，都认为屈原是一个儒者；三，都肯定屈原人格的伟大、诗作的不朽。侯外庐认为，他和郭沫若分歧的本质在于对儒家思想的评价差别很大，而"作为儒者的屈原，他的《天问》、《招魂》所寓之理想"，"究竟是社会进步的理想，还是倒退的奴隶制残余的梦想"②，这是他和郭沫若屈原研究的分歧所在。

对于儒家思想的不同评价根源于郭沫若与侯外庐对古代社会生产方式研究上的分歧。侯外庐从"亚细亚生产方式"的论述出发，把西周、春秋、战国时代的思想史相应地分为三个阶段，第一阶段为"学在官府"的畴官贵族之学；第二阶段为《诗》、《书》传授之学，据此而批判出了显学，也就是孔墨之学；第三阶段始普遍成为私人创著，百家并鸣之学。③ 侯外庐认为，在从氏族社会向公族国家发展的过程中，孔墨之学所扮演的角色是不一样的。虽然都求助于先王之道，但孔墨之间的区别是马丁·路德和闵采尔之间的区别，孔子是改良的，墨子则是革命的。

郭沫若是反对用"亚细亚生产方式"来解释中国古代的奴隶社会的，在1947年的《政治经济学批判·译者序言》中，他从《政治经济学批判·序言》、《导言》和《德意志意识形态》等著作出发，认为马克思所说的"亚细亚的"的就是"原始公社式的"。亚细亚不是单纯的一个地理名词，因为原始公社在亚细亚的诸民族中保存得较为鲜明，所以马克思用

---

① 郭沫若和侯外庐这些争论文章最初发表于重庆《新华日报》，分别是：《屈原思想的秘密》（1942年2月17日），《屈原思想》（1942年3月10日），《屈原思想渊源底先决问题》（1942年4月20—22日）。后来侯外庐把这次争论的相关文章在《中苏文化》第11卷第1、2期合刊（1942年6月10）上以"屈原研究"为题重新发表，包括：《屈原的艺术与思想》（郭沫若）、《屈原思想的秘密》（侯外庐）、《屈原思想》（郭沫若）、《屈原思想渊源底先决问题》（侯外庐）、《申论屈原思想》（侯外庐）五篇文章。

② 侯外庐：《韧的追求》，三联书店1985年版，第133—134页。

③ 侯外庐：《中国古代思想学说史》，辽宁教育出版社1998年版，第1页。

这一名词来指代原始公社制的生产方式,就好像奴隶社会在希腊罗马保存得较为鲜明,马克思称之为"古典的"一样。而且,郭沫若认为,人类社会的进展是完全按照马克思所说的进程行进的,中国也不例外。"我是这样相信着:社会进展的阶段,依原始公社、奴隶社会、封建社会、资本主义社会、社会主义社会而叠进,是不能有例外的。这犹如由卵变成蚕,由蚕变成蛹,由蛹变成蛾一样,在各个阶段上的个体,尽可以有各种各样的个性或特征,但不能够跳过一个阶段,也不能够多出一个阶段或把这阶段倒逆。假使有这样的蚕种多一变态或少一变态,或者不是由蚕变成蛹,而是由蛹变成蚕,那么整个昆虫变态的学说都会发生动摇。但我自己经过了二十几年的研究,中国社会的史的进展也并不例外。所谓'国情不同',在这一方面也并不能成立。"①

郭沫若和侯外庐之间关于屈原思想的论争与他们各自的古代社会史的研究紧密联系在一起,如果不解决社会史领域的基本分歧,似乎就无法在思想史的领域对屈原作出评判。但屈原研究作为一个中介,也可以向我们展示二人在古代思想史研究中的不同取向。

侯外庐在谈到他的古代思想史研究跟古代社会史研究之间的关系时,认为自己:"论述古代思想的发展,始终扣紧古代社会的发展。"思想史的研究和社会史的研究"互相贯串,互为补充,后者是前者的基础"。② 但正像马克思所说的:"困难处不在能了解希腊的艺术与叙事诗与某种社会的发展形态有密切的关系。困难处是在'能了解'希腊的艺术与叙事诗何以尚能给我们以艺术玩赏,而且在某种关系上尚认为典型,认为不可企及的模范。"③ 侯外庐是从关注 20 世纪 30 年代的社会史论战开始研究中国社会史的,在谈自己的社会史研究工作的理论背景时,他强调了《资本论》的研读和郭沫若《中国古代社会研究》的启发。20 世纪 40 年代初,侯外庐自社会史的研究而进入思想史的研究,在唯物史观的应用上,他认为自己的思想史研究的一大特色是运用了政治经济学的方法。"我根据历史唯物

---

① 马克思:《政治经济学批判》,郭沫若译,群益出版社 1947 年版,第 5—6 页。
② 侯外庐:《韧的追求》,三联书店 1985 年版,第 268 页。
③ 马克思:《政治经济学批判》,郭沫若译,群益出版社 1947 年版,第 294 页。

主义的观点和方法，特别运用政治经济的金钥匙作了解答。"①他的这一方法最好的注解是他运用马克思的商品二重性理论来解释老子《道德经》中的："三十辐共一毂，当其无，有车之用。埏埴以为器，当其无，有器之用。凿户牖以为室，当其无，有室之用。故有之以为利，无之以为用。"这里的"无"原本应当做"空"、"中空"讲，是跟"实"相对的，但侯外庐用使用价值和交换价值之间的关系来解释句中的"有""无"。②侯外庐似乎对马克思和恩格斯早期著作中关于意识形态领域的特殊性的那些论述比较隔膜，理论资源更多地来自于马克思和恩格斯后期的著作，比如《资本论》、《反杜林论》。这可能是他和郭沫若的古代思想史研究的理论背景上的不同。

郭沫若在《屈原思想》一文中答复侯外庐《屈原思想的秘密》一文时，对侯外庐的屈原研究背后的一整套的中国古代奴隶社会的亚细亚生产方式理论似乎并没有注意，所以对侯外庐的主要批评不是在社会史问题的分歧上，而是说不能用"现代的观点"来评价儒家思想在春秋战国时的地位，斥之为反动。"我们不可以拿我们现在二十世纪的现代的眼光去看，要辩证地从历史的发展上去看。不能说在现代这些思想有一部分是落后了，而公式地断定这些思想本质地便是反动的。"③把侯外庐当成新史学中的公式主义来进行批判，而没有意识到他的历史研究的立场，这似乎促成了侯外庐进一步清晰、完整地阐述他的古代社会研究理论。正如他在《中国古典社会史论·序言》中所说的："本书所以能于短期间写出，乃因我与郭沫若先生关于屈原思想的讨论，而增厚了兴致。"④另一方面，我们从郭沫若对"现代的观点"的反对上似乎也可以看到他对当时新史学内部存在的问题的焦虑，这个问题就是没有从唯物史观的立场出发评价儒学在历史上的地位，而是根据当前儒学的反动性抹杀儒学在历史上曾经起到过的积极作用。

---

① 侯外庐：《韧的追求》，三联书店1985年版，第269页。
② 参见侯外庐在《韧的追求》一书中的叙述，见《韧的追求》，第144—149页。
③ 郭沫若：《屈原思想》，载《中苏文化》第11卷第1、2期合刊。
④ 侯外庐：《中国古典社会史论》，五十年代出版社1943年版，第5页。

第二节 儒墨批判

当时左翼阵营中对儒学的批判是相当普遍的,这种否定和批判有现实的根源,那就是国民政府对儒学的提倡。抗战期间,由于民族危机的加深,国统区出现了儒学的复兴,国民政府开展"新生活运动"、"国民精神总动员"等运动,也把以儒学为代表的传统文化看成是自身合法性的来源。因此,左翼对儒学的否定和批判有着直接的政治意义。郭沫若从唯物史观的立场出发在"新史学"的意义上对先秦儒学的积极评价,无意中却在政治层面倾向于相反的一极。所以当郭沫若发表《墨子的思想》、《孔墨的批判》等所谓"崇儒抑墨"的文章后,左翼阵营中很多人表示不理解,认为这和"新儒学"、"新理学"等他们当做反动思想加以批判的东西没有什么区别。

郭沫若对儒学的态度从"五四"以来是有几次反复的,但在这一时期,从他的社会史研究出发,他对儒家思想是持肯定态度的,认为儒家思想本质上是一种革命的、前进的思想。在1942年的《屈原的思想》中,他甚至认为墨家和道家思想也是值得肯定的。"儒家倡导仁,道家倡导慈,墨家倡导兼爱。这都是叫人要相互尊重彼此的人格,特别是在上者要尊重下者的人格"①,以前在氏族制时代是把人当成牺牲,在奴隶制时代是把人当牛马,现在在从奴隶制向封建制过渡的时代,则是把人当人,儒墨道三家的思想都是人道主义思潮兴起的表现:"事实上当时的儒墨道三家的整套的伦理思想的出现,都是革命的成果。"② 郭沫若先秦学术思想的研究是围绕着社会史的一个结论展开的,那就是:殷代是原始公社晚期,西周是奴隶社会,春秋战国是从奴隶制向封建制过渡的时期。他认为:"有了这个结论,周秦之际的一个学术高潮才能得到说明;而那个高潮期中的各家

---

① 郭沫若:《屈原思想》,载《中苏文化》第11卷第1、2期合刊。
② 同上。

的立场和进展,也才能得到正确的了解。"①

在儒墨问题上,郭沫若1943年8月撰写的《墨子的思想》一文引起了左翼阵营中很多人的不满。《墨子的思想》是郭沫若先秦思想史研究的第一篇文章,在这篇文章中,郭沫若对墨子的思想进行了全面的批判,对之前他关于墨子的零散论述进行了系统的阐述。文章一开始,郭沫若就写道:"墨子始终是一位宗教家。他的思想充分地带有反动性——不科学,不民主,反进化,反人性,名虽兼爱而实偏爱,名虽非攻而实美攻,名虽非命而实皈命。"并且质疑:"像他那样满嘴的王公大人,一脑袋的鬼神上帝,极端专制,极端保守的宗教思想家,我真不知道何以竟能成为了'工农革命的代表'!"②这篇文章和当时左翼阵营中对墨学的一般见解是完全相反的,它的发表在左翼阵营中产生了很大的反响,用郭沫若的话来说就是像"犯了众怒"③。

那么,郭沫若是怎样来进行墨子的思想的研究的呢?正像郭沫若所说的:"到了现在要来论孔子与墨子实在不是一件容易的事。"④ 因为二千多年来,后人对他们的事迹和学说都有许多的美化和渲染。郭沫若认为,"是什么还他个什么,这是史学家的态度,也是科学家的态度。"⑤ "应该从分析着手,从发展着眼,各人的责任还之各人。"⑥ 郭沫若试图还墨子一个本来的面目,在他来说,就是从墨子身处的历史条件出发,来评价他的思想。就像他在1944年2月为这一时期的先秦思想史研究说作的序言中所说的:"我尽可能搜集了材料,先求时代与社会的一般的阐发,于此寻出某种学说发生的社会基础,学说与学说彼此间的关系和影响,学说对于社会

---

① 郭沫若:《青铜时代·后记》,见《郭沫若全集·历史编》第1卷,人民出版社1982年版,第611页。
② 郭沫若:《墨子的思想》,载《群众》1943年第8卷第15期。
③ 郭沫若:《我怎样写〈青铜时代〉和〈十批判书〉》,载《民主与科学》1945年第1卷第5、6期合刊。
④ 郭沫若:《孔墨的批判》,见《十批判书》,群益出版社1947年版,第63页。
⑤ 郭沫若:《青铜时代·后记》,见《郭沫若全集·历史编》第1卷,人民出版社1982年版,第612页。
⑥ 同上书,第613页。

进展的相应之或顺或逆。"①

郭沫若是从《墨子》一书中的《尚贤》、《尚同》、《兼爱》、《非攻》、《节用》、《节葬》、《天志》、《明鬼》、《非乐》、《非命》十篇出发来研究墨子的思想的,他认为这十篇中所含有的思想,基本上比较完整地保存了墨子思想的真相。郭沫若对墨子的最主要的批判是两点:一是信仰上帝鬼神;二是站在"王公大人"的立场上。首先,墨子是相信上帝鬼神的,《天志上》中说:"我有天志,譬若轮人之有规,匠人之有矩。"郭沫若认为这是墨子一切学术思想的一根脊柱,而宣传墨子有科学精神的人往往忽略了他信仰上帝鬼神的这一面,拔高了墨子的思想和现代科学之间的联系。其次,墨子的"尚贤"、"尚同"、"兼爱"、"非攻"等思想是从王公大人的立场出发的,它承认旧有的一切等级秩序,承认私有财产神圣不可侵犯。"在原始神教的迷信已经动摇了的时候,而他要尊崇鬼神上帝。在民贵君轻的思想已经酝酿着的时候,而他要顶礼王公大人。在百家争鸣,思潮焕发的时候,而他要'一同天下之义'。"② 在解释墨学在当时的影响力时,郭沫若把它归结于墨子的人格魅力,把墨学比拟为一种宗教。"大凡一种有神的宗教,在其思想根据上一般都很浅薄,惟其浅薄,所以易于接受。而倡导这种宗教的人每每有一种特异的人格,一般人对于这人格的特异性发生景仰,因此也就放过了他思想的浅薄性。墨子正是一位特异人格的所有者。""就是这样被人感佩,所以他的思想真像一股风一样,一时之间布满了天下,而且虽然被冷落了二千年,就到现在也依然有人极端的服膺。"③

研究历史人物要从具体的历史条件出发,这并不是马克思主义史学的专利。孟子就说过"知人论世",鲁迅也曾说过:"世间有所谓'就事论事'的办法,现在就诗论诗,或者也可以说是无碍的罢。不过我以为倘要论文,最好是顾及全篇,并且顾及作者的全人,以及他所处的社会状态,

---

① 郭沫若:《青铜时代·后记》,见《郭沫若全集·历史编》第1卷,人民出版社1982年版,第617页。
② 郭沫若:《墨子的思想》,载《群众》1943年第8卷第15期。
③ 同上。

这才较为确切。要不然，是很容易近于说梦的！"① 但是对具体的历史条件的了解也是隐含着立场、观点和方法的，具体的历史条件并不是一种可以直接把握的经验的现实，正如卢卡奇所说的："历史现实性本身只能在复杂的中介过程中才能被达到，被认识和被描述。"② 并且，"直接性和中介就不仅是对现实的客体所采取的相互隶属、相互补充的方式，而且还同时是辩证地相关的规定。这就是说，每一种中介都必然地要产生一种立场，在这种立场上，由这种中介创造出来的对象性采取直接性的形式"③。这也是不同的研究者从不同的立场和理论基础出发对同一对象作出不同解释的原因。

郭沫若的墨子研究的立场和方法是什么呢？郭沫若的墨子研究是在古代社会结构和组织研究之上，对意识形态领域的清算。这也是郭沫若整个20世纪40年代先秦思想史研究的特色。正如他在讲到他的甲骨文、青铜铭文研究跟后来的思想史研究的关系时所说的："这种古器物学的研究使我对于古代社会的面貌更加明了之后，我的兴趣便逐渐转移到意识形态的清算上来了。"④ 而且，郭沫若认为，"社会机构得到明确的清算，从这里建立起来的意识形态然后才能清算得更明确"⑤。

而且，郭沫若的这种意识形态领域的清算是跟马克思早期著作中所表达的特定思想相关的，这跟郭沫若在大革命失败后的翻译和阅读的范围有关。如果说《中国古代社会研究》是郭沫若对恩格斯《家庭、私有制和国家的起源》一书在中国语境中的拓展，那么他20世纪40年代关于先秦思想史的研究则在很大程度上受到了马克思和恩格斯早期著作中关于意识形态研究的论述的影响。郭沫若在20世纪30年代初译的马克思和恩格斯的三本著作《政治经济学批判》（1930年译）、《德意志意识形态》（1931年

---

① 鲁迅：《且介亭杂文二集·"题未定"草（六至九）》，见《鲁迅全集》第6卷，人民文学出版社2005年版，第444页。
② 卢卡奇：《历史与阶级意识》，杜章智等译，商务印书馆1992年版，第235—236页。
③ 同上书，第236—237页。
④ 郭沫若：《我怎样写〈青铜时代〉和〈十批判书〉》，载《民主与科学》1945年第1卷第5、6期合刊。
⑤ 同上。

译)、《艺术的真实》（1936年译）在他的思想发展中的重要性似乎一直没有得到足够的重视。在郭沫若译的马克思主义类的著作中，大家提到的比较多的是1924年译的河上肇的《社会组织与社会革命》，这可能跟郭沫若自己的论述有关。他在很多地方都提到了《社会组织与社会革命》一书对他开始接受马克思主义的影响。郭沫若虽然对《社会组织与社会革命》的内容不是十分满意，觉得它不是马克思的本旨，但还是认为这本书的翻译在他的一生中形成了一个转换期。"我自己的转向马克思主义和固定下来，这部书的译出是起了很大的作用的。当然我在译出本书之前，早就有革命的情绪和要求，希望对于马克思主义能够有一番深入的了解，因而我决心翻译了这一部书。翻译了的结果，确切地使我从文艺运动的阵营里转进到革命运动的战线里来了。"① "我从前只是茫然地对于个人资本主义怀着憎恨，对于社会革命怀着信心，如今更得着理性的背光，而不是一味的感情作用了。"②

相比之下，郭沫若对他在20世纪30年代初翻译的马克思和恩格斯的这三部著作反而论述甚少。《德意志意识形态》是郭沫若根据梁赞诺夫1926年编撰的马克思恩格斯文库第一册德文版译出，当时是《德意志意识形态》手稿的第一次整理，并不是完整版，包括《费尔巴哈论纲》（即《关于费尔巴哈的提纲》）和《德意志意识形态》第一卷论费尔巴哈部分。在《政治经济学批判》和《德意志意识形态》中，马克思和恩格斯对观念体系、意识形态与特定生产方式之间的关系有了明确的论述，揭穿了观念论的神秘外衣，"于是道德、宗教、形而上学以及其他的观念体系，与同这些相应的意识形态，便不能再保持着那独立性之外观。它们并没有什么历史，它们并没有什么发展，只是发展着自己的物质的生产与物质的交通之人们伴随着他们的这种实际也变更他们的思想与他们的思想之产物。不是意识规定生活，反是生活规定意识。"③

---

① 河上肇：《社会组织与社会革命》，郭沫若译，上海商务印书馆1951年版，第1页。
② 郭沫若：《创造十年续篇》，见《郭沫若全集·文学编》第12卷，人民文学出版社1992年版，第205页。
③ 马克思：《德意志意识形态》，郭沫若译，群益出版社1947年版，第54页。

《艺术的真实》是节选的马克思和恩格斯《神圣家族，或对批判的批判所做的批判》一书中跟《巴黎的秘密》相关的部分，在这部分中，马克思对施里加论欧仁·苏的小说《巴黎的秘密》的文章进行了分析，对"思辨的""唯心的"思想进行了批判，认为思辨的思维用僵死的、无差别的、静止的本质代替了活生生的、自相区别的、能动的本质，用抽象代替了现实的内容。马克思和恩格斯在这些早期著作中主要做的批判工作是反对唯心论，反对庸俗唯物主义，试图建立科学的唯物论。应该说，在这些著作中，与马克思和恩格斯的其他著作相比，对经济基础与上层建筑的关系，对意识形态、文学与生产条件的关系的论述是比较集中的，而且也是比较明确的。

马克思和恩格斯的这些著作在郭沫若的学术研究的转变中起到了什么样的作用，我们今天仍无法说清楚，但毫无疑问，郭沫若的思想在这一时期是发生了相当大的转变的。在1945年的《我怎样写〈青铜时代〉和〈十批判书〉》一文中，在谈到自己的墨子研究的变化时，郭沫若曾说："墨子，我在前面说过，我在小时也曾经崇拜过他，认他为任侠的祖宗，觉得他是很平民的、很科学的。那时的见解和时贤并没有两样。但约略在二十年前我的看法便改变了。我认为他纯全是一位宗教家，而且是站在王公大人的立场上的人。"① 这里的二十年前左右大概也就是郭沫若开始接触马克思主义类的著作的时候。而且在解释这种对墨子的前后完全相反的看法时，郭沫若的论述是完全借鉴了马克思关于意识形态研究的唯物主义观点的："前后看法的完全相反，在我是有我的客观根据的，我并没有什么'偏恶'或'偏爱'的念头。我的方法是把古代社会的发展清算了，探得了各家学术的立场和根源，以及各家之间的相互关系，然后再定他们的评价。我并没有把他们孤立起来，用主观的见解去任意加以解释。"②

如果说《中国古代社会研究》、《卜辞通纂》和《甲骨文字研究》时期郭沫若主要关注古代社会的组织和机构，那么郭沫若抗战时期的学术研

---

① 郭沫若：《我怎样写〈青铜时代〉和〈十批判书〉》，载《民主与科学》1945年第1卷第5、6期合刊。

② 同上。

究已经从社会组织和社会机构转到意识形态领域中来，并且形成了自己比较明确的立场、观点和方法。也正是在这一时期，他对新旧史学在意识形态领域研究中的区别有了清晰的认识，同时对新史学在意识形态研究中的庸俗化倾向（即他所说的新史学中的主观主义和教条主义）进行了批判。

郭沫若的墨子研究试图在唯物史观的基础上对前人的墨子研究进行清理。郭沫若在日记中记载他是从8月4日开始写《墨子的思想》一文的，而在7月31日的日记中，他这样写道："读方授楚《墨学源流》，仍在梁（启超）、胡（适）余波推荡中，在打倒孔家店之余，欲建立墨家店。杜老以为最平允者，其实际不过如此。"① 郭沫若反对以墨学代替儒学，认为这不是研究学问的态度，"最主要的是我们不要把自己去讲墨子"②。他对晚清以来的墨子研究进行了批评，比如梁启超从墨子的"臣萌通约"来讲墨子具有民约论思想，左翼学界有人以墨子《兼爱》的"非人者必有以易之"一句来讲墨子是奴隶解放者，郭沫若从训诂考证出发，对这些解释进行了批评，认为都是以自己的现在的思想来解释古人，是不科学的，对待古人是要还他一个本来面目的。"凭自己的主观去讲墨子，所以墨子可以随意地成为卢梭或者列宁了。"③

如果说郭沫若的墨学研究是在唯物史观的立场上区别于之前的墨学研究，即在生产方式和社会物质基础的变迁中来讲墨学，把它看成上层建筑和意识形态的一部分；那么在同样以唯物史观研究墨子的左翼阵营，郭沫若要批判的是研究中的庸俗化倾向，也就是郭沫若所说的新史学中的主观主义或公式主义。郭沫若所说的新史学中主观主义或公式主义具体指的是什么呢？我们可以看一下1947年他在回顾自己的早期研究时所作的检讨："我的初期的研究方法，毫无讳言，是犯了公式主义的毛病的。我是差不多死死地把唯物史观的公式，往古代的资料上套。"④ 当时的墨学普遍地被

---

① 郭沫若：《我怎样写〈青铜时代〉和〈十批判书〉》，载《民主与科学》1945年第1卷第5、6期合刊。
② 郭沫若：《墨子的思想》，载《群众》1943年第8卷第15期。
③ 同上。
④ 郭沫若：《我是中国人·海涛集》，见《沫若文集》第8卷，人民文学出版社1958年版，第339页。

左翼看成是对抗国民政府提倡的儒学的工具，墨学研究在价值观上也受到了影响。在郭沫若看来，在研究中，这是犯了主观主义和教条主义的错误。

舒芜在回忆中讲到自己为什么要在那个时候从事墨学研究，他认为是受到了梁启超、胡适他们用新方法研究墨学的影响。"我从梁启超《清代学术概论》获得的关于五四新文化运动是清代学术思想'以复古求解放'的过程的继续的理解，于是有了感性的内容。"① "于是我想，梁启超、胡适他们用资产阶级那一套讲墨经，我可不可以用马克思主义的观点方法对墨学加以研究，从而对抗'新儒学'、'新理学'之类乌烟瘴气的东西，来它一个第三次墨学复兴呢？而且在封建法西斯统治日益加强的那个环境里，在墨学研究的形式下讲马克思主义，也会隐蔽一些。"②

墨学研究被当成了对抗"新儒学"、"新理学"的武器，在郭沫若看来，这是用一种歪曲代替了另一种歪曲，犯了公式主义的错误。"我们并不是因为有一种歪曲流行，而要以另一种歪曲还它。如矫枉而过正，依然还是歪曲，答复歪曲的反映，只有平正一途。"③ 在解释当时为什么出现抑儒扬墨的思潮时，郭沫若归之于社会变革时期的价值倒逆现象，认为是情感胜过了理智的结果："在社会变革的时期，价值倒逆的现象要发生是必然的趋势。前人之所贵者贱之，之所贱者贵之，也每每是合乎正鹄的。但感情容易跑到理智的前头，不经过严密的批判而轻易倒逆，便会陷入于公式主义的窠臼。在前是抑墨而扬儒，而今是抑儒而扬墨，而实则儒宜分别言之，墨则无可扬之理。"④ 郭沫若认为，新儒学、新墨学的提倡，其实都是时代错误。"在现代要恢复古代的东西，无论所恢复的是哪一家，在事实上都是时代错误。"⑤

新史学阵营在当时对古代史的研究是相当热烈的，正如胡绳在1944年

---

① 舒芜：《回归五四·后序》，辽宁教育出版社1999年版，第576页。
② 舒芜：《舒芜口述自传》，徐福芦撰写，中国社会科学出版社2002年版。
③ 郭沫若：《青铜时代·后记》，见《郭沫若全集·历史编》第1卷，人民出版社1982年版，第617页。
④ 同上，第614页。
⑤ 同上，第611页。

10月所写的一篇文章中所说的："因为要求对激变中的当前现实获得更充分的认识，人们便用更大的热忱去回顾先民的历史了。因为要求对于从现在到将来的途径获得更明确的把握，人们便更急迫地想去弄清楚从过去如何发展到现在的途径了。"① 但新史学阵营中的基本的见解却跟郭沫若在《墨子的思想》等一系列的文章中的见解大不相同，西周封建制是一个问题，儒墨的评价也是一个问题。郭沫若谈到《甲申三百年祭》之后他继续古代研究，"不仅和古代研究没有告别，而研究的必要反而更促进了"，主要的原因，"是在这个期间之内有好几部新史学阵营里面的关于古史的著作出现，而见解却和我的不尽相同。"主张西周封建制的人对他的西周奴隶制观点不加评论，而《墨子的思想》一文则引起了普遍的反对，这些反应对郭沫若的刺激是很大的。"这些立刻刺激了我。因为假如是不同道的人，要受他们的攻击，那是很平常的事；在同道的人中得不到谅解，甚至遭受敌视，那却是很令我不安。因此，我感觉着须得有一番总清算、总答复的必要。就这样彻底整理古代社会及其意识形态的心向便更受了鼓舞。"② 在儒墨问题上，就是继《墨子的思想》之后又写了《孔墨的批判》。

在《孔墨的批判》中，郭沫若坚持了他对儒学和墨学的基本看法，这背后当然是坚持了他的西周奴隶制以及整个先秦社会史的观点的，而且正是这种社会史研究的基础，使他对自己的儒墨研究充满了信心。因为，在他看来："社会机构得到明确的清算，从这里建立起来的意识形态然后才能清算得更明确。我的对于孔子和墨子的见解，虽然遭受了相当普遍的非难，但我却得到了更加坚定的一层自信。"③ 在材料的选择上，他也对当时的研究有所批评："大家都为后来的渲染所炫惑，孔墨的基本立场究竟是怎样，不是只凭渲染去看，便是只凭自己的想象去描写。"④ 他是从儒墨之间的相互辩难来讲当时的儒墨对立的，主要的就是《墨子》的《非儒篇》。

---

① 胡绳：《论历史研究和现实问题的关联》，见《胡绳全书》第1卷（上），人民出版社1998年版，第263页。
② 郭沫若：《我怎样写〈青铜时代〉和〈十批判书〉》，载《民主与科学》1945年第1卷第5、6期合刊。
③ 同上。
④ 同上。

通过对《非儒篇》中几段关于孔子的故事的分析，郭沫若认为墨子是反对乱党而孔子是同情和赞成乱党的，乱党是什么？在郭沫若看来，乱党"在当时都要算是比较能够代表民意的新兴势力"①。因此，"一句话归总：孔子是袒护乱党，而墨子是反对乱党的人！"②郭沫若认为，孔子与其门人弟子帮助乱党的事例，在《非儒篇》中有七项，墨家既然一一列举出来加以非难，在墨家自己当然是决不会照着做的，在这一问题上非常明显地表露出了孔子和墨子的根本立场的不同。"孔子的基本立场既是顺应着当时的社会变革的潮流的，因而他的思想和言论也就可以获得清算的标准。大体上他是站在代表人民利益的方面的，他很想积极地利用文化的力量来增进人民的幸福。对于过去的文化于部分地整理接受之外，也部分地批判改造，企图建立一个新的体系以为新来的封建社会的韧带。"③

在《墨子的思想》一文中，郭沫若从维护私有财产这一意义上来讲墨子的"兼爱"、"非攻"，并称之为"反动"；在《孔墨的批判》中，他对这一观点进行了修正，认为在墨子思想中起着核心作用的这一对概念，虽然维护的是财产的所有权，但也是时代精神的反映。"在由奴隶制转移为封建制的过渡时期，私有财产权还未十分稳固，要建立一种学说体系来使它神圣化，倒确实不好轻率地谥为'反动'——在这一部分我可以取消我的这个判断。"④但他只是在这个意义上肯定墨子的思想，超越了这个时代阶段而把墨子神圣化仍然是他所反对的，"要说墨子是奴隶解放者，是农工革命的前驱，是古代的布尔什维克，虽然明显地不是出于'偏恶'，然而只是把黑脸张飞涂成了红脸关羽。不仅依然在涂着脸谱，而且涂错了脸谱。"⑤因此，郭沫若的结论是："在公家腐败，私门前进的时代，孔子是扶助私门而墨子是袒护公家的。"⑥

---

① 郭沫若：《孔墨的批判》，见《十批判书》，群益出版社1947年版，第67页。
② 同上。
③ 同上，第75页。
④ 同上，第101页。
⑤ 同上。
⑥ 郭沫若：《我怎样写〈青铜时代〉和〈十批判书〉》，载《民主与科学》1945年第1卷第5、6期合刊。

在谈到这两篇文章的影响时，郭沫若说："我在前写了《墨子的思想》，已经瞠惑了好些友人，今年我又开始写着《孔墨的批判》，不仅依然反对墨子而在反面还赞扬了孔子，这也恐怕要使好些友人更加瞠惑。然而我不想畏缩。今天已经不是宋儒明儒的时代，但也不是梁任公、胡适之的时代了。只要我有确凿的根据，我相信友人们是可以说服的。"① 这个确凿的根据一方面是马克思主义的唯物史观，另一方面就是他自己的古代社会研究。就像他在另一个地方提到的："我自然并不敢认定我的见解就是绝对的正确。但就我所能运用的材料和方法上来看，我的看法在我自己是比较心安理得的。"② 对于左翼阵营中由政治的原因而起的对儒学的普遍反对，郭沫若从他的理论立场出发，很明确地认为，"'儒家'那样一个名词，便是非科学的东西。秦、汉以后的儒者和秦、汉以前的已经是大不相同，而秦、汉以前的儒者也各有派别。"③ 他认为，在新史学中，"不加分析而笼统地反对或赞扬，那就是所谓主观主义或公式主义。因为在你的脑筋里面先存了一个既成的观念，而你加以反对或赞扬，你所如何的只是那个观念而已。"④ 他并不担心他对先秦儒家思想的积极评价就会为旧势力张目，就和"新儒学"、"新理学"走到一起。当时的《读书与出版》杂志在介绍郭沫若和翦伯赞、杨荣国等人的儒墨之争时，就认为："当然不能把郭先生的意见和复古派的歌颂孔孟并为一谈，郭先生是企图从封建专制时代的儒家的烟瘴下恢复孔子思想在当时时代中的真实的地位。当然也不能以为翦、杨诸先生的意见就是把墨家的思想看做是完整的革命思想，他们也是企图把墨家在当时时代中的本色揭露出来。"⑤

现在有的研究依然认为郭沫若的儒墨研究犯了"以今说古"的毛病："由于积极用世、为政治而学术的情结太重，他在论文中表现出了一种

---

① 郭沫若：《我怎样写〈青铜时代〉和〈十批判书〉》，载《民主与科学》1945年第1卷第5、6期合刊。
② 同上。
③ 同上。
④ 同上。
⑤ 《编者按》，载《读书与出版》1946年第3期。

'以今说古'的倾向。"① 我觉得这样的结论在郭沫若主观上应该是不能接受的。他的儒墨研究主观上要反对的正是左翼阵营中"以今说古",脱离古代社会的实际而空谈思想的做法;而他自己的研究努力要做到的是还古人一个本来的面目。他的使用唯物史观的观点和方法,也是为了更好地达到对古代思想的这种理解。在1957年左右写的《关于墨子思想的一封信》中,郭沫若在批评对方的墨子研究时,陈述了自己的一贯立场:"论历史人物当从历史发展来看,看他与时代的关系,与同时代思想家的关系,他本身的发展。你的方法不是这样,而是枝枝节节地想替墨家回护。"而他自己的立场呢?"我对儒墨并无偏袒,在今天来说,我是反对儒家的。因为我反对封建思想,但我是站在辩证唯物主义立场反对封建思想。但我并不把墨子的反对儒家引为同志。因为他的立场不同。五四之后不久,由于反对封建思想而打倒孔家店,因而有一部分人(如胡适、梁启超等)便极端推崇墨家,那正是反历史主义的表现。好些同志都还在那种见解的影响中,我认为我们是应该和那种方法诀别的。"② 这段话清楚地表明了郭沫若在历史研究上的立场。当然郭沫若运用马克思主义唯物史观来解释中国古代历史的这种立场和方法客观上造成的效果和评价是可以继续探讨的。

郭沫若的研究其实在这里表现为理论和政治两个层面之间的矛盾:在理论层面,新史学要反对先前的观念论的唯心史学,也要反对新史学中的主观主义和教条主义,要从唯物史观的角度出发对儒墨的思想作出客观的评价;在政治层面,作为以马克思主义为指导的左翼阵营的一分子,必须对当时的儒学复兴持批判态度。这两个层面的矛盾在屈原问题中的解决是戏剧性的,因为在这里儒家精神的体现者是屈原。《屈原》的创作在皖南事变之后冲破了左翼低沉的局面,振奋了精神,实现了直接的政治目的;而郭沫若在屈原身上附着的那些儒学的探讨则被隐没在了前者的光芒中。侯外庐认为,在屈原研究问题上:"结果是文学和艺术战胜了史学和哲学。今天,已经抹不去中国人心目中郭沫若所加工的屈原形象。史学和哲学严

---

① 曹艳红:《试述郭沫若的〈孔墨的批判〉的得失》,载《郭沫若学刊》2003年第2期。
② 郭沫若:《关于墨子思想的一封信》,载《中国哲学》1983年第九辑。

肃的面孔，显然不及艺术的魅力容易让人们接受。"① 但我认为，恰恰相反，正是《屈原》在文学和艺术上的成就，掩盖了郭沫若的屈原研究在理论上的意义。我们可以看到，当这种研究转移到儒墨问题上来时，理论和政治层面的矛盾就立刻凸显出来了。

第三节 反对教条主义

郭沫若崇儒贬墨的这些文章在左翼阵营引起了普遍的反对意见，胡风和舒芜也很关注这方面情况的发展。因为舒芜的国学根底和对墨学的浓厚兴趣，胡风介绍他认识了有志于振兴墨学的陈家康，二者在墨学问题上都对郭沫若的研究表示不满，并形成了共同的兴趣和深厚的友谊。舒芜在这时撰写了长篇反驳郭沫若的墨学研究的论文，认为郭沫若的研究不仅代表了一种学术态度，也代表了进步阵营中思想上的混乱，也就是说，他认为，马克思主义虽然似乎已经在进步知识分子中得到了普及，但它发展到一定的程度就止步不前了，在思想上"完成了起来"，没有能够跟上不断发展的革命实践，没有能够在实践中成为知识分子真正的理论武器。因此，郭沫若虽然是马克思主义著名学者，但却写出了在政治立场上似乎有悖于中国的马克思主义者应有的立场的文章，这显示了左翼在理论与实践上的脱节。②

舒芜这种对学术与政治之间的关系的理解似乎有些简单化，他从马克思主义的立场出发振兴墨学的方式也和郭沫若所批评的左翼阵营中的公式主义是一致的，也就是说，用对墨学的积极评价来达到反对"新儒学"、"新理学"的目的。在学术与政治的关系方面，我们换一个角度的话也可以对郭沫若的儒墨研究得到和舒芜完全相反的理解，郭沫若从生产力和生产关系的角度出发，对先秦儒家思想的积极评价也能从另一个方面来说明儒学思想在20世纪的反动作用，因为，在从奴隶社会向封建社会过渡的时

---

① 侯外庐：《韧的追求》，三联书店1985年版，第135页。
② 舒芜：《回归五四·后序》，辽宁教育出版社1999年版。

代，儒家思想适应生产力的发展，起了革命的作用，那么在从封建社会向资本主义社会和更高级的社会主义社会的过渡中，儒家思想作为封建社会的意识形态，显然起到了相反的作用。舒芜这篇后来大家所说的"驳郭文"虽然经胡风大力推荐，但并没有在杂志上正式发表，也没有留下最后的文稿，我们只能通过舒芜的回忆文章和当时胡风、舒芜等人的通信，了解其主要内容。①

虽然在郭沫若儒墨研究的问题上，胡风、舒芜、陈家康似乎并没有发出他们的不同声音，但通过这一事件，他们之间却在很多问题上形成了共识，而其中我们尤为关注的，就是他们对左翼阵营中存在的理论脱离实践的机械教条主义的认识。陈家康在这一时期撰写了《唯物论与唯"唯物的思想"论》一文，探讨唯物论中理论脱离实践、思想脱离生活的问题，提出要把马克思主义的理论和人的自然生命和生命力问题联系起来，要使之发展成为人的一种"自在的自觉"。② 这篇文章和乔冠华、胡绳等提倡改变生活态度、提倡感性生活的文章一起，被看成是"生活态度论"中的代表性文章。舒芜在"驳郭文"之后写作了《论主观》一文，把左翼阵营内的机械教条主义看成是反对的主要目标，提出克服理论与实践、思想与生活相脱离的方法是提倡个性解放、发扬主观。③ 胡风对《论主观》一文给予了很高的评价，认为它提出的这些问题关系到中华民族求新生的斗争。④

可以说，郭沫若的儒墨研究尽管在左翼阵营中遭遇了来自各方面的反对意见，但这些反对意见并不是一致的，它们来源于不同的理论立场和背景。胡风、舒芜、陈家康等人的批评和侯外庐的批评显然是不一样的，如果说侯外庐仍然在马克思主义史学的框架中探讨儒墨问题，他对儒墨问题的不同见解既来源于对社会形态史的不同看法，也来源于对政治经济学方法的不同运用，那么，舒芜等人的儒墨研究仍然是从观念出发的，也就是

---

① 参见胡风致舒芜的信，见《胡风全集》第9卷，湖北人民出版社1999年版；舒芜致胡风的信，见《新文学史料》2006年第3、4期；舒芜：《回归五四》，辽宁教育出版社1999年版；舒芜：《舒芜口述自传》，中国社会科学出版社2002年版。
② 陈家康：《唯物论与唯"唯物的思想"论》，载《群众》1943年第8卷第16期。
③ 舒芜：《论主观》，载《希望》1945年第1集第1期。
④ 胡风：《希望·编后记》，载《希望》1945年第1集第1期。

说，既是单纯从儒墨的文本出发的，没有涉及经济社会的分析，也是从既有的观念（儒学反动、墨学革命）出发的，马克思主义的方法只是被当成了复兴墨学的一种途径，这本身是非马克思主义的。

从这样一种基础出发对郭沫若儒墨研究作出的"机械—教条主义"的判断显然是不合理的，而在此基础上舒芜"个性解放"问题的提出也就缺乏了足够的说服力。反对教条主义的问题在这时候的左翼阵营中的出现当然有特定的意味和背景，它跟马克思主义在面对民族主义等其他思潮的挑战时，所表现出来的在主体的能动性、情感性方面的相应论述的缺失有关，但在界定什么是教条主义和教条主义的具体表现时，左翼阵营中的观点依然是非常混乱的。从郭沫若的儒墨研究出发，我们发现"主观论"对左翼阵营中教条主义的认识也是需要我们重新作出辨析的，不能当成是既成事实作为分析和研究的基础。

第四章 "才子集团"的"生活态度论"

"生活态度论"这一说法是由当时中共南方局的一些年轻人,如乔冠华、胡绳、陈家康等,在《中原》、《群众》等杂志上发表《论生活态度与现实主义》、《感性生活与理性生活》、《唯物论与唯"唯物的思想"论》等文章而引起的,他们在文章中探讨感性、感情、生活态度等问题,以之反对左翼阵营中的教条主义,被认为是党内知识分子为了响应延安整风号召而在国统区开展的思想运动,因为错误理解了延安的意图而受到批评和警告,被要求立即整改。[①] "主观论"的提出跟"生活态度论"有很密切的关系,但乔冠华、胡绳等人在1948年的"香港批判"中却成了批判"主观论"的主要力量,因此,对"生活态度论"本身的探讨就成了我们理解"才子集团"从"生活态度论"到"香港批判"的转变的基础,而没有这种理解,我们也就不能正确认识和评价胡风等人对"主观论"的坚持。

第一节 "生活三度"说

现有的对"生活态度论"的探讨基本上是在中共党内批评的框架内进

[①] 参见《中宣部关于〈新华日报〉、〈群众〉杂志的工作问题致董必武电》,见《中国共产党新闻工作文件汇编》(上),新华出版社1980年版,第137—140页。

行的，讨论的文本一般也仅限于中宣部电文和董必武的回电中的几篇文章，但是，稍稍换一个考察角度，我们还是可以发现很多异质性的东西。也就是说，在对延安整风运动的理解与误认的框架之外，"生活态度论"本身也可以揭示出国统区思想界更广泛的问题，它是针对国统区马克思主义阵营内部的教条主义问题而提出的。也就是说，它虽然从延安整风运动中获得了理论和实践的资源，但它针对的是国统区思想界本身的问题，离开了这个语境，我们就不能正确理解其观点主张。

1944年福建永安出版的关于这次讨论的文集名为《方生未死之间》，收录的文章依次为：《方生未死之间》（于潮）、《感性生活与理性生活》（项黎）、《论生活态度与现实主义》（于潮）、《生活的三度》（嘉梨）、《论所谓"生活的三度"》（茅盾）、《论艺术态度和生活态度》（项黎）。①史任远在写于1945年的序言中说："这里的六篇文章是我国新文化运动发展的新阶段上最佳的收获。从其中，我们可以获知自'五四'以后的二十六年来的新文化运动之所以不能深入的原因和今后新文化运动应循的途径；可以获知主客观的关系和生活究竟的意义之所在；可以获知新文化运动至此推进到了一个怎样的阶段。"②他是从新文化运动的角度出发来评价"生活态度论"的基本观点的，认为这些文章在主客观问题上推进了新文化运动的发展。那么"生活态度论"在主客观问题上有哪些独到的见解呢？

《方生未死之间》收录的这次讨论的相关文章的范围和中宣部所批判的文章的范围稍稍有些不同，它没有选择《群众》上的陈家康的《唯物论与唯"唯物的思想"论》等文章，却选入了嘉梨和茅盾关于"生活三度说"的文章。其实，在受到党内批判之前，所谓的"生活态度论"比较清晰的理论上的阐述就是"生活三度"说。"生活三度"说最早是由嘉梨在

---

① 茅盾、于潮等著：《方生未死之间》，东南出版社1944年版。嘉梨：《生活的三度》，文章原名为《人民不是一本书》，发表于《新华日报》副刊1943年3月17日。其他文章都发表于《中原》杂志，依次为创刊号：《论生活态度与现实主义》、《感性生活与理性生活》；第1卷第2期：《论所谓生活的三度》；第1卷第3期：《方生未死之间》、《论艺术态度与生活态度》。

② 史任远：《方生未死之间·序》，小雅出版社1947年版，第3页。

《人民不是一本书》一文中明确提出的,他认为,在处理知识分子和人民的关系上,要注意生活的三个方面:要扩大生活的范围,加深生活的经验,加强生活的密度。"这是生活的三阶段,同时也是生活这一范畴的三方面:扩大生活范围指的是生活的广度,加深生活经验指的是生活的深度,而用全副心肠去关切人民的命运指的是生活的密度——人与人之间的真实距离。"①

嘉梨认为,我们提出生活的概念是为了克服"五四"以来知识分子与人民的关系仅停留在理论的层面上这一问题,但实际上生活概念的提出并没有从根本上解决这一问题,在生活这一概念下,知识分子与人民的关系仍然停留在旁观的层面上,他提出的解决问题的方法是知识分子用全副心肠去贴近民众。"由于不满意于我们对这一世界的关系仅仅乎停滞在理论上的'想想',我们提出了生活;但是直至现在我们所了解的生活大部分是'看看'世界的表面,和'过过'现实生活而已。现在是我们前进一步,用全副心肠去'贴近'我们人民的时候了。人民不是一本书,生活不是为了搜集材料,生活本身就是目的,生活永没有疲倦的时候。"②

在写于稍后的《论生活态度与现实主义》一文中,乔冠华对这一理论进行了进一步的总结和发挥:"我们不但要扩大我们的生活广度,加深我们生活的深度,而且要加紧我们生活的密度,我们不但要精通世故,而且要切近人情,我们不但要和我们的人民生活在一起,而且要爬到他们的心里用心去'疼'他们,只有这样我们才能道出人们的衷曲;他们的喜、他们的怒、他们的哀、他们的乐、他们的爱、他们的恶、他们的怨。只有这样我们才能够创造出真正的新文化。"③ 在这篇文章里,乔冠华把"生活三度说"提炼成为了一种关于生活态度的理论,认为我们要建立一种新的生活态度:"我们今天不但要科学和民主,而且要建立一种新的生活态度,一种发自衷心的承认旁人,把人当人,关心旁人的生活态度。只有这样我

---

① 嘉梨:《人民不是一本书》,载《新华日报》副刊1943年3月17日。
② 同上。
③ 于潮:《论生活态度与现实主义》,载《中原》1943年创刊号,原文注明写作时间为1943年3月4日。

们才能创造出科学的民主的大众的文化。"①

茅盾认为关于生活的广度、深度和密度的"生活三度"说对从事文艺工作的人有很大的益处,它有三个优点:"第一个优点是把那些格言式的关于生活的指示组织成功了体系","把一向成为口头禅的'充实生活'、'向人民大众的生活学习'等等口号都组织起来,给以具体的内容";"第二个优点是从'密'字的强调上把理论往前更发展了一步;第三个优点是因为它成功一个整然的体系给人们以研究讨论的便利"。② 在这个"生活三度"说中,茅盾认为,密度的提出,最为扼要,但他也对密度说进行了补充,认为密度除了贴近人民的一面,也有对自己的一面,那就是事事认真:"'密度'是说'贴近人民'","但是除了这'人和人民'的关系,密度还应该有'对自己'的一面。今有千百人于此,同样的'看看',然而所得多寡不尽同,所得广狭亦不尽同。同样的'过过',然而阅历的深浅不尽同,体味到的甘苦不尽同,为什么不尽同呢?恐怕最主要的,还在各人处世的态度不尽同。凡是能够事事认真,对生活中的一切都兴味盎然,抱有最大而无穷尽的热忱的人,他在'看看,过过'以后,所得必然最多最深,这一种事事认真,对一切都兴味盎然的态度,其始属于'个人修养'的范围,即'对自己',但其后扩大了,便是对于人民的体贴和关心。"③ 因此,茅盾对"生活三度说"作出了新的总结:"密度是广度和深度的基础;而密度也者,在己就是事事认真,对一切兴趣浓厚,对人则是体贴,全心灵和人民拥抱。私生活的事事认真,对一切兴趣盎然,就是他能够爱人民,全心灵和人民合抱的起点。"④

但是,茅盾也对"生活三度说"和思想的关系提出了自己的看法,他认为所谓生活的广度、深度和密度,其实只是一种生活的态度,光有生活的态度还不够,作家必须有清醒的思想觉悟,如果思想上没有基础,即使刻意追求生活的广、深、密,也不会达到真正深入民众的效果。"所谓事

---

① 于潮:《论生活态度与现实主义》,载《中原》1943年创刊号。
② 茅盾:《论所谓生活的三度》,载《中原》1943年第1卷第2期。
③ 同上。
④ 同上。

事认真，所谓对生活一切都兴趣盎然，还不过是一种生活态度；光有了这一种生活态度也还不够，必须思想不糊涂。归根一句话，撇开了思想觉悟问题而谈生活的广深密，也就不会有是处。"①

"生活态度论"有没有脱离思想基础呢？其实，在明确提出"生活态度论"的《论生活态度与现实主义》一文中，乔冠华对生活态度的强调正是从思想问题的缺陷出发的。他对当时重庆左翼文坛存在的问题进行了反思，认为进步知识分子"思想得太多，而感觉得太少"，为什么会出现这种情况呢？乔冠华认为，原因是进步知识分子中存在的教条主义和公式主义。科学的社会主义介绍到中国来已经有20多年的历史了，但它现在还是一种教条和理论，"直至现在它还没有能完全变成我们自己的血肉"，因为只是把它当作一种教条，因此导致了思想和生活的脱离和矛盾："最初是思想和生活的矛盾，其次是思想和生活在外表上一致了，又是工作（公生活）和生活（私生活）的矛盾。最后工作和生活事实上一致了，又是理智和感情的矛盾：——不是行不由衷心为行役，便是思想得太多感觉得太少（甚而至于思想上积极感觉上消沉）。"②

乔冠华认为这种思想和生活的矛盾、理论和实践的矛盾是"五四"以来中国新文化运动的通病。"五四"以来介绍进来的各种西方的文化和思潮只能以思想始，以思想终，从这个意义上来说，"我们二十五年来新文化运动的历史只是二十五年的新思想运动的历史；因为每一种新思想运动只能在很短的时间存在，它自然不能在中国的土地上生根，变成比思想更多的东西。"③ 乔冠华认为，"五四"以来的新文化运动的根本问题在于它没有充足的物质基础和社会条件，中国的普通民众还是生活在前资本主义的经济条件下，并且，新文化运动的担当者本身也不能脱离这种现实生活环境的制约，因此，"新文化仅仅是一种抽象的思想漂浮在脑里，而旧社会的幽灵，却深深地盘踞在我们心中"，因为这个缘故，"在我们新文化的抽象理论的领域里，我们始终难以完全免掉教条主义的毛病；在我们的感

---

① 茅盾：《论所谓生活的三度》，载《中原》1943年第1卷第2期。
② 于潮：《论生活态度与现实主义》，载《中原》1943年创刊号。
③ 于潮：《方生未死之间》，载《中原》1944年第1卷第3期。

性艺术的领域里,我们始终难以完全免掉公式主义的毛病。"①

乔冠华认为当前知识界存在的精神危机部分地也是由中国的传统造成的,是"死的拉住了活的"。乔冠华认为,按照通常的说法,中国的传统文化是三教并列的:儒家、释家和道家,但实际上,它们三者在中国社会中所具有的影响是不均衡的。他认为,佛教在中国过去的国民生活中始终没有发生过独立而又深刻的影响,和儒家、道家一起构成中国士大夫文化传统的另一大要素是"土匪"主义,也就是一种"利用一切、渗透一切、败坏一切、不顾一切"的"极端的个人主义"。中国传统知识分子文化由儒家、道家和"土匪"三大要素构成,五四运动并没有完全清除这种文化传统的影响。"五四运动开始为中国的知识分子解除了旧礼教的枷锁,忽视了改造中国知识分子生活态度的重要;我们今天所需要的不仅是要解除他们的旧礼教的枷锁,而且要改变他们的生活态度,我们要改造中国知识分子,我们要改造人。"②乔冠华提出,解决当前知识界精神危机的出路就是要解决理论和实践不能统一的问题,关键在于要提倡生活态度,也就是说,要"建立起一种符合于那新思想的生活态度"。③

"五四"以来,关于大众化问题和"深入民间"、"手触生活"、"文章下乡、文章入伍"等讨论都试图解决知识分子和民众之间的隔膜的问题,那么乔冠华在这个时候提倡生活态度论的意义在哪里呢?乔冠华认为:"这一个主观任务的提出是有意义的,因为那指示着新文化的建立不但有待于客观条件的改变,而且要主观当事者的改变,新文化的建立者本身还是需要建立的。"④问题的重心不单是要改变生活态度从而更好地去了解民众,而是要改变自己。"我们不仅要了解旁人,而且要改造我们自己。"⑤这里关于知识分子改造问题的提法和马克思在《关于费尔巴哈的提纲》一文中的观点极其相似。马克思认为:"关于环境和教育起改变作用的唯物

---

① 于潮:《方生未死之间》,载《中原》1944年第1卷第3期。
② 同上。
③ 同上。
④ 同上。
⑤ 同上。

主义学说忘记了：环境是由人来改变的，而教育者本人一定是受教育的。因此，这种学说一定把社会分成两部分，其中一部分凌驾于社会之上。"①乔冠华提出的解决问题的方法是提倡知识分子要改变生活态度，但我们可以看到，马克思提出的解决问题的方法是革命的实践："环境的改变和人的活动或自我改变的一致，只能被看做是并合理地理解为革命的实践。"②

那么为什么会有这种不同呢？正像乔冠华所说的，革命理论与革命实践相结合的问题在大革命时期就明确提出了，在那个时候，解决问题的方法是"转变"，"在1925—1927年前后，我们在新文化的论坛上时常看到一个名词，即所谓'转变'"。③乔冠华认为那时的所谓转变实际上只是指思想的转变，而现在所要求的转变是生活态度的转变。为什么理论与实践的问题在这里具体地被看成是生活态度的问题呢？因为乔冠华要解决的是国统区知识分子中存在的问题，正像他自己在回忆《方生未死之间》这篇文章时所说的："这篇文章里涉及的问题很广，系统回答的一个中心问题是：大后方的进步作家的出路究竟在哪里？"④乔冠华认为，首先，在国统区这个特殊的条件下，知识分子是无法用直接的革命实践来解决环境的改变和自身的改造问题的。如果脱离直接的革命实践，那么知识分子如何寻找生活的意义呢？乔冠华提出了他的"到处都有生活"说："生活本身就是目的，到处都有生活，不管是前线还是后方，当前问题的重心不在于生活在前线或后方，而是在生活态度。"⑤其次，乔冠华对革命实践一词进行了重新的解释。他认为，在大革命中提出理论和实践的统一时，人们对实践的理解是非常单纯的，所谓实践就是直接行动，没有直接行动，就没有实践。"他们心目中的实践是只有愤怒，没有感伤的；只有叫喊，没有呻吟的；只有流血，没有流泪的；只有前进，没有后退的。""其实，不管是

---

① 马克思：《关于费尔巴哈的提纲》，见《马克思恩格斯选集》第1卷，人民出版社1995年版，第55页。
② 同上。
③ 于潮：《方生未死之间》，载《中原》1944年第1卷第3期。
④ 乔冠华：《口述自传》，见乔冠华、章含之：《那随风飘去的岁月》，上海学林出版社1997年版，第178页。
⑤ 于潮：《方生未死之间》，载《中原》1944年第1卷第3期。

一个怎样新的人,他愤怒,他也感伤;他叫喊,他也呻吟;他流血,他也流泪;他前进,他也后退;除掉直接行动而外,他还有并非直接行动的生活。"① 因此,生活的范围比实践大,"实践的意思是实行一个理论上的条文,其最初所指大部分亦不外直接的行动和制定工作,而生活的范围却固然包含有行动和工作,同时也还包含了不是行动的休息,不是工作的自自在在地与人往来、待人接物的生活,行动主义固然不能包含生活,工作主义同样不能包括生活。"② 在乔冠华看来,如果说革命的实践能够改造知识分子,那么对于无法采取直接的革命行动的大后方知识分子来说,革命的生活更能够改造自己,反对进步知识分子中的教条主义和公式主义的方法就是改造他们的生活态度,也就是说,通过对实践一词的重新解释,乔冠华认为,改变生活态度就是一种具体的革命实践方式。

第二节 感性生活与理性生活

胡绳在"生活态度论"中引起争议的文章是《感性生活与理性生活》和《论艺术态度与生活态度》,他提出了"感性生活"这一概念,要求知识分子重视和理性生活相对的感性生活。由于受到批判,胡绳自己后来编的关于抗战时期的论文集,从1946年的《理性与自由》到1990年的《胡绳文集(1935—1948)》中都没有收这两篇署名为项黎的文章。③ 胡绳在回忆写于这一时期的论文时说,贯穿着的主题就是通过反对反理性主义思想和复古倾向,"在马克思主义立场上捍卫理性和自由"。④ 和这些捍卫理性的文章写作于同一时期的提倡"感性生活"的两篇文章,和前者之间有没

---

① 于潮:《方生未死之间》,载《中原》1944年第1卷第3期。
② 同上。
③ 不过他在中国社会科学院公开给年轻人讲过关于1943年他写这两篇文章和受到内部批判的事,见郑惠:《程门立雪忆胡绳》,中央民族大学出版社2003年版,第149页;也参见龚育之:《送别归来琐忆》,见《思慕集——怀念胡绳文辑》,郑惠、姚鸿编,社会科学文献出版社2003年版,第272—274页;也参见舒芜的回忆《舒芜口述自传》,许福芦撰写,中国社会科学出版社2002年版,第126页。
④ 胡绳:《自序》,见《胡绳文集(1935—1948)》,重庆出版社1990年版,第1页。

有内在的逻辑联系呢？胡绳所谓的反理性主义思想的代表主要是指当时的战国策派的学者们，复古倾向的代表主要是指贺麟和钱穆，虽然他对冯友兰的"贞元三册"也写了好几篇书评文章进行批评，但他认为冯友兰的思想存在的问题和前面两者是不同性质的，他认为反理性主义和复古倾向在事实上是相互关联的，"反理性主义在中国所找到的最好掩护就是复古，而向封建专制主义时代倒退的倾向自然是和开明的理性对立的"。①

捍卫理性需要提倡感性生活吗？在我们的印象里，感性似乎是和理性相对的。正如胡绳在《感性生活与理性生活》一文中所阐述的，我们所处的时代是人类的理智高度发展的时代，"由于人类理智的发展，感性的生活在全部生活中所占的比重在某些方面已经渐渐地降低。在原始人和古代人的生活中的有些情感，到了今天，在我们看来已经是非常可笑的，完全无益的了。像宗教的感情，对神的敬仰，这是曾被认为最崇高的情感，而且是人生的中心的，但到了现在，对于这种感情，我们已经由理智的帮助而加以唾弃了。"② 抗战时期胡绳写作了《反理性主义的逆流》、《一个唯心论者的文化观》、《什么是世界文化的危机》等文章，贯穿着这些文章的一根红线就是捍卫理性。那么我们怎么来理解胡绳同一时期既捍卫理性又提倡感性生活呢？

我们最好从胡绳对冯友兰的"贞元三册"的评论开始。冯友兰提倡"新理学"，认为自己的"新理学"是"接着"宋明理学而讲的，"尊理性"是他的一个主要主张。胡绳并没有把冯友兰简单地和当时其他的儒学复兴的学者归于一类，而是认为应该有所区别。胡绳在评论冯友兰的《新世训》一书时，对书中表现的"尊理性"的精神表示了赞同，认为"在《新世训》中所提出的生活方法的第一个项目就是'尊理性'。这的确是一个庄严的发端，在我们今日所处的时代中，正是理性和反理性的斗争的时期。有人鼓励着反理性的热情，来造成迷信式的信仰，有人诱发着兽性的物欲，来造成盲目的追随。在这时候，我们更应该给予理性以高度的尊

---

① 胡绳：《序言》，见《理性与自由：文化思想批评论文集》，华夏书店1946年版，第1页。
② 项黎（胡绳）：《感性生活与理性生活》，载《中原》1943年创刊号。

重。我们也以为,生活决不能受非理性主义的支配,在健全的生活中必须放逐反理性的成分。"① 但是,在"情与理"的关系问题上,他反对冯友兰的"以理化情",而是提倡情感、意志、信仰、道德等人的主体性因素。他认为尊理性与提倡感情、意志、信仰、道德观念等并不矛盾:"我们是主张在生活中重客观而尊理智的。但是重客观并不包含着绝灭主观的意思,尊理智也不包含着以理智来取消感情、意志、信仰与道德观念的意思。我们以为,在健全而完善的生活中,人是以重客观为前提的,而在理智的光下使感情、意志、信仰、道德观念这一切都互相和融而像春雨下的百草一样一致地欣欣向荣。"②

胡绳认为,冯友兰的"以理化情"是对宋明理学"存天理、灭人欲"的观念的延续。"中国宋明两代的道学家曾主张'存天理、灭人欲',这正是说,用理性的生活来绝对排斥感性的生活。道学家从道德的观点来处理这个问题,他们以为'人欲'——感性的东西是不道德的,所以应该排斥。"③ 他认为,"新儒学"在科学和理智的外衣下复活了传统理性生活对感性生活的排斥。"(新儒家)他们也继承了'灭人欲'的主张,但他们不说'灭人欲',而说'消灭感情',不说'存天理',而说'了解事物'。这就是从道德的观点转移到理智的观点。按照他们的说法,一个人能够对于外界的人与事物都能有充分的了解,则就可以不起什么感情。他们认为这种无情的生活是值得追求的。"④

新儒学的"以理化情"是说了解了事物的道理,就不会对事物产生感情,胡绳认为这种说法对于自然现象是用得通的,对于社会现象却行不通。"社会现象因为有自觉的人参加在其中,所以我们对于任何社会现象,都可以有是非的判断。"⑤ 是非的判断是和爱憎之情联系在一起的:"我们既然可以有是非的判断,自然就会有爱憎的情感。对于社会现象,我们的

---

① 胡绳:《评冯友兰〈新世训〉》,载《文化杂志》1942年第2卷第6号。
② 同上。
③ 项黎(胡绳):《感性生活与理性生活》,载《中原》1943年创刊号。
④ 同上。
⑤ 胡绳:《评冯友兰〈新世训〉》,载《文化杂志》1942年第2卷第6号。

理解越深，越是了解其真相、其来踪去迹之后，则我们的是非观念也越是分明，而爱憎也越是深刻了。"① 在理智与情感的问题上，胡绳认为我们要除去的只是琐碎、狭隘、无意义和虚伪的感情，而发展博大、深厚、真实的感情，这种感情和理智是相辅相成的。"这种感情不但不会妨碍理智，而且会使理智格外充实；不但不会妨碍做事，而且使做事格外有力；不但不是人生的累，而且使人生的内容丰富而光辉。"②

但是，和法西斯主义的反理性主义和对情感、意志的盲目崇拜相比，胡绳认为"以理化情"说对于盲目的意志与信仰的鼓吹似乎仍然是一服清凉剂，有它的一定作用，但过分强调却走向了反面。从当时的世界局势来看，法西斯主义是诉诸人的情感的，它动员和利用了民众的非理智的情绪，为自己的目标服务。"法西斯主义者是强调感性生活的，他们把感性生活看做生活的全部。法西斯主义者是反理性主义者，他之所以能鼓励本国的青年和人民来从事侵略战争，不是因为他使人民懂得了他的主张是对的，而是因为他从人的精神上复活了那种原始的单纯的感性的直觉与激动。他提倡力的哲学，超人的哲学，使人对于有力量的超人发生神秘的感情，而无条件地崇拜，正如古代人之崇拜神一样。他努力使人把战争看做是感觉的享受，把弱小者在自己面前辗转而死亡看做最大的快感。他鼓动人们对胜利的喜欢，杀戮的愉快，鼓动人们对自己的国家无条件地热爱，鼓动人们对侵略与征服的最狂热的冲动。"③ 而进步阵营呢，由于法西斯主义高扬了野兽式的感性主义，宣传单纯感性的生活，于是更加有意识地反对感性生活，降低感性生活在全部生活中的作用。胡绳认为，我们因此而走入了另一个偏向："把理性生活看做生活的全部，根本否定了感性生活在生活中的地位与意义。"④

胡绳对冯友兰的"以理化情"说的批评还在于，冯友兰把自己这种尊理性、否定感性生活的理论立足于唯物史观之上。他认为，照"真正了解

---

① 胡绳：《评冯友兰〈新世训〉》，载《文化杂志》1942年第2卷第6号。
② 同上。
③ 项黎（胡绳）：《感性生活与理性生活》，载《中原》1943年创刊号。
④ 同上。

物质史观或经济史观的人"的看法,"人的行为,是为他的经济的环境所决定的",所以我们对于任何人的行为好坏不必有爱憎的感情,因为任何人都不必为自己的行为负责,甚至对于敌人我们也应该"虽抵抗之而不恨之","如修路工人之对付大石,虽必打碎之,但不必恨之"。胡绳认为,这是从机械的经济决定论推导出来的结论,而不是历史的唯物论的观念。因为经济环境的影响表现到人的行为上,其间仍是通过了人的主观意识的。"我们深刻地理解了日本帝国主义为什么侵略中国,那正帮助了我们判断这种侵略行为是错误的,是非正义的,于是我们就更憎恶它。"①

在1942年的《评冯友兰〈新世训〉》一文中,胡绳似乎还不能够从理论上来说明唯物史观在人的主体性方面的具体主张,他提出经济环境的决定性影响是必须通过人的主观作用的,但主观方面的内容具体包括什么还是很模糊的。在写于一年之后的《这就算是批评么?》一文中,由于很多人批评马克思的唯物史观根本否定历史发展过程中的人的精神力量——人的主观力量,胡绳从马克思的《关于费尔巴哈的提纲》和恩格斯的《路德维希·费尔巴哈和德国古典哲学的终结》,即他所谓的马克思的《费尔巴哈论纲》和恩格斯的《费尔巴哈论》出发,对唯物史观在人的主体性方面的主张作出了详细的说明。

胡绳认为,固然唯物论也有低级的,完全忽视人对客观的作用,但这不是马克思的思想。胡绳引用了马克思对这种唯物论的批评:"以前的一切的唯物论——包括费尔巴赫(哈)的唯物论在内——之重大缺点,就在这种唯物论只在客观的或直观的形式之下,去把握对象,却不是看做人的感觉行为,不看做实践,不是主观地去把握。"并且,这种唯物论"认为人是环境和教育的产物,因此人的改变是环境和教育的改变之结果,却忘记了正是人来改变环境,而教育者自己也要受教育"。② 胡绳认为,马克思把唯物论和辩证法结合起来,正是要克服这种旧的唯物论的倾向,强调人的主体能动性,给人的精神生活作出恰当的说明。"史的唯物论不是取消

---

① 胡绳:《评冯友兰〈新世训〉》,载《文化杂志》1942年第2卷第6号。
② 沈友谷(胡绳):《这就算是批评么?》,载《群众》1943年第8卷第17期。

人的精神活动，而是给人的精神活动作了恰当的说明，并且因为史的唯物论把人类社会发展的规律揭露出来了，便更加强了人对社会的主观作用和控制能力，正如同自然科学把自然现象的发展法则揭露出来，便更加强了人对自然的主观作用与控制能力一样。"①

胡绳认为，唯心论和唯物论的区别并不是在于一个承认主观作用，一个不承认主观作用，唯物论也离不开主观作用。他引用了恩格斯的论述来说明这一观点。"人的行为，必须经过人的头脑，——这是事实上所必然的。外界对于人的作用先及于头脑中，在其中反映成感情、思想、行动、意志，总而言之即'心潮'，在这个形式之下便成为'心力'。如果一个人追随'心潮'的发展并承认'心力'的影响，就算是一个唯心论者，那么无论哪一个人，都算生下地来就是唯心论者，如此何以世界上又有唯物论者呢？"② 唯物与唯心的区别在于对精神与物质的先后和依存关系的看法的根本不同。因此，胡绳认为："一个唯物论者承认了物质是先于精神而存在，并且精神是物质的反映，而人的主观行为只有在符合于客观实际的发展趋势时才能够发挥真实的作用，那么他丝毫不必取消人对环境的能动力量。"③ 在胡绳看来，只有机械的唯物论才努力证明人只是整个物质世界中的一个从属分子，只能受客观现实的支配，不能有任何主动的作用；辩证唯物论丝毫不忽视人的主动作用，并且能够认真地指出这种主动作用如何发生，又怎样才能充分加以发挥。④

那么，辩证唯物论如何发挥人的主观能动性呢？胡绳对这一问题的解决是"生活态度论"所特有的，不是诉诸革命实践，而是诉诸人的主体性因素，诉诸感性生活和人的感情，"实际生活是什么呢？那总是感性的生活，越是日常平凡的生活就越是感性的生活。"⑤ 也就是说，在正确指出辩证唯物论中人的主观能动性，反对马克思主义阵营中教条主义无视人的主

---

① 沈友谷（胡绳）：《这就算是批评么？》，载《群众》1943 年第 8 卷第 17 期。
② 同上。
③ 同上。
④ 参见沈友谷（胡绳）：《是圣人还是骗子》，载《群众》1944 年第 9 卷第 12 期。
⑤ 项黎（胡绳）：《感性生活与理性生活》，载《中原》1943 年创刊号。

观能动性的同时，胡绳又把主观作用的发扬诉诸知识分子的感觉和感性生活，而不是马克思所说的实践。这当然跟大后方知识分子无法直接和群众结合的环境有关，因此，与其说他提出了解决问题的方法，不如说使那个需要解决的问题显露了出来，感觉和感性生活显然无法从根本上解决大后方知识分子中存在的问题。胡绳认为，感性的要素对于人生有着强大的推动作用，感觉到的道理比理解了的道理更为切近人生。"一个道理，假如能够和日常平凡的感性的生活打成一片，那么人们就自然彻底按照这个道理而生活，而工作。因这时，他们就不仅从思想上接受了这个道理，而且感觉到了这个道理；不仅承认了这个道理，而且对于这个道理发生了割不断的感情的系带。人们进攻一个敌人，不仅因为知道了自己的敌人，而且因为从心底里憎恨这敌人，每一次看到听到敌人暴行就更加深了这憎恨；人们服从一个真理，不仅因为明白了这个真理，而且因为从心底里爱这真理，这真理在实际生活中更多发出一度的光辉就更加深了这种爱。强烈的爱与憎正是人生活动的最崇高的动力。"①

胡绳认为，他们所提倡的感性生活跟法西斯主义强调的感情是不一样的，法西斯主义利用的是人们身上的那种原始的情绪，是盲目的和具有侵略性的；而他们要提倡的感性生活是和是非善恶观念联系在一起的。"我们所说的爱憎之情，是和是非观念联结着的。人生的活动正是以是非观念为标准而以爱憎之情为动力的。没有爱憎之情，人们不可能鼓舞奋发地为辨别是非观念而斗争；而也只有那样能唤起人们的热烈的爱憎之情的，才能算是明确的是非观念。"② 胡绳认为，用理性的生活来抹杀感性的生活，用思想来抹杀感觉，用理智来抹杀感情，这种理论是一种苍白的生活态度的反映，是某些个人主义的知识分子身上的缺陷，但他认为这也是那些具有"思想的武装"的知识分子存在的问题。

胡绳认为，具有思想的武装的进步知识分子的问题在于思想和生活的脱离，"一种思想，假如不是从自己的生活中发展出来，而纯粹是靠脑子

---

① 项黎（胡绳）：《感性生活与理性生活》，载《中原》1943年创刊号。
② 同上。

的活动所获得,并且始终停留在脑子里,那么所谓思想的武装常常不过是在这样的意义上。思想成为了围墙,把自己和其余的人隔绝了开来,因而也就把自己和真正的生活隔绝了开来。"① 于是,他不是生活在生活中间,而是生活在思想中间。胡绳这样来解释当时国统区进步知识分子中存在的教条主义:"他已经从理论上给一切不幸的人找到了圆满的出路了,他就可以不必理会任何个别的不幸的人了;他已经在理论上了解了苏联必胜的道理了,他对于斯大林格勒的解围也就无所用其兴奋了。因为他已经拿如此丰富的思想给了旁人,他还要给旁人什么呢?因为他已经有了这样伟大的思想,可以完备地解释一切已有和将有的问题,那么他何必再去关心任何问题。"② 对于进步知识分子中由于教条主义而形成的思想的围墙,胡绳在写于同一时期的另一篇文章中是这样来解释的:"难道理论也能成为这种精神的墙的建筑材料么?能的。当理论被僵化成为教条的时候,它就成为建筑这种封闭自己的感觉与心灵的最坚固的墙了。很多人把一层又一层的教条堆积起来,上面一个空隙也没有,于是安心地躲在里面;满足于抽象的思想法则,却再也看不到丰富活泼的实际;满足于正确和错误的呆板标准,却再也感觉不到一点真诚的喜爱和憎恨;满足于空洞的理想和愿望,却再也不关心真实的人民的命运。"③

冯雪峰在《论民主革命的文艺运动》一文中也指出了抗战时期进步知识分子中存在的这种教条主义的危害性,他称之为革命的宿命论,认为高尔基就指出过苏联革命中存在的这种问题。在冯雪峰看来,这种革命宿命论的态度认为社会的进步和革命的胜利都是必然的,我们只要相信这个必然,宣传这个必然就行了,却忘了社会的进步和革命的胜利的道路是曲折的,是需要人们去为之战斗的。"这态度所以有害,就在于忘记了革命的必然胜利是靠革命阶级的团结和用尽所有力量的至死不屈的斗争,忘记了这必然是系之于人的战斗。""革命胜利的必然性如果是根据历史发展的科

---

① 项黎(胡绳):《感性生活与理性生活》,载《中原》1943年创刊号。
② 同上。
③ 李勃(胡绳):《墙》,载《新华日报》1943年4月10日。

学的铁则,则它的实现就非人认识了这铁则而用力去争取来不可。"①

胡绳对感性生活和生活态度的强调是在反对法西斯主义的"反理性主义"和反对复古主义的"以理化情"两个方面中发展起来的,是对马克思《关于费尔巴哈的提纲》等著作中关于人的主体性理论的阐发。他强调唯物主义在重视"物质"的同时,也要重视"人"的因素,因此反对马克思主义阵营中忽视人的主观能动性的教条主义错误,但他对主观能动性的强调诉诸感觉与感性生活,无法从根本上解决左翼阵营中的教条主义问题。

第三节 唯"唯物的思想"论

陈家康用唯"唯物的思想"论来解释当时进步知识分子阵营中存在的精神上的危机,认为"自从新哲学开始运动以来,的确有一部分知识分子,走错了道路。他们口头上讲唯物论,实际上所讲的不是唯物论,而是唯'唯物的思想'论,它的实质仍然是"唯心论"或"唯思想论","不过他们所唯的不是叫做唯心的思想,而是叫做唯物的思想。花样虽然翻新,唯思想的本质,并无改变"。② 这种唯思想论过度地强调思想,导致了思想与生活的脱离,是造成知识分子消沉与沮丧的主观方面的原因。陈家康把这种唯"唯物的思想"论看做是主观主义和教条主义在哲学上的根源。

唯"唯物的思想"论的哲学基础是什么呢?陈家康认为,唯"唯物的思想"论的基础是没有把思想看做是物质的运动,看做是作为一种物质的存在的人的一种运动。"近几年来,许多知识分子把思想强调得太厉害了,以致忘记了强调思想不过是物质的一种运动而已,思想不过是叫做人的这一类物质的一种运动而已。"③ 陈家康是从一种本体论的意义来谈人的存在问题的。他认为,人的存在是一种物质的自在,这种自在既是一种自然的

---

① 冯雪峰:《论民主革命的文艺运动》(中),载《中原、希望、文艺杂志、文哨联合特刊》1946年第1卷第2期。
② 陈家康:《唯物论与唯"唯物的思想"论》,载《群众》1943年第8卷第16期。
③ 同上。

自在,也是一种社会的自在。"人类是一种物质的存在,人类是一种物质的自在。人类是一种自然的存在,人类是一种社会的存在。人类是一种自然的自在,人类也是一种社会的自在。"① 作为一种自然的自在,就要涉及生命和生命力问题,"如果搁下社会的范畴不提,专就自然的范畴立论,那么,生命就是物质运动达到一定阶段的产物,生命本来就是物质运动的一种特殊的形态。生命力就是以生命形态表现出来的物质力量,这就是我们对于生命和生命力的基本解释。"②

陈家康认为,唯"唯物的思想"论的问题在于强调人的社会存在的属性,却忽视了人的自然存在的属性,因此忽视了生命与生命力问题,这是辩证唯物论的一个根本问题。"最使我们感觉奇怪的是,就是有许多以辩证唯物论自居的人,对于生命和生命力问题的冷淡。有些人绝口不谈这个问题,有的人虽然谈谈,也认为是不足轻重。这许多人从来没有想到生命和生命力问题是辩证唯物论的根本问题之一。而且由于唯心论者时常谈到生命问题,谈到生命力问题,于是我们更不敢谈。好像谈到生命与生命力问题,就怕犯了唯心论的嫌疑。这种不谈的动机,多少是由于自怯。我们认为,没有彻底地弄清楚生命力和生命问题,也是造成唯'唯物的思想'论的原因之一。"③

陈家康从分析的角度出发,在自然范畴的领域,把人的物质运动分为两大部门,第一是生理部门,第二是心理部门。生理部门又分为两个小部门,第一是饮食,第二是男女。心理部门也分为两个小部门,第一是思想,第二是感情。陈家康认为,这四个小部门的物质运动是不可分割的,是一个整体,任何单独地庸俗地强调某一小部门的作用,来解释人类的物质运动的整个过程,都会产生错误的思想,唯"唯物的思想"论就是过分强调了思想部门的作用。因此,反对唯"唯物的思想"论,我们首先要"把人当物质,不要把人当思维"。④

---

① 陈家康:《唯物论与唯"唯物的思想"论》,载《群众》1943 年第 8 卷第 16 期。
② 同上。
③ 同上。
④ 同上。

在处理人作为自然的自在与作为社会的自在的关系时，唯"唯物的思想"论切断了人的自然生命与社会生命之间的联系，把自然与社会对立了起来。陈家康认为，唯"唯物的思想"论者的最大的毛病，就是剑走偏锋，"偏到强调人类是社会的自在，而忘记了人类依然是自然的存在；偏到只强调人类是社会的自在，而忘记了人类依然是自然的自在。偏到只强调人类之社会的自在遭受到生产关系之矛盾的束缚，而梦想不到人类之自然的自在同样遭受到生产关系之矛盾的束缚"。① 因为人的自然的自在同样遭受到生产关系的矛盾的束缚，因此，需要发扬人的自然生命和自然生命力参加社会斗争。

人的自然生命和自然生命力与社会斗争的关系是什么呢？陈家康认为，社会并不要求取消人类的生命和生命力，自然的生命和自然的生命力在社会中不但没有消减，反而得到了高度的发展；而自然生命和自然生命力的发扬能促进社会斗争的发展。"假使一个人的自然生命没有燃烧，假使一个人的自然生命没有爆发，他所作的社会斗争，也不会强烈。"② 陈家康认为，只有这样我们才能从哲学上理解为什么许多伟大的文学作品喜欢在伟大的社会斗争中歌颂伟大的生命力。那么，歌颂人类的生命和生命力，就是唯心论吗？陈家康认为，唯心论者不能在社会中发展人类之自然的生命与自然的生命力，这是唯心论与唯物论在这一问题上的区别。辩证唯物论强调自然生命和自然生命力，是要"提高主观的物质运动，把生命燃烧起来，把生命力昂扬起来，认识自然的自在，以便加强社会的自在的斗争，这决不是企图把自然因素强调到超过社会因素"，否定"社会发展形态之决定因素乃是生产工具与生产力"，而仅仅是为了纠正唯"唯物的思想"论者"不把人类当做生产的主人，而把人类当做生产工具的奴隶"这样的偏向。③

为了纠正唯"唯物的思想"论的错误，陈家康提出了一个口号："自在的自觉"。他认为人的自然的自在和社会的自在是一体的，不可分割的；

---

① 陈家康：《唯物论与唯"唯物的思想"论》，载《群众》1943 年第 8 卷第 16 期。
② 同上。
③ 同上。

绝大多数的人民,由于其在生产关系中所处的地位,代表了人类发展的方向。他们根据自身的自然需要,以及建筑在自然需要基础上的社会需要,产生了革命的需要和革命的思想,这就是自在的自觉。用他的话来说,就是:"人民以革命的需要为出发点而要求革命。由于有了革命的需要而生产革命思想。"① 因此,知识分子必须根据自在的需要,革命的需要,以及人民的需要来形成革命的思想,"没有自在,便没有自觉。自觉再丰富,仍然不会比自在更丰富。思想再丰富,仍然不会比物质更丰富。"② 唯"唯物的思想"论的知识分子把问题颠倒了过来,他们以为有了革命的思想,然后才产生革命的需要。

陈家康指出,假使中国没有无产阶级之自在自觉这一内在的依据,谁也无法把马克思列宁主义搬到中国来。在马克思主义中国化问题上,他认为,接受马克思列宁主义,必须根据中国无产阶级之自在的自觉。唯"唯物的思想"论者对人民的需要漠不关心,他们对于只有自在的需要、还没有高度的自觉的人民采取一种悲天悯人的态度,他们从思想出发创造思想,没有把马克思主义的理论同中国革命的具体实践相结合,没有根据中国人民的自在的自觉探索中国特色的马克思主义。"实际上是教条主义者的唯'唯物思想'论者,口头上与我们一样,主张根据马克思列宁主义,骨子里却把作为马克思列宁主义之基础的阶级的自在与自觉,完全挖掉。"③

在马克思主义中国化的问题上,陈家康的观点跟毛泽东在《中国共产党在民族战争中的地位》和整风文件中的观点是一致的。但在反对主观主义和教条主义的问题上,他更多地强调了思想和物质(也就是他所说的人的自然的自在和社会的自在)之间的联系,试图从哲学的角度出发剖析主观主义和教条主义产生的根源,探索补救的方法。在他看来:"我们今天强调人是物质,并非轻视思想,强调自在并非轻视自觉,而是为了使我们

---

① 陈家康:《唯物论与唯"唯物的思想"论》,载《群众》1943年第8卷第16期。
② 同上。
③ 同上。

有更活泼的思想,有更活泼的自觉。"① 在这一问题上,胡绳走得更远。在《论中国民族的新文化的建立》一文中,胡绳认为,建立新的文化、继承中外文化传统有一个标准,这个标准并不是马列主义思想本身。"假如我们在评价中外文化遗产时,总是看它们是否符合马列主义思想而决定取舍,那么我们就不过是最愚蠢的教条主义者。"② 胡绳认为,既然当时所可能建立的文化还不是社会主义的文化,"马列主义者只能以自己的思想武器来服务于现实所需要和可能的民族文化的建立,(在这里就有马列主义中国化),却不能以自己的思想来做全部民族生活的根本"。③ 胡绳的这篇文章当时也受到了点名批评。④

陈家康认为,唯"唯物的思想"论在认识论上的失误是"看轻了感觉",唯物论的认识论是以感觉为基础的,由于轻视了感觉,"结果就把思想的源泉堵塞了"。毛泽东在《改造我们的学习》中提出,"没有调查就没有发言权"。⑤ 陈家康认为,在认识论上特别强调感觉,这与工作中强调调查研究是互相配合的。"如果你能够对于宇宙和自然的实际,对于历史和社会的实际,随时随地都使用切实周密的感觉(这是最敏锐的感觉),我们可以保证这种感觉,根据唯物论来加以思考和整理就会上升而成为唯物的思想。"⑥ 在感觉与生活的问题上,陈家康认为,人类的实际生活、一切具体生活都是可以感觉得到的生活,因此他赞同胡绳的提法,认为完美的生活是感性生活和理性生活的结合,而且"真切而丰富的感情,只有在感性生活中,才能产生,只有在理性生活中,才能提高,离开了感觉与思想,离开了感性与理性,也决不会有感情。"⑦

认识论上轻视感觉的错误,在陈家康看来,就转变成了生活态度上的

---

① 陈家康:《唯物论与唯"唯物的思想"论》,载《群众》1943年第8卷第16期。
② 沈友谷(胡绳):《论中国民族的新文化的建立》,载《群众》1943年第8卷第12期。
③ 同上。
④ 见董必武:《关于检查〈新华日报〉、〈群众〉、〈中原〉刊物错误的问题致周恩来和中宣部电》,见中国社会科学院新闻所编:《中国共产党新闻工作文件汇编》(上),新华出版社1980年版,第140页。
⑤ 毛泽东:《改造我们的学习》,见《毛泽东选集》第三卷,人民出版社1991年版,第802页。
⑥ 陈家康:《唯物论与唯"唯物的思想"论》,载《群众》1943年第8卷第16期。
⑦ 同上。

错误，知识分子生活在实际生活中，却丝毫感觉不到生活和实际。唯"唯物的思想"论之所以可怕，就在于对实际生活没有感觉。和乔冠华一样，在"到处都有生活"这一问题上，陈家康认为："其实并非没有生活，没有实际，不过是由于我们的知识分子的生活态度不正确，以致感觉不到生活，感觉不到实际罢了。"① 但是，在解决错误的生活态度问题时，陈家康和乔冠华的观点是不太一样的。陈家康认为，感觉的麻木跟思想的僵化是联系在一起的，思想和感觉之间的关系不是谁决定谁的关系，"既不是思想决定感情，也不是感情决定思想"，思想与感情都是由人的存在决定的，因此生活态度的问题就要归结到人的存在的问题，也就是他所说的"自在的自觉"，而不是诉诸生活态度本身的改变。

万同林认为，陈家康对教条主义批判所生发出来的"自在论"，和胡风对用"抽象的一般"代替"具体的个性"的批判一起，在当时汇聚成了一股独具魅力的马克思主义思潮。②

第四节 批评与反思

"生活态度"论受到了来自党内的批评，很快就被制止了。在接到延安的中宣部的批评电文前，重庆党内就已经对乔冠华、胡绳、陈家康发表在《新华日报》、《群众》、《中原》上的这些关于"感情"、"感性生活"的文章进行了批评，也就是董必武所说的"进行了理论斗争"，认为"三位同志之相同点是偏重感情，提倡感性生活，注重感觉，强调心的作用"。③ 为什么会出现这些问题呢？对于乔冠华、胡绳、陈家康等这些党内的知识分子来说，大后方思想斗争的任务是响应延安整风的号召，继承和发展马克思主义，反对教条主义造成的思想上的僵化。但是这种响应是在

---

① 陈家康：《唯物论与唯"唯物的思想"论》，载《群众》1943年第8卷第16期。
② 万同林：《殉道者——胡风及其同仁们》，山东画报出版社1998年版，第78页。
③ 董必武：《关于检查〈新华日报〉、〈群众〉、〈中原〉刊物错误的问题致周恩来和中宣部电》，见中国社会科学院新闻所编：《中国共产党新闻工作文件汇编》（上），新华出版社1980年版，第139页。

特定的时间和空间内展开的,它不能离开特定的现实,不能完全被放进延安整风的框架内进行分析。1943年,由于中国与英美新约的签订以及共产国际的解散这些国际国内的形势的变化,国统区的马克思主义者面临着许多新问题,正像冯雪峰在总结国统区文艺运动的《论民主革命的文艺运动》一文中所说的:"关于新哲学,即马克思主义哲学,现在正有些新的问题在提出来。"① 在国统区,这个关于马克思主义的发展的理论探讨虽然也受到来自延安的影响,但它本身也具有自己的特征,这就是胡绳所说的:"在当时的历史条件下,马克思主义处于被压迫的地位。马克思主义者参加百家争鸣,不可能采用打棍子、戴帽子的简单方法(如果用了也没有任何效果),而只能具体地进行分析,认真地讲清道理。"②

延安的中宣部在致董必武的电报中说:"在大后方思想斗争的中心任务不是党的自我批评,而是反对大资产阶级的反动派。在思想上应当宣传唯物论、唯物史观(不是其名词,而是其精神)与为群众服务的人生观。应根据毛泽东同志新民主主义论、改造学习、整顿三风、文艺座谈会讲话等文件精神,联系世界、中国的现实与青年立身处世问题,写成有系统的亲切通俗通得过审查的文章和小册子,来战胜蒋介石、陈立夫、冯友兰、朱光潜、加内基、马尔腾辈的乌烟瘴气。"③ 一些学者由此出发,仅仅从重庆中共党内的一些知识分子误解了延安整风的意图而来谈"生活态度"论,或者从"才子集团"的主观愿望与客观效果的差别来谈"生活态度论"④,这就简单化了"生活态度论"兴起的复杂的语境,我们可以看到,在"生活态度论"提出的时候,茅盾、邵荃麟这些后来反对"主观论"和"生活态度论"的人当时也是在热烈地探讨主观和生活态度的问题,并且

---

① 冯雪峰:《论民主革命的文艺运动》(中),载《中原、希望、文艺杂志、文哨联合特刊》1946年第1卷第2期。
② 胡绳:《胡绳全书·第一卷引言二》,人民出版社1998年版,第19页。
③ 中国社会科学院新闻所编:《中国共产党新闻工作文件汇编》(上),新华出版社1980年版,第137—138页。
④ 舒芜:《回归五四·后序》,辽宁教育出版社1999年版,第582—603页;王丽丽:《在文艺与意识形态之间:胡风研究》,中国人民大学出版社2003年版,第127—139页。

是对之持比较肯定的态度的。① 为什么进步知识分子在这一时期对主观、感性、生活态度等问题进行了比较热烈的讨论呢？这一被忽视的问题其实是值得我们研究的。

董必武在《关于检查〈新华日报〉、〈群众〉、〈中原〉刊物错误的问题致周恩来和中宣部电》中认为，人与人性、生活态度及生命、生命力等问题，是"观念论与小资产阶级的个人主义"的问题，乔冠华、胡绳、陈家康等人在这一系列问题上，"观点都相同或相近，已成系统，很危险"。② 如果除掉"观念论"、"小资产阶级的个人主义"这些结论，从他们的具体的理论分析出发，我们可以看到，作为国统区共产党内的知识分子，他们三人实际上提出的是知识分子中的无力状态问题，针对的是国统区知识分子精神上的危机，也就是热情消退之后的麻痹和疲倦。正像乔冠华所说的："知识分子是人民的喉舌，中国人民的灾难深重得喘不过气来，他们的血和泪快要流成江河了；然而，遍地是无声的死亡，听不到一点声响。"③ 他们认为，这种精神危机主要是由进步知识分子中的教条主义造成的。他们的解决方法是试图在马克思主义的框架内探索人的主体能动性，但是这种对主体能动性的强调并没有脱离客观物质条件的限制，正像陈家康所说的："今天我们知识分子的衰颓，当然不仅仅由于自然的生命之不能燃烧，自然的生命力之不能昂扬，毫无疑义的还有重要的原因，更重要的原因。"④ 这个更重要的原因当然是客观方面的条件，但是他们是要在客观方面的条件受到限制的情况下，强调发扬主观的能动性。这种能动性乔冠华诉诸"生活态度"，胡绳诉诸"感性生活"，陈家康诉诸"主观的物质性"。

---

① 见茅盾：《论所谓生活的三度》，载《中原》1943年第1卷第2期；邵荃麟：《伸向黑土深处》，载《文艺杂志》1945年新1卷第1期；邵荃麟：《我们需要"深"与"广"》，见《邵荃麟评论选集》，人民文学出版社1981年版，第98页。

② 董必武：《关于检查〈新华日报〉、〈群众〉、〈中原〉刊物错误的问题致周恩来和中宣部电》，见中国社会科学院新闻所编：《中国共产党新闻工作文件汇编》（上），新华出版社1980年版，第139页。

③ 于潮：《方生未死之间》，载《中原》1944年第1卷第3期。

④ 陈家康：《唯物论与唯"唯物的思想"论》，载《群众》1943年第8卷第16期。

冯雪峰在《论民主革命的文艺运动》中认为，感性生活如果当做实践生活来解释的话，那么在反对教条主义时，特别地提倡感性生活自然是对的，但不能把感性生活和理性生活对立起来。同时，认为教条主义者或机械唯物论者之所以犯错误，是因为缺少感性生活，只在理性中思考，这种观点也过于简单化，不能揭示教条主义的社会的、阶级的、思想的根源。"教条主义的错误，如我们的历史事实所昭示，就正在实践中产生而有着深刻的社会和阶级的根源，以及思想上的来源；倘若将这种错误单看做了太着重书本子的结果，那就离开了阶级的观点，将教条主义的错误之社会的、阶级的、思想的严重性放过了。"①

把感性生活理解为生活实践，从这种实践的观点出发，冯雪峰把感性生活看成是理性和感性的统一，看成是思想产生的根源。"这样，理性生活就不能脱离感性生活，它被统一（对立地统一）于感性生活中，即它作为一种独立的理性生活时也主要地被感性生活所决定，于是思想的错误不错误也主要地由感性生活所决定。"② 因此，存在决定意识，感性生活决定人的意识和思想。"如果感性生活（当做实践生活解释）是人的意识的主要决定者，那么错误与否也主要地由人的感性生活所决定，就是说，感性生活才是人具体地体验着社会矛盾斗争的生活，而且主要地决定他如何感受和认识那矛盾。"③ 不健康的理性生活总是与不健康的感性生活联系在一起的，教条主义者以教条和机械论的思想方法为依靠，但更以不健康的感性生活为基础。同时，冯雪峰认为，思想和思想方法跟感性生活之间的关系是辩证的，健康的感性生活能纠正错误的思想和思想方法，而正确的思想和思想方法也能纠正感性生活中的不健康的部分，领导正确的革命行动。

冯雪峰把感性生活理解为马克思所说的生活实践，从而部分地肯定了"生活态度论"的观点。通过强调感性生活中的矛盾，冯雪峰强调了思想

---

① 冯雪峰：《论民主革命的文艺运动》（中），载《中原、希望、文艺杂志、文哨联合特刊》1946年第1卷第2期。
② 同上。
③ 同上。

斗争和自我批评的重要性，正如他所说的，这是通过中国革命的具体历史得出的中国式的解决问题的方法。他认为，重视感性生活，扩大生活范围是正确的，但不可忘记感性生活中的矛盾，思想斗争和自我批评是实践斗争中不可缺少的斗争形式。冯雪峰认为，中国革命历史上反教条主义的斗争的实际上的收效在于"在展开思想方法上的斗争的同时，更着重于研究社会的、阶级的、历史的根源，尤其在工作方式、领导制度及实际生活态度上展开彻底的思想斗争和自我批评"。[①] 革命思想运动总是和政治斗争相关联，因此政治方面的反教条主义等的斗争，有着高度的思想斗争和思想提高上的历史意义，直接影响着广泛的思想运动。冯雪峰最后指出，"生活态度论"的错误在于对感性生活的解释过多地掺杂着旧哲学的感觉论的观点，把教条主义的错误更多地归结于生物学的理解，甚至还滑到了自然生命和自然人的观点上去。"这是很大的错误，因为他们简直将教条主义者犯错误的原因归结到生理学上的感觉的麻木上去了。这不仅不能驳倒教条主义，并且自己就的确脱离历史的、社会的、阶级的观点太远了，也就是离开问题的实际太远了。"[②]

感性世界、人的感性存在、感性活动、文艺的感性作用等问题在马克思主义的传统中一直是一个绕不开的话题，马克思在早期的著作中从区别于唯心主义和旧的唯物论的立场出发，对这个问题进行过一些阐述，而他的《神圣家族，或对批判的批判所做的批判》、《德意志意识形态》、《关于费尔巴哈的提纲》等著作也成为在讨论这一问题时各家征引和发挥的基础。胡绳从恩格斯的《路德维希·费尔巴哈和德国古典哲学的终结》一书出发，在"感性生活"这一问题上更多地强调的是环境的决定性影响是必须通过人的主观作用的，主张发挥人的主观能动性。胡绳强调的是"史的唯物论要给人的精神活动作恰当的说明"，他的"感性生活"这一概念貌似取自于马克思的《关于费尔巴哈的提纲》，他也用取自这篇文章的引文来为自己的观点提供支撑，但是我们可以看到，他的"感性生活"和马克

---

① 冯雪峰：《论民主革命的文艺运动》（中），载《中原、希望、文艺杂志、文哨联合特刊》1946年第1卷第2期。

② 同上。

思"包含着新世界观的天才萌芽的第一个文件"①——《关于费尔巴哈的提纲》中"人的感性存在"的提法其实是不一样的,胡绳最终诉诸的是"强烈的爱与憎",这其实跟费尔巴哈诉诸人与人之间的抽象的"爱"有些相似,还处于一个"费尔巴哈阶段"。马克思在谈到人的感性存在时,是反对这种抽象的提法的,马克思总是把感性世界和人的感性存在理解为实践活动及其结果。《关于费尔巴哈的提纲》的形式比较简略,对很多问题的阐述都是只言片语,在写作于同一时期的《德意志意识形态》中,我们可以找到更详细的论述。马克思在批判费尔巴哈对感性世界的理解时说:"费尔巴哈对感性世界的'理解'一方面仅仅局限于对这一世界的单纯的直观,另一方面仅仅局限于单纯的感觉:费尔巴哈谈到的是'人自身',而不是'现实的历史的人'。"② 这一批评似乎也同样适合于"感性生活"论。

那么"生活态度论"中这种"强烈的爱与憎"的观点是从哪里来的呢?它显然不是来源于费尔巴哈的传统,而是来自于中国进步知识分子的传统,尤其是鲁迅所代表的那个左翼文艺传统。胡绳在《爱与憎》一文中,讲到"没有对于吃血者的憎,哪里会有对于被吃血者的爱"时③,引用鲁迅的话说:"至于文人,则不但要以热烈的憎,向'异己者'进攻,还得以热烈的憎,向'死的说教者'抗战。在现在这'可怜'的时代,能杀才能生,能憎才能爱,能生与爱,才能文。"④ 在纪念鲁迅逝世7周年的文章《"无穷的远方,无数的人们,都和我有关"》一文中,胡绳认为,鲁迅的伟大就在于他突破了中国传统知识分子受道家思想影响的生活态度,突破了对生活的麻木和消极躲避的态度,"鲁迅永不放弃对现实的认真探索,永远不停止从现实中辨明是非,从现实中燃烧爱憎。这真是鲁迅的伟

---

① 恩格斯语,见恩格斯:《路德维希·费尔巴哈和德国古典哲学的终结》,见《马克思恩格斯选集》第4卷,人民出版社1995年版,第213页。
② 马克思、恩格斯:《德意志意识形态》,人民出版社1961年版,第38页。
③ 洪索:《爱与憎》,载《新华日报》1943年3月3日。
④ 鲁迅:《且介亭杂文二集·七论"文人相轻"——两伤》,见《鲁迅全集》第6卷,人民文学出版社2005年版,第419页。

大之处。"① 这些文章都是在提倡"感性生活"论的同一时期写作的。胡绳的"感性生活"论的特别之处就在于他在马克思主义的框架内提倡感性，提倡感性生活和人的主体能动性，但在这些概念之下包裹的却是中国左翼运动特有的内涵，主要依托的是以鲁迅为代表的左翼文艺运动的传统。

鲁迅在谈论知识分子中存在的"文人相轻"时，认为："文人不应该随和，而且文人也不会随和，会随和的，只有和事佬。但这不随和，却又并非回避，只是唱着所是，颂着所爱，而不管所非和所憎；他得像热烈地主张着所是一样，热烈地攻击着所非，像热烈地拥抱着所爱一样，更热烈地拥抱着所憎——恰如赫尔库来斯的紧抱了巨人安太乌斯一样，因为要折断他的肋骨。"② 他的这段话是提倡"热烈的爱与憎"的"生活态度论"者的理论资源，也是胡风等"主观论"者的理论资源。这些人都是在马克思主义的立场和框架内提出自己的主张的，但对马克思主义的解释被赋予了特定的内容，这特定的内容是与中国左翼文艺的传统联系在一起的，而且也在新的问题和形势下不断地修正和重新作出阐释。

1948年，在"香港批判"中，乔冠华对"生活态度论"中的部分观点进行了检讨，在讲到作家的"爱与憎"的能力时，他开始诉诸"长期的无条件的全身心地和人民结合的实际生活"，认为这才是作家的"爱与憎"的能力的源泉。"作家同时要有正确地而又是由衷地爱或者恨他所企图表现的各式各样具体对象的能力。这种主观能力从哪里来的？主要的是从作家长期在实际生活中体验得来的。在这里，马列主义的思想只能一般地教育我们爱和恨的主要方向，但它却不能代替我们在实际生活中爱这个应该爱的具体人物，或者恨那个应该恨的具体人物的真爱和真恨的实际生活。而这种正确的爱和恨的能力，却是从那'长期的无条件的全身心地'和人民结合的实际生活中教育（感情也是要受教育的）和锻炼出来的。"③

1943年"生活态度论"的这种马克思主义的"中国化"和毛泽东

---

① 洪索：《无穷的远方，无数的人们，都和我有关》，载《新华日报》1943年10月19日。
② 鲁迅：《且介亭杂文二集·再论"文人相轻"》，见《鲁迅全集》第6卷，人民文学出版社2005年版，第348页。
③ 乔木：《文艺创作与主观》，载《大众文艺丛刊》1948年第2辑。

1938年以来提倡的马克思主义的"中国化"并不完全一致,这也说明中国的马克思主义,也就是马克思主义的"中国化"在走向"毛泽东思想"的过程中是有很多的支流的。这是一个充满可能性的探索的过程,我们的研究如果直接从马克思主义、列宁主义走向毛泽东思想,没有看到这一发展过程本身的复杂性,这种简单化的思路就违反了历史唯物主义和辩证唯物主义的方法,也贬低了中国的马克思主义理论本身所具有的吸引力和凝聚力。

第五章 "主观论"及其对象

在"战国策派"的"民族文学论"、郭沫若的儒墨研究、"才子集团"的"生活态度论"等背景下来考察胡风等人的"主观论"在20世纪40年代国统区的提出,是很有启发性的。我们既可以看到"主观论"在胡风文艺思想中那些连续性的因素,也可以发现在特定历史语境中他所作出的新的应对。并且,通过对相关问题的探讨,我们也发现,胡风、路翎、舒芜等人的"主观论"本身包含了很多异质性的因素,并不是铁板一块,在对主观的诉求下面,存在着不同的对象和理论基础。并且,对要求进步的胡风、路翎、舒芜等知识分子来说,对主观的共同诉求本身应该跟更大范围的国统区马克思主义的发展等问题联系在一起,是应对国统区民族主义等问题的努力之一,应当被看做进步阵营中马克思主义中国化的努力的组成部分。在抗日战争及其胜利这一背景下,对"主观论"的评价基本上是在这一框架中进行的,但解放战争的爆发所带来的国内政治力量的分化和知识界的重新整合,产生了新的历史任务和问题,对"主观论"的评价的变化本身显示了这一历史变化。

第一节 感性的对象

"感性的对象"是胡风在《置身在为民主的斗争里面》一文中使用的

一个新概念，这一概念此后在他的各种文章中成为了一个重要的概念。什么是"感性的对象"呢？"文艺创造，是从对于血肉的现实人生的搏斗开始的。血肉的现实人生，当然就是所谓感性的对象，然而，对于文艺创造（至少是对于文艺创造），感性的对象不但不是轻视了或者放过了思想内容，反而是思想内容的最尖锐的最活泼的表现。不能理解具体的被压迫者或被牺牲者的精神状态，又怎样能够揭发封建主义的残酷的本性和五花八门的战法？不能理解具体的觉醒者或战斗者的心理过程，又怎样能够表现人民的丰沛的潜在力量和坚强的英雄主义？"①

胡风认为，感性的对象不仅是对文艺创作中的客体的要求，也是对文艺创作中的主体的要求，作家和对象的搏斗过程"始终不能超脱感性的机能，或者说，它一定得化合为感性的机能"，"在对于血肉的现实人生的搏斗里面，被体现者被克服者既然是活的感性机能，那体现者克服者的作家本人的思维活动就不能够超脱感性的机能"。② 胡风用"感性的对象"这一概念，既是要反对"没有从现实人生取得生命的"市侩主义和公式主义，也是要反对"没有思想力的光芒、因而也没有真实性的迫力的"客观主义的文学倾向，前一方面是指文学作品没有能够表现活的现实，也就是他所说的"活生生的感性的存在"，后一方面是指文学作品中缺少作家的强有力的主观力量，也就是他所说的和对象搏斗过程中的"批判的力量"，他认为，现实主义的文艺就是要能够在"生龙活虎的感性力量里面反映这时代的人生真理"。③

反对公式主义和客观主义是胡风 20 世纪 30 年代从事文艺批评以来就一直致力的两大目标，他认为，这两种倾向是进步阵营中存在的主要问题，它们是和现实主义的精神背道而驰的，"这两种倾向是和文艺的大道相隔很远的"。④ 而他提出的解决这些问题的方法就是强调作家向生活和创作对象的"突进"与"搏斗"，强调作家在创作中的"真实的爱憎"，要

---

① 胡风：《置身在为民主的斗争里面》，载《希望》1945 年第 1 集第 1 期。
② 同上。
③ 同上。
④ 胡风：《文学与生活》，见《胡风全集》第 2 卷，湖北人民出版社 1999 年版，第 324 页。

求文艺作品表现"活的现实"。这些要求当然是针对着作家的主观作用来讲的，强调的是作家要克服旁观的态度，在作品中有血有肉地表现对象，也就是他所说的，"艺术家不仅是使人看到那些东西，他还得使人怎样地去感受那些东西"。① 在他早期著名的批评文章《张天翼论》中，胡风指出，张天翼作品中人物存在着概念化和面目不清的倾向，"似乎他和他的人物之间隔着一个很远的距离"，这是由于作者没有"向他所要表现的人生作更深的突进"，来自于作者"超然物外"的创作态度。"这种对于人生的观照态度，使他的作品里面完全没有流贯着作者的情热。"② 而"艺术活动的最高目标是把捉人的真实，创造综合的典型。这需要在作家本人和现实生活的肉搏过程中才可以达到，需要作家本人用真实的爱憎去看进生活底层才可以达到。"③ 那么，胡风20世纪30年代以来反对公式主义和客观主义的斗争是不是一成不变的呢？在具体的理论主张上有什么变化呢？他的理论立足点又是什么呢？

不管是"突击"、"搏斗"还是"真实的爱憎"，胡风都是在强调作家的主观作用来反对公式主义和客观主义的，那么，他是在什么样的理论基础上讲创作活动中作家的主观作用的呢？除了厨川白村的文艺是主体欲求受挫后在文艺层面的象征这一联系到创作主体层面的理论资源外，主要的还是一个现实主义的理论框架，那就是文艺作品要反映现实，但又高于现实，也就是胡风所说的"文艺站在比生活更高的地方"这一现实主义文艺的特征所产生的对于作家主体方面的要求。也就是说，在现实主义要求"文艺站在比生活更高的地方"这一点上，作家是必须付出主观的努力的，只有这样作家才能够透过历史和生活的表象，实现对历史和生活的一般规律和发展趋势的认识。胡风认为，"一个取得了艺术力和思想力的高度的统一的人物，有现实的一面，也有非现实的一面。或者说，应该是现实的一面和非现实的一面的统一体。为什么是现实的呢？因为它是现实内容的反映。为什么又包含有非现实的一面呢？因为它是通过作家的主观的能动

---

① 胡风：《张天翼论》，见《胡风全集》第2卷，湖北人民出版社1999年版，第56页。
② 同上，第47—48页。
③ 同上，第39页。

作用的、现实内容的反映。为什么作家是'人类灵魂的工程师',我们对于他的人格、思想、立场、战斗精神等提出那么高的要求,从这里就可以取得理解。为什么作家能够走在时代前面,成为世界的预言者,从这里也可以取得理解。为什么我们所要求的现实主义必得把革命的浪漫主义作为它的本质的内容之一,从这里也可以取得理解。"① 正是从这一点出发,胡风把鲁迅所说的"主见"、"为人生"和"改良人生"跟他所说的主观的欲求、主观的理想联系了起来,认为"通过作者的主观以后被创造成功的作品,是比实际生活更高,具有推动实际生活的力量的"。②

现实主义的作家不光要反映现实,还要反映历史发展的趋势,从这一点来说,胡风强调作家要发扬主观,因为只有发扬主观,作家才能在纷繁复杂的社会现象背后发现历史发展的规律和方向,才能"一方面要不跌进两眼朝天的公式主义的陷阱,一方面又要防范无条件地在作品里面迷惑的倾向"。③ 胡风认为,张天翼那种"素朴的唯物主义"是作家没有向对象"搏击"和"突进"的结果,也就是没有发扬作家的主观的结果。他在1951年《文艺笔谈》的重版后记中谈到张天翼作品存在的问题时,认为:"唯物主义地看世界、看人生,但在这样'看'的作者本人身上,却不能使人感到潜流在这个唯物主义世界里面的劳苦人民的深厚的生活内容和痛切的对于未来的渴望,作者给我们看到的却是一副'都不过如此,都应该如此'的神气。这是走向客观主义的,不但没有把鲁迅传统所获得的深刻的人民性、战斗性的人道主义、革命的现实主义向前发展,反而在基本点上和那游离了。"④

在克服现实主义作品中的公式主义和客观主义倾向时,胡风诉诸的是作家的主观作用,强调创作过程中主体的能动性,希望通过发扬作家的主观来更好地实现现实主义的创作目标,但这种对作家主观作用的强调并不

---

① 胡风:《一个要点备忘录》,见《胡风全集》第2卷,湖北人民出版社1999年版,第633页。
② 胡风:《文学与生活》,见《胡风全集》第2卷,湖北人民出版社1999年版,第319页。
③ 胡风:《自然主义倾向的一理解》,见《胡风全集》第2卷,湖北人民出版社1999年版,第425页。
④ 胡风:《文艺笔谈·第三次排字后记》,见《胡风全集》第2卷,湖北人民出版社1999年版,第277页。

是一成不变的，从"突进"、"血肉的搏斗"、"情绪的饱满"到所谓的"爱爱仇仇"、"感性的机能"，这些概念和术语的变化既有前后一致的一面，也有在新的条件下发展和应变的一面，适应着理论背后的语境和对象的变化。当胡风开始使用"感性的对象"、"感性存在"、"感性机能"这些概念，并用这些新的概念来重新表述他原来的理论主张时，我们要考察的正是这些概念本身，它们是怎样整合胡风以前的思想进行重新表述的，在特定的语境下它们又带出了或针对了什么样的新问题。

胡风对"感性的对象"的强调是不是跟重庆"才子集团"的"生活态度论"中对感性生活的强调有直接的关系，这值得研究，但无疑他们双方都受到了延安整风运动的影响，都试图通过自己的主张反对进步阵营内的机械唯物主义倾向。胡风对文艺中机械唯物主义倾向即公式主义和客观主义的描述和陈家康对"唯'唯物'的唯物论"的描述、胡绳关于教条主义的描述有很多相似之处："相信人类是向着解放的前途发展，也相信发展是依着'必然'法则，然而忘记了，在发展里，在'必然的'法则里，人的力量是决定的东西。于是向人说教了：过去的过去了，将来的会来。这是把社会的'必然'神话了，使它和自己毫不相干，从对于光明世界的期待里面抽出了自己的力量，不费力地抱着一个乐观。"[①] 他们都试图对当时唯物主义中存在的这种忽视人的主观能动性的偏向提出批判，胡风借用罗曼·罗兰的"没有伟大性的唯物主义压抑着各种思想"的说法，认为自然主义当然也是属于这种"没有伟大性的唯物主义"。[②] 从《张天翼论》以来，胡风对文艺中的机械唯物主义的批判是一致的，认为这种缺乏强烈的主体精神的"素朴的"、"没有伟大性的"唯物主义跟他所提倡的发扬主观的现实主义是完全不相符的。但在不同的时期，针对着不同的对象，他提出的解决问题的方法是不同的。那么，胡风是在什么样的基础上提倡"感性的对象"和"感性的机能"的呢？

胡风对作家本身的感性机能的强调，也就是他所说的，"对于对象的

---

① 胡风：《自然主义倾向的一理解》，见《胡风全集》第2卷，湖北人民出版社1999年版，第423—424页。

② 胡风：《罗曼·罗兰断片》，见《罗曼·罗兰》，上海新新出版社1946年版，第12页。

体现过程或克服过程，在作为主体的作家这一面同时也就是不断的自我扩张过程，不断的自我斗争过程"①，虽然似乎直接来源于A.托尔斯泰对创作过程的描述："写作过程——就是克服的过程。你克服着材料，也克服着你本身。"② 但这种强调作家本身的"深刻的自我斗争"的一面，这种对"深刻的自我斗争"、"深刻的精神改造"的提法当然是跟延安整风运动在国统区的影响有很大关系的。③ 胡风在当时和后来的不同著作中都不同程度地提到了延安整风运动对他这一时期思想的影响。在《论现实主义的路》中，胡风注明他书中所提到的"含有伟大的革命意义的思想再出发运动"指的就是延安整风运动。④ 在《胡风评论集》的《后记》中，他也提到，在《希望》第1集第1期的《编后记》中所说的舒芜的《论主观》是"再提出了一个问题"，这个问题是指延安整风运动说的，而"再提出"是指《中原》、《群众》已说过，也就是乔冠华、胡绳、陈家康等的"生活态度论"已说过。⑤ 这当然不是说，延安整风运动直接影响了胡风的思想，在当时就成为了他思考问题的理论依据，而是说延安整风运动可能起到了一种媒介的作用，触发了或者呼应了他对知识分子主体性问题的思考。也就是说，不管延安整风运动的影响是以什么样的方式进行的，对胡风这些国统区的进步知识分子来说，它提供了一种思想资源，成为应对教条主义所导致的知识分子中的精神危机时可以利用的各种思想资源中的一种。

那么，延安整风运动触发了胡风对哪一方面问题的思考呢？当胡风用"感性的机能"来强调作家"自我扩张"、"自我斗争"、"自我克服"的过程时，他就在他原先对作家主体性的强调里面结合进了延安整风以来知识分子"思想改造"的新内容，而思想改造的这个新内容在"感性"这一层面又是和胡风之前一直强调的"主观"、"搏斗""情绪的饱满"不相冲突

---

① 胡风：《置身在为民主的斗争里面》，载《希望》1945年第1集第1期。
② 胡风：《人道主义和现实主义的道路》，见《胡风全集》第3卷，湖北人民出版社1999年版，第237页。
③ 胡风：《置身在为民主的斗争里面》，载《希望》1945年第1集第1期。
④ 胡风：《论现实主义的路》，见《胡风全集》第3卷，湖北人民出版社1999年版，第491页。
⑤ 胡风：《胡风评论集·后记》，见《胡风全集》第3卷，湖北人民出版社1999年版，第614页。

的。如果说"感性的对象"在创作对象方面延续了胡风一直以来对"活的对象"的强调，那么，作家主体的"感性的机能"这一概念就把延安整风以来知识分子思想改造的新的维度结合进了胡风关于现实主义的理论中。也就是说，通过"感性"这一概念，胡风重新表述了他的理论主张，这种重新表述是立足于具体的现实问题的，而"感性"这一概念的出现，也是有着特定的理论和历史背景的，是隐含着特定的立场的。

舒芜认为，乔冠华、胡绳、陈家康等的"生活态度论"在反对机械唯物主义时诉诸人的主体性，这是胡风和他们接近的原因。① 我们可以看到，他们对主体性的强调尽管有着不同的出发点和立场，诉诸了不同的理论资源，但20世纪20年代末30年代初才正式发表的马克思和恩格斯关于《德意志意识形态》、费尔巴哈的著作是他们共同的资源之一，他们都不同程度地在自己的著作中引述了马克思在《德意志意识形态》和《关于费尔巴哈的提纲》（他们当时称之为《费尔巴哈论纲》）中的论述。胡风在《从实际出发》中回忆说："我想在《希望》上约陈家康、胡绳和他（乔冠华）出一个《费尔巴哈论纲》的百年特辑，对'人的感性活动'和'实践'的决定性作用作一些阐述，作为理解、分析教条唯心主义（文艺上的主观公式主义）的引导。"② 如何在马克思主义的框架中，发扬人的主体的、能动的、感性的一面，从而跟当时强调人的主体性、诉诸人的感性的其他思潮，比如"战国策"派和其他民族主义思潮争夺阵地，这是他们当时共同面临的问题，这也就是马克思所说的，旧的唯物主义本身的缺陷，使人的主体性中"能动的方面却被唯心主义抽象地发展了"。③

当"生活态度论"把进步知识分子中"思想得太多，而感觉得太少"的无力状况的克服诉诸"生活态度的改变"，诉诸人的"感性生活"对人的实践的推动作用时，胡风诉诸的是人的"主观"，提倡发扬主观战斗精

---

① 见舒芜1944年2月29日致胡风的信和他自己为这封信所作的注，载《新文学史料》2006年第3期，第141页。
② 胡风：《从实际出发》，见《胡风全集》第6卷，湖北人民出版社1999年版，第712页。
③ 马克思：《关于费尔巴哈的提纲》，见《马克思恩格斯选集》第1卷，人民出版社1995年版，第54页。

神、发扬战斗的唯物主义。胡风是把作家的主观的发扬以及和人民结合的过程跟作家的自我斗争过程联系在一起的。他认为,"从这里,和人民的结合过程,对于对象的体现和克服过程,就必然要转变为作家自己的分解过程和再建过程,这就出现了前面所提到的深刻的自我斗争。"① 相比之下,他认为乔冠华对待人民的"要爬到他们心头上去疼他们"的态度,就显得"轻飘即虚伪"了。因为在胡风看来,"承认以至承受了这自我斗争,那么从人民学习的课题或思想改造的课题从作家得到的回答就不会是善男信女式的忏悔,而是创作实践里面的一下鞭子一条血痕的斗争。一切伟大的作家们,他们所经受的热情的激荡或心灵的痛苦,并不仅仅是对于时代重压或人生烦恼的感应,同时也是他们内部的,伴着肉体的痛楚的精神扩展的过程。"② 胡风当时并没有直接评论"生活态度论"的语句,只是在给舒芜的一封信里用调侃的语气说过:"那么,我们也仿冣超等流行式仿造出一些出卖,发一点财,过一过'感性生活'如何?"③

"生活态度论"和"主观论"都有诉诸人的情感和爱憎的方面,也都引用了鲁迅以来的"热烈的所爱和热烈的所憎"的新文艺传统。在论及感性的要素是充实人生、推动人生的力量时,舒芜的表述跟胡绳的表述是非常相似的:"强烈的爱,以及由于强烈的爱而对于一切足以损害所爱者的强烈的憎;为强烈的爱所强烈地肯定的友,以及为强烈的所憎所强烈地否定的敌;向着所爱毅然献身的报恩,以及对着所憎断然打击的报仇:这一切,就是人类生活中全部的道德的存在与道德的力量。而道德的存在也就于人生一切存在中为最高,道德的力量也就于人生一切力量中为最强:这就是已经被无数的血肉所证明了的战斗的伦理学。"④

胡风对鲁迅以来的这一传统有自己的理解,他在文章中多处引用了鲁迅的创作来讲文艺中"真实的爱憎"的重要性。胡风认为,鲁迅的战斗有

---

① 胡风:《置身在为民主的斗争里面》,载《希望》1945年第1集第1期。
② 同上。
③ 胡风1944年3月16日致舒芜的信,见《胡风全集》第9卷,湖北人民出版社1999年版,第476页。
④ 舒芜:《论温情》,载《泥土》1948年第5辑。

一个最大的特点,那就是把"心"、"力"完全结合在一起。"别人当战斗的时候是只能运用脑子,即所谓理智,或者只能凭一股热血,但他则不然,就是在冷酷的分析里面,也燃烧着爱憎的火焰。——不,应该说,惟其能爱能憎,所以他的分析才能冷酷,能够深刻。他自己说,'能憎才能爱,能爱才能文'。"① 他认为,什么是鲁迅精神呢?"岂不就是生根在人民的要求里面,一下鞭子一个抽搐的对于过去的袭击,一个步子一印血痕的向着未来的突进?"②

但相对于"生活态度论"和舒芜等在伦理和哲学层面对强烈的爱憎的探讨,胡风主要还是在一个现实主义文学的框架内提倡这一立场的,他认为作家要在"敌友关系里面经验爱爱仇仇的精神状态",才能够创造出艺术。他认为,"我们反对把青年变成和尚尼姑的'为人'上的'冷静'哲学,而要歌颂为民族为人民受苦受难的献身热情(passion),因为我们反对把艺术送进神庙的'冷静'美学,而要堂皇地拿出战斗的现实主义立场。"③ 胡风比较偏爱有着巨大热情的文艺作品,在评价他最喜欢的作家罗曼·罗兰的文章中,胡风的第一句话就是,"罗曼·罗兰是在痛苦的热情里面生长起来的"。④ 在《希望》第2集第4期上,胡风发表了2篇译文,一篇是法共论法国知识分子在反法西斯战争中的作用,另一篇是介绍和评价俄国著名画家列宾,这两篇译文都涉及"热情"这一话题。前一篇文章中有个观点是"伟大的热情创造伟大的人"⑤,后一篇则认为列宾的伟大在于他能单纯地自然地描绘"非常猛烈的情绪",认为,"他的艺术风格——严格的单纯和正确,极力避免装饰的人工美,充满了愤怒、同情、爱人类的暴风雨似的热情——也正是俄国艺术的主要风格"。⑥ 胡风在《编后记》

---

① 胡风:《关于鲁迅精神的二三基点》,载《希望》1946年第2集第4期。
② 胡风:《青春的诗》,《逆流的日子》,见《胡风全集》第3卷,湖北人民出版社1999年版,第268页。
③ 胡风:《关于抽骨留皮的文学论》,见《胡风全集》第3卷,湖北人民出版社1999年版,第28页。
④ 胡风:《罗曼·罗兰断片》,见《罗曼·罗兰》,上海新新出版社1946年版,第8页。
⑤ R. 盖诺德:《知识分子与法国的复生》,宗玮、芦蕻译,载《希望》1946年第2集第4期。
⑥ K. Chukovsky:《伊里亚·列宾及其作品》,何家槐译,载《希望》1946年第2集第4期。

中认为，这两篇译文可以引出很多话来，"就第一篇说吧，对于一听到热情就觉得罪大恶极，自以为只有他那一把冷静的'理论'才是一切的不'盲动'的批评家，不是也可以参考参考的么？"①

强调热情有什么问题呢？在马克思主义框架内提倡热情和感性如何区别于在其他思潮中对这些因素的强调呢？当"战国策"派的"民族文学"通过诉诸人的感情来调动人们的民族主义情绪，并在大后方文艺中占有一定的市场时，如何看待和"民族文学"的关系问题呢？相对于胡绳在反法西斯主义和反复古主义的框架中对人的感性生活和热情的强调和甄别，胡风所做的主要还是左翼文艺内部的甄别工作，是针对左翼文艺内部的各种倾向和问题发言的。他只是在很少的地方很简略地作为背景谈及了这些"方向相反"的文艺倾向和力量。例如在《文艺工作的发展及其努力方向》里面，在列举了进步文艺界存在的一些不良的倾向后，胡风提到，"这只是几个显著的倾向，一般也承认它是在为着民族要求和人民要求服务的创作里面的倾向，还有一些在这里不必提到的，例如复活封建意识的复古倾向，提倡对于权力的盲目信仰的法西斯倾向，等等。"② 在《从冬天想起的》里面，胡风也列举了重庆文艺界的反动的倾向，它们是："小说和美术里面的色情主义，演剧里面的庸俗的趣味和虚伪的形象，以及伪装的复古主义和舶来的法西斯主义。"③ 但胡风很少对这些他认为反动的倾向作深入的分析，在胡绳觉得有必要区分法西斯主义对感情和意志的强调和马克思主义对感性的强调的地方，胡风并不觉得存在问题，在他看来，这种"希特勒式的民族主义"跟我们抗日民族解放战争中对解放和进步的要求是完全不同的。因此当批评者把胡风等人对主观的追求跟"战国策"派的思想联系起来时，胡风认为这种批评是不值一驳的。

路翎在给胡风的信中转述了欧阳凡海对小说《谷》的意见："林底性格发展是模糊的，带有个人英雄主义底色彩。他克服弱点的努力，也完

---

① 胡风：《编后记》，载《希望》1946年第2集第4期。
② 胡风：《文艺工作的发展及其努力方向》，见《胡风全集》第3卷，湖北人民出版社1999年版，第179—180页。
③ 胡风：《从冬天想起的》，见《胡风全集》第3卷，湖北人民出版社1999年版，第194页。

是单独的内心工作。这可能使别人得到另一种理解，以为他的精神是代表一个精神意志，甚至野心家的胜利。而这种思想，就是目下《战国》的思想。"①胡风认为欧阳凡海的这种意见是不对的，路翎小说中主人公对人生的追求跟"战国策"派的思想是完全不一样的。"林伟奇是一个对人生有好的追求（当然是他现在能看到的）而被压抑了，因而在恋爱和生活上经受着大的痛苦的知识青年。这有广泛的根据，和时代的脉搏相连。怎么会是'英雄主义'么？当然，他没有能够和'内心工作'以外的大社会相交涉，但和大社会的交涉不正是从这起么？我们正要找出这个性的受难和情绪的波澜，为新文学灌入活的生命，而他却要求八股或市侩的唯物主义！拉到'野心家'、'战国'，更是莫名其妙了。"②

　　路翎和舒芜曾在发表《论主观》一文前就文章观点进行过激烈的讨论，路翎在提出的几条意见中认为要指明他们的"主观论"和法西斯力学之间的区别。要指明"'征服客观，包容客观……'等等与法西斯力学的分别"，"因为法西斯，以主观的力学和暴君学号召，针对了苦闷的感情的弱点，是大有'社会基础'的，所以他们不怕他们所看到的'客观'了。而所怕的，又不能看到，常常如此。"③舒芜认为，路翎所说的"针对了苦闷的感情的弱点"揭示出了法西斯哲学的本质。他建议读者应该把《论主观》一文和林同济的《寄语中国艺术人》一文对照着看，以便发现他们的主张和"民族文学"主张之间的根本不同。他认为，发扬主观作用，走人民的道路，是消灭法西斯主义最有效的武器。"法西斯主义正是利用人民本身的无出路的感情为材料，通过对于'民族'之类的抽象但却强烈的感觉，而把人类的主观作用扭歪了而发挥出来的。我们则是要从具体人民的具体生活中发现正确的出路，用健全积极的主观作用来实现它，从头到尾都正相反。我们基于这相反，就正好以主观作用的强大力量去消灭法西斯的疯狂力量，决不怕在'力量'这一词上犯了嫌疑。同时，也就无需求助

---

① 路翎1942年3月30日致胡风的信，见路翎：《致胡风书信全编》，大象出版社2004年版，第40页。
② 同上，第13—14页。
③ 路翎：《论主观·附录》，载《希望》1945年第1集第1期。

于什么'理性主义'。"①

把胡风等人对主观战斗精神的强调跟"战国策"派对意志和超人的强调联系起来,这种观点在对主观论的批评中并不少见,朱谷怀在回应"香港批判"时就认为,"那篇荃麟执笔的洋洋大文《对当前文艺运动的意见》和另外的几篇书评,都躲躲闪闪地拐弯抹角地叫人相信那种加强主观战斗的做法,只是尼采底超人主义之类的东西"。②鲁芋在评论路翎的长篇小说《财主底儿女们》时认为,它是中国知识分子的感情和意志的百科全书,"知识分子在从传统的迷阵头破血流地突围出来里所感到的一切感情和意志的纠纷,在它里面,都得到了应有的单纯的解决",但蒋纯祖的意志力量和尼采式的超人是完全不一样的,"蒋纯祖的意志力量决不是像一般吹毛求疵的冷眼们所认为的——来源于所谓'超人'的真空的昂扬;它,那种绝缘而又绝望的'英雄主义',已经明确地具体在外强中干的蒋少祖的复古的殡仪里。"③

当"战国策"派的民族主义诉诸意志和尼采的超人时,胡风等人的"主观论"的民族主义诉诸的是作为大多数的人民,这也就是胡风所说的"希特勒式的民族主义"与"人民的爱国主义"、"人民的英雄主义"之间的区别。虽然胡风并没有详细地论述过自己对主观的强调跟"战国策"派对意志和情感的强调之间的区别,但在形式上的对人的主体性方面的因素如情感和感性等的强调之下,那个基本的理论框架和所要实现的目标是完全不一样的,正像胡风在分析罗曼·罗兰的英雄主义时所说的:"罗兰当然是沿着人道主义、英雄主义的道路战斗下来的,但它们不但不是来自资产阶级的要求的那一类,而且正是为了反抗资产阶级,作为通到以主人自居的民众的战斗的桥梁的。精神力量,被当做这样的桥梁,被当做燃起民众力量的火种,它的估计是不怕过高的,但如果以为它可以君临历史道路上的社会物质力量,或者相反地变成良心上的道德的慰藉,那就会降落成

---

① 舒芜:《论主观》,载《希望》1945年第1集第1期。
② 孔翔(朱谷怀):《空谈及其他》,载《泥土》1948年第6辑。
③ 鲁芋:《蒋纯祖的胜利》,见《路翎研究资料》,北京十月文艺出版社1993年版,第118—119页。

立足点不稳的无力的东西。"① 胡风认为，人民的英雄主义是能够从路翎的《罗大斗的一生》那样的小说中呼之即出的，而且，他认为，"在文艺思想上，无论对于客观主义或教条主义，这都能成为有效的一击"。②

我们可以说，"感性"这一概念在胡风文艺思想中的出现不是偶然的，它是胡风调整自己的理论，在当时各种思潮和论争的背景下，力图解决进步文艺界的教条主义问题的产物。在反对教条主义时，胡风诉诸唯物论中主体性、能动性的方面，借鉴了马克思和恩格斯在费尔巴哈和意识形态等问题上的观点，也结合了鲁迅以来中国左翼文艺的传统，它是这一时期进步知识分子在马克思主义中国化的过程中所作出的努力中不可分割的一部分。

第二节 "在混乱里面"

胡风对教条主义和客观主义的批判始终是在左翼文艺阵营，也就是他所说的"自己阵营"内部展开的，针对的是现实主义文艺中存在的问题。胡风认为，"现实主义进展了，但却是处在一种混乱的境遇下面"。③ 这种混乱是相持阶段国统区文艺出现无力局面的根源，这种左翼文艺阵营内部的混乱使革命文艺在面对来自内外的压力时处于低潮阶段。胡风认为，"在这样的日子里面，文艺本应该是为人民代言，向着逆流的胴体刺击的武器，然而，由于沉重的压力和焦躁的不安，再加上几年以来一直发展着的文艺思想本身的混乱，这时候就在窒息似的苦恼里面呈现着无力。""文艺在自己的阵营里面也经验着一种逆流的袭击，这袭击正是和那大的逆流紧紧地呼应的。"④ 因此，在左翼文艺内部开展反对教条主义的斗争，整肃自己的队伍，就成了必要的工作。

---

① 胡风：《罗曼·罗兰断片》，见《罗曼·罗兰》，上海新新出版社1946年版，第20页。
② 胡风：《编后记》，载《希望》1945年第1集第1期。
③ 胡风：《关于创作发展的二三感想》，见《胡风全集》第3卷，湖北人民出版社1999年版，第11页。
④ 胡风：《逆流的日子·序》，见《胡风全集》第3卷，湖北人民出版社1999年版，第172—173页。

胡风虽然用教条主义、客观主义、公式主义等术语指出了这一时期左翼文坛存在的问题，但他的这些论述一般很少针对具体的作家展开，不是像在《张天翼论》中那样通过对作家的专论提出问题，而是在理论的层面探讨各种偏向的表现及其思想根源，他的作家论和作品论似乎更多地针对的是他所提倡的文学倾向，因此我们不妨先通过路翎对同时代作家作品的批评来分析他们所认为的那些不良的倾向。

路翎批评的首先是沙汀、姚雪垠、茅盾等人的某些创作中的"客观主义"倾向。什么是"客观主义"倾向呢？我们从路翎对沙汀小说《淘金记》所作的分析中可以得到一些线索。路翎认为，《淘金记》"是一本有着某种成就的书。这成就，是指作者底对于生活（文学素材）的某一限度的忠实，和从这忠实产生的某些关于农村生活的图画底朴素而言。"沙汀的观察才能使他写出了某一限度的农村生活的现象，在一定程度上实现了文艺反映现实生活的任务，但《淘金记》是"典型的客观主义"的作品，"这里面的人物性格的概念化，这里面的思想力底灰白和追求力底微弱，以及从兴趣主义来的对于人物底无敌的嘲弄，都是从对生活的客观态度来的"。①

《淘金记》的问题在哪里呢？路翎认为，《淘金记》的内容，它所包含的生活和追求，应该是更为深刻而热辣的，作者却仅仅走到现象为止，在现象的结构上拨弄着他的人物，没有表现出作为民族解放战争的主体的人民的力量来。"在关于淘金的争斗上面，作者描写了何寡母底顽固，白酱丹底狡狯，林么长子底无赖，人种底懦弱，等等。读者，对于这些人物有了一些实感或者概念；然而，读者却是需要这以外的某种东西的。在描写底进程上，作者挟着一种关于时局，关于抗战，关于中国社会的理论的叙述；这些叙述，应该是表示着一个广泛的、强大的内容的，但这种感受却和《淘金记》的内容底灰白完全不相称；这些理论的叙述就变成了贴上去的、小市民底常识和机智了。假如中国底民族解放战争是由人民所支持，

---

① 冰菱（路翎）：《淘金记》，载《希望》1945年第1集第4期。引文中的"底"系当时用法，未统一成现在的"的"，下同。

被人民所愿望，而且，应该是由人民所领导底话，那么，从《淘金记》里面，是看不出这种力量来的。这种力量经由着曲折的道路，受着旧势力的折磨，是事实，然而《淘金记》里面，对这个也并没有暗示。"① 路翎把《淘金记》的问题归结为"缺乏着更深的热情的探求"，认为缺乏热情的探求使作者仅仅停留在表面，不能突入现实，写出真正的人民斗争的历史。

并且，路翎也对作品缺乏热情所带来的美学风格进行了批判，他认为，一部好的作品应该是怀着斗争的热情的，或者应该是激起斗争的热情的。"假如作者应该把他目前的生活当做向着未来的人类的生活来创造的话，那么，即使是从最微贱的人物里，也能够得到对于人民的热情和力量底启示和注释的。对于丑恶的表示最强的憎恶，对于英勇的表示最强的赞颂，但应该一律以斗争的热情来对付，用活的形象来表示时代的思维，这是我们底现实主义的道路。"② 因此，对于《淘金记》，路翎问道："你读了以后，除了得到一些关于坏蛋的知识以外，你得到了真实而强烈的对于这些坏蛋的憎恶，和由这而来的对于人生的勇敢和热爱么？在这一类的作品里，你能得到任何一种热情的洗礼么？"③

路翎认为，姚雪垠的《差半车麦秸》这部抗战初期有名的作品，也是"客观主义的、技巧的东西"，因为作者在他的作品中只是冷静地罗列对象，从公式和概念出发来描写他的人物，并不能表现出发展的抗日救亡运动中作为历史主体的人物的活的形象。路翎拿《差半车麦秸》和萧军的《八月的乡村》进行了比较，认为萧军小说中的农民小红脸痛苦地思念着土地和家庭，在这样的痛苦中，吸着烟袋，经历着血与火，战斗下去，小红脸以他的纯朴成为了革命的抗日斗争的基础，萧军对小红脸的这种渴念虽然表现得相当粗糙，但是"是深沉而迫切的"，而在《差半车麦秸》里，差半车麦秸同样带着农民的习惯，并且怀念土地，参加了游击队，但这是用公式、技巧做成的。"《八月的乡村》底作者是在社会一种斗争的追求的状态下呼吸着的，《差半车麦秸》底作者则在'描写'的闲情里面向革命

---

① 冰菱（路翎）：《淘金记》，载《希望》1945年第1集第4期。
② 同上。
③ 同上。

理论不停地鞠着躬：'看吧，我描写农民的转变哩！'"① 因此，路翎认为，如果说《八月的乡村》反映了东北人民抗日斗争中的活生生的农民形象，那么《差半车麦秸》则没有反映出发展了的历史条件下农民的新形象，差半车麦秸是没有生命的。路翎认为，真的生命，"他应该活泼，激发那个队伍的热情，更多的是引起苦难的感觉，对于历史的严肃的心境和更强的战斗意志来"。② 因此，在路翎看来，《八月的乡村》是产生在"九·一八"以后，时间前进了，同样的东西，已经在我们的文学世界里面活着的东西，却在《差半车麦秸》里面被作者写成僵死的了。③

在路翎的分析中，姚雪垠的客观主义是跟公式主义联系在一起的，正因为作家缺乏对他所描写的对象的高度的热情和向生活突击的精神，所以他就在文学上"偷着走小路"，用公式和技巧以及客观的描写来造假和投机，迎合市场和读者的需要。这样的作品是无力的，因为它不能反映出当下的火热的历史斗争的现实。"这里没有抗日斗争的真正的壮烈的斗争，没有农民之为农民的与这个土地联系着的血淋淋的精神斗争。人们听不到心底声音，看不到人生，并且，除了向公式理论频频地鞠躬以外，看不出来，抗日究竟是为了什么。"④

在这些作品之外，路翎提出批评的还有碧野的《肥沃的土地》，他认为《肥沃的土地》是"表征着目前的新文学创作上的一种恶劣的倾向的作品"⑤，他指的是当时文坛中"举着抗战和进步的帽子"的"色情主义"倾向。他认为，某些左翼作家为了作品的销路，迎合市场，在革命和进步的名义下向色情和市侩的阅读倾向投降，丧失了自己的立场。"为时并不很久，后方的社会整个地露出了它底糜烂和腐化了。色情的东西畅销了。公式理论的客观主义也受到了冷淡了。空虚的知识分子，在革命和反动中间待机着的这些先生们，就一直跨到市侩主义底酒池肉林里面去——自

---

① 冰菱（路翎）：《市侩主义底路线》，载《希望》1945年第1集第3期。
② 同上。
③ 同上。
④ 同上。
⑤ 冰菱（路翎）：《谈"色情文学"》，载《希望》1945年第1集第2期。

然，仍然是顶着帽子的，那鞠躬，是更为频繁的。"① 在《肥沃的土地》之外，路翎批评的具有这种倾向的作品还有《重逢》、《戎马恋》、《春暖花开的时候》。路翎认为，这种"色情文学"是公式主义文学的一种表现。"这种倾向，基本上是生活的空虚及对这种空虚的生活的虚伪的、自欺欺人的态度，以及思想能力、实感能力的缺乏。从这种空虚和缺乏，产生了对于政治理论和社会理论作着盲目的适应和投机的八股文学；用来点缀这八股文学的，是一种表现着作者自身底可怜的苦闷的色情主义。"②

阿垅在评论姚雪垠作品中的这种"色情主义"倾向时认为，这种"革命"的"公式主义+色情主义"之所以有害，是因为它阻碍了人们对现实的认识，麻痹了人们，在客观上产生了反动的政治效果。他认为，"假使我们分析得更本质些，那么，这种冒充的'革命'和这种冒充本身，恰好和革命底敌人在那里暗渡陈仓，我们得被迫承认这一不愉快的事实。我们不妨提出问题，是什么容许了黄色刊物的存在呢？或者，更真实些，是什么鼓励了黄色刊物的风行呢？回答是很简单的，曰：政治需要而已。因为，今天是需要这样一种麻醉心灵的东西，使人们听不到现实生活所发出的呼声。"③ 这也就是胡风所说的，进步文艺里面的公式主义和客观主义，相反相成地加强了反动倾向的势力，"它们和反映人民要求的现实性是敌对的，因而和反映历史发展的思想性是敌对的，它们背叛了人民的痛苦的生活和人民的庄严的斗争。"④

《差半车麦秸》和《淘金记》，这些路翎看来在现实主义文艺中存在缺陷的作品，是作为革命文学的优秀作品出现的，这种文艺标准上的"混乱"是路翎等人当时进行文艺批评的目标。就像路翎在《求爱·后记》中回忆1944—1946年的写作背景时所说的，"在这一段时期里，我所接触到的东西大半非常沉闷，带着一种黯淡的性质；巨大的思想内容被浓烟遮盖

---

① 冰菱（路翎）：《市侩主义底路线》，载《希望》1945年第1集第3期。
② 冰菱（路翎）：《谈"色情文学"》，载《希望》1945年第1集第2期。
③ 阿垅：《从飞碟说到姚雪垠的歇斯底里》，载《泥土》1947年第4辑。
④ 胡风：《从冬天想起的》，见《胡风全集》第3卷，湖北人民出版社1999年版，第194页。

着而窒息了，旋转在我底周围的却是一个花样繁复的世界。"① 当茅盾的《腐蚀》被称为抗战十年所收获的"健康的作品"时，路翎认为这种"混乱"已经到了不能不着重指出的程度。"我们这个时代的战斗，我们底文学，是庄严的。但目前我们底文学上的情况却又颇为混乱，大批的投机家和掮客围着我们底可敬的前辈们团团打转，不看作品只问人，不看实质只喊口号，并且还特地歌颂这有着如此的坏倾向的小说《腐蚀》，称它为抗战十年所收获的'健康的作品'。大部分单纯的读者们，由于尊敬我们底前辈，又由于迷惑于投机家们的花样，虽然觉得惶惑，却说不出来。我们不能沉默，我们底伟大的新文学是必须突破一切障碍前进的，我们也以坦白的心情，渴望着可敬的茅盾先生突破这一切障碍而前进。"② 路翎所做的这一批评工作，也就是胡风所说的，在总结抗战时期的文学时，对那些"曾经得到过评价但却带着否定的质素，甚至不过是文坛底喧传以至由这喧传而来的追随的读者底喧传，但并没有在读者里面发生积极影响的作品"，要认真地分析当时流行的文艺见解，使这个结算工作"能够负起思想斗争的任务，由这从理论底混乱和批评底滥用里面清整出被淹没的正确的文艺方向"。③

那么，《腐蚀》的坏倾向和茅盾必须突破的障碍是什么呢？路翎认为，《腐蚀》虽然暴露了法西斯特务制度的黑暗和丑陋，但它止于这一点，没有进入和获得较深的内容，没有能够进入"我们时代的历史现实底本质的内容"。如果从"暴露黑暗"这个问题出发，认为小说中的色情、黑暗和空虚正是特务制度那个环境原有的，那就简单化和贬低了现实。路翎认为，"现实是不可分割的，即使在最黑暗的所在，也存在着反映了历史要求和先进人民底客观意志的人生斗争，即包藏在各种样式的障碍之中的阶级斗争。有斗争在，就不会有'纯粹'的黑暗。法西斯特务们和被陷害在其中的青年男女，既是特定的社会阶级的人，就一定有他们底历史负担，

---

① 路翎：《求爱·后记》，上海海燕书店1946年版，第203页。
② 嘉木（路翎）：《评茅盾底〈腐蚀〉兼论其创作道路》，载《蚂蚁小集》1948年第5集。
③ 胡风：《关于结算过去》，见《胡风全集》第3卷，湖北人民出版社1999年版，第275—276页。

就一定在他们身上,通过他们的要求、挣扎、'善良'和恶行等等,而反映着历史现实底全体。""所以,如果单从旧社会现实上看,它是黑暗的;用旧社会底眼睛和感觉来看,它更是黑暗和混乱的,但从现实底本质来看,它却是火辣辣的斗争,无处不在的人民底客观力量和旧现实的火辣辣的斗争。这,就不是一般的把问题用'暴露黑暗'这样的观念提出来所能解决的了。没有那么单纯的暴露黑暗的问题,正如没有那么单纯的不通过负担和斗争的歌颂光明一样。作家底基本任务,是参与斗争,并给予特定的现实以高度的斗争的照明。"①

路翎认为,时代进展了,历史的方向和人民的力量已经逐渐显露出来了,而在这样的历史阶段,《腐蚀》这样的小说在茅盾的自然主义和形式主义的方法下,却不能突入现实,不能"拨开无论怎样的黑暗而显出人民的伟力来",这无疑就"歪曲了这一时代,并且屈辱了这一时代底光荣的战斗者"。②对于创作了《子夜》等作品的茅盾来说,路翎认为,这是因为他仍然停留在西欧式的资产阶级的颓废的自然主义倾向里面,站在历史斗争的被动和旁观的立场上,不能感受到新生的人民的力量和历史发展的进步趋向。"西欧的颓废资产阶级底写实文学,是站在历史斗争的被动的和旁观的地位上,并且因此包含着深刻的悲观主义的,这文学底那些出色的代表们,虽然痛恶着腐烂了的走着下坡路的本阶级,却因为不能感觉到新生的人民力量而无法脱离它,因此只能用'写实''暴露'来攻击它。而因为不能感觉到新生的力量,他们底'写实'并不能真正地写出现实底本质来,也是明明白白的事,从而那颓废和悲观主义发生,也就很可以理解了。"③路翎认为,这种西欧式的颓废的写实文学,也就是旧的资产阶级的创作方法和艺术思想,一直是茅盾的文学创作的特征。"这西欧的颓废的写实文学,和中国那时候所谓的'世纪末'的颓废的资产阶级底气息,连同着它底对于解脱矛盾的苦闷的渴望,及其基本上的认识现实方法的妥协

---

① 嘉木(路翎):《评茅盾底〈腐蚀〉兼论其创作道路》,载《蚂蚁小集》1948年第5集。
② 同上。
③ 同上。

性,很明显地一直是茅盾先生底负担:在他底创作上烙下了极深底印记。"① 因此,茅盾的障碍在于,"茅盾先生,停留在他所出发的那个时代,在实质上没有能够跨进这十年的火辣的斗争里来,对于这一代的青年们,他只是一个在艺术思想上的旁观者——虽然是政治思想上的同路者,正如我们上面所指出的——他不理解现在的青年们。"②

路翎认为,公式主义或教条主义的作品缺乏"人们是在生活着"这种血肉的感受,也不具有现实主义的反映历史发展趋势的品格。"公式主义或教条主义,是从不给予'人们是在生活着'的这个血肉的感觉,以及这中间的从过去直到今天,并且一定要达到未来的力量的。人们应该以自己底血肉的感受来说明客观世界,而不应该沾沾自喜或随波逐流。"③ 那么,什么是以自己的血肉的感受来说明客观世界呢?作为所批判的倾向的对立面,路翎的小说创作和胡风等人提倡的小说创作又是什么样的呢?

在为路翎的长篇小说《财主底儿女们》写的序中,胡风提出,"时间将会证明,《财主底儿女们》的出版是中国新文学史上一个重大的事件"。④ 他认为,路翎通过对历史事变下面的精神世界的描绘,展现了民族解放战争的历史史实和发展趋势。"在这里,作者和他的人物们一道置身在民族解放战争的伟大的风暴里面,面对着这悲痛的然而伟大的现实,用着惊人的力量进行了全面的追求也就是全面的批判。说全面的,当然不应是现象的巨细俱收的罗列,而是把握住精神现象的若干主要的倾向,横可以通向全体,直可以由过去通向未来的倾向。"⑤ 胡风认为,路翎所追求的是以青年知识分子为辐射中心点的现代中国历史的动态,然而这种历史的动态是通过人物精神世界的变动而体现出来的。对人物精神世界的关注是胡风的现实主义的特色,正如他所说的,"文艺作品并不是社会问题的图解或通

---

① 嘉木(路翎):《评茅盾底〈腐蚀〉兼论其创作道路》,载《蚂蚁小集》1948年第5集。
② 同上。
③ 路翎:《求爱·后记》,上海海燕书店1946年版,第204页。
④ 胡风:《青春的诗》,见《胡风全集》第3卷,湖北人民出版社1999年版,第263页。
⑤ 同上。

俗演义，它的对象是活的人，活人的心理状态，活人的精神斗争"。① 因此，路翎小说中展现的"精神世界的汹涌的波澜和它们的来根去向"和"那些火辣辣的心灵在历史命运这个无情的审判者前面的搏斗的经验"是胡风尤为称道的，他认为，"真实性愈高的精神状态（即事实，或者说尤其是向着未来的精神状态），它的产生和成长就愈是和历史的传统、和现实的人生纠结得深，不能不达到所谓'牵起葫芦根也动'的结果，那么，整个现在中国历史能够颤动在这部史诗所创造的世界里面，就并不是不能理解的了"。② 如果说现实主义的文艺必须反映现实，必须真实地反映历史发展的趋势，那么，在胡风看来，对人物精神世界的描绘便是实现这一目的最有效的途径，这或许是胡风和其他强调现实主义的不同要素的理论家在理论批评上的分歧所在。

现实主义的文艺要通过各种途径反映现实，但现实有可能是纷繁复杂的，当路翎指责姚雪垠、茅盾在描写黑暗的现实时没有拨开黑暗现出人民的伟力来，歪曲了现实历史时，这实际上是说他们缺乏胡风所说的创作中的思想力量和创作立场。当被问及在被压抑的环境下面是否应该用一种不明不暗的态度从事创作时，胡风回答道："所谓不明不暗的态度，不知道具体地是指的什么情形？如果说，作者表现在作品里的态度是，农民的痛苦固然可以同情，地主的为人也不算太坏之类，那就是不应该的。我们的创作要有立场，为人民的立场，保卫真理的立场。农民过着痛苦的生活，土地被地主占领了的社会制度是农民痛苦的根源，这就是历史的真理，那就不能淹没在地主的'为人'之类的表面现象里面。作品应该把读者领到斗争的方向。"③ 这也就是他所说的，"真正的艺术应该是传达历史的要求，代言人民的愿望的，艺术工作者应该用他的作品来争取民主运动的实现和

---

① 胡风：《人生·文艺·文艺批评》，见《胡风全集》第3卷，湖北人民出版社1999年版，第197页。
② 胡风：《青春的诗》，见《胡风全集》第3卷，湖北人民出版社1999年版，第263—264页。
③ 胡风：《答文艺问题上的若干质疑》，见《胡风全集》第3卷，湖北人民出版社1999年版，第206页。

胜利"。①

如果说公式主义缺乏对生活的热情和感受力,那么,在胡风看来,客观主义缺乏的就是思想力量和思想要求,也就是缺乏为人民的战斗的立场。他认为,思想力量和思想要求能保证一部作品具有源于现实又高于现实的现实主义品格,在创作过程中,对生活的感受力和热情与思想力量和思想要求是结合在一起的,但思想力量和思想要求是"神经系统似的要素",是一部交响乐的主线。"若就一部作品的创作过程说,这三者总是凝成了浑然一体的、向人生搏斗的精神力,而这里的思想力量或思想要求的成分,开始是尽着引导的作用,中间是尽着生发、坚持的作用,同时也受着被丰富被纠正的作用,最后就收获了新的思想内容的果实。"② 他认为,"没有对于生活的感受力和热情,现实主义就没有了起点,无从发生,但没有热情和思想力量或思想要求,现实主义也就无从形成,成长,强固的。前者使教条主义狼狈地后退,后者使客观主义不能够藏身。"③ 因此,对于《财主底儿女们》所表现出来的那些"痛苦的境界、阴暗的境界、欢乐的境界、庄严的境界",胡风认为,"如果没有对于生活的感受力和热情,这些固然无法产生,但如果对于生活的感受力和热情不是被一种深邃的思想力量或坚强的思想要求所武装,作者又怎样能够把这些创造完成?又怎样能够在创造过程中间承受得起?正是和这种被思想力量或思想要求所武装的对于生活的感受力和热情一同存在的,被对于生活的感受力和武装所拥抱所培养的思想力量或思想要求,使作者从生活实际里面引出了人生的悲、喜、追求和梦想,引出了而且创造了人生的诗。"④

作为国统区的文艺工作者,路翎描写的大多是"灰色的战场"上的灰色的人生,是"平庸的世界中所展开的各样的人生斗争"⑤,那么,这种灰色的战场和灰色的人生能否体现这个时代人民的真正的精神面貌和历史的

---

① 胡风:《答文艺问题上的若干质疑》,见《胡风全集》第3卷,湖北人民出版社1999年版,第206页。
② 胡风:《青春的诗》,见《胡风全集》第3卷,湖北人民出版社1999年版,第266页。
③ 同上。
④ 同上。
⑤ 路翎:《求爱·后记》,上海海燕书店1946年版,第204页。

发展趋势呢？在评论《财主底儿女们》一书时，胡风认为，"人没有权利怀疑作者为什么把舞台限在后方，为什么不正面地接触到劳苦人民的世界，因为这不是作者要在这里负起的任务，人却应该感受得到，在这部史诗里面所照耀的，正是劳苦人民的神圣的解放愿望和他们的伟大的战斗目标。人更应该感受得到，作者的一切努力一切争斗，正是为了和读者们一道通向那个愿望，突向那个目标。"① 这也就是胡风所说的，"一切事物都和真理相通，问题只在于是不是说出了那相通的路径，只在于是不是为了说出那相通的路径"。②

路翎在解释他的创作为什么专注于灰色的世界和灰色的人生时，是这样回答的，"就在这个平庸的世界底各种现象和碎片之下，是有着一股强大的激荡的，恰如在破船之下是有着海洋底激荡一般。在中国是一切秩序都被粉碎了，暴虐的阶级是藏在霓虹底光华之中，人民是呻吟在黑暗的重轭之下，但事实却并不这简单，因为，无论怎样，人们总是在生活着，生活总是在前进。"因此，文艺工作的任务就是对"各样的角落、各样的斗争、各样的人生的检讨"。③ 舒芜也认为，路翎所写的人物，"就是这种坚持着人生战斗的平凡的英雄们"，因此理解路翎的创作的关键就是"人生战斗"。④

路翎认为，他的小说中描写的大后方工人和农民在"灰色的战场"上的这种自发的反抗和原始的欲望是个性解放的最初形态，它的反抗、斗争以及无法找到出路的苦痛，是促使它实现阶级觉醒和革命转变的基础。"人民的原始的强力"，是"反抗封建束缚的那种朴素的、自然的、也就常常是冲动性的强烈要求，这种自发性是历史要求下的原始的、自然的产儿，是'个性解放'的即阶级觉醒的初生的带血的形态，它是革命斗争和革命领导的基础"。因此，他反问："看不见这个的理论家们，他们所说的

---

① 胡风：《青春的诗》，见《胡风全集》第3卷，湖北人民出版社1999年版，第265页。
② 胡风：《人生·文艺·文艺批评》，见《胡风全集》第3卷，湖北人民出版社1999年版，第200页。
③ 路翎：《求爱·后记》，上海海燕书店1946年版，第204页。
④ 舒芜：《求友与寻仇》，载《泥土》1947年第4辑。

革命是建立在什么基础上的呢?"① 其实邵荃麟在之前对路翎的小说《饥饿的郭素娥》的评论中也表达过和路翎相似的观点,他认为,《饥饿的郭素娥》"充满着一种那么强烈的生命力,一种人类灵魂里的呼声,这种呼声似乎是深沉而微弱的,然而却叫出了多世纪来在旧传统磨难下的中国人的痛苦、苦闷与原始的反抗,而且也暗示了新的觉醒的最初过程"。② 邵荃麟认为,郭素娥、张振山的反抗作为奴隶的原始斗争方式,自然是要失败的,然而这种失败却正是奴隶反叛的初期过程中的普遍现象,因为奴隶究竟是在反叛了,而这种反叛是可以带来"新的英雄诞生的因素"的。"这种在血的传统下锻炼出来的强悍的性格,现在是开始狂暴地破坏这古旧的传统了。他们未必成功,然而他们却开辟了第一步,他们的代价决不白花的。"③ 这和他在"香港批判"中对路翎小说没有表现出工人和农民的真实历史面貌的评价是不太一致的,这前后观点的不一致来源于批评标准和框架的不同,有其历史根源。而对这种不一致的解读,也有利于我们触摸批评背后的不同历史任务和历史框架。

  抗战胜利后,1945年底,重庆进步知识分子举行了几次漫谈会,总结革命文艺发展的历史和教训。冯雪峰在谈到具体作品中的"向精神的突击"时认为,如果它"是指的作家被自己的对人民的热情和生活的理想所推动而燃烧一般地从事写作,以及向人物的所谓内心生活或意识生活的探求,那么这正是我们所要求的,并且也正是几年来我们文艺上的一个大展开"。但据他读后的感觉,"其中反映着作者自己的热情和理想的追求的部分,就特别觉得真实、壮旺和亲切,并且支配着作品的全体;而于社会生活和人物的探求上也不免常显出有些隔离,贫弱,尤其对于社会之历史的把握是还显出力量的不足的。"④ 冯雪峰是在抗日战争取得胜利这样一个框架中来谈文艺问题的,正像他在《论民主革命的文艺运动》一文一开始就

---

  ① 余林(路翎):《论文艺创作底几个基本问题》,载《泥土》1948年第6辑。
  ② 邵荃麟:《饥饿的郭素娥》,见《路翎研究资料》,北京十月文艺出版社1993年版,第63页。
  ③ 同上,第64页。
  ④ 冯雪峰:《论民主革命的文艺运动》(中),载《中原、希望、文艺杂志、文哨联合特刊》,1946年第1卷第2期。

说的,"抗日的民族革命战争的胜利的结束,应该是我们讨论问题的出发点"。① 而从这一框架出发,文艺界广泛的统一战线在主观和客观上都为抗战的胜利作出了贡献,起到了积极的作用。但随着解放战争的爆发和国内政治力量的分化,那个要求文艺作为革命斗争的一翼的问题框架也发生了新的变化,文艺需要应对这种政治和思想界分化的新形势,以及在这种新的分化中逐渐浮现出来的新的历史主体和历史问题。如果说路翎的小说在社会生活和人物探求上的贫弱和对社会历史的把握的不足在抗日战争时期还只是一种不太明显的瑕疵,那么在解放战争所带来的新的革命形势下,由于历史主体和革命任务的变化,它就成了比较明显的需要克服的不良倾向了。

在1948年的"香港批判"中,胡绳批评路翎小说中对大后方工人、农民的描写脱离了实际,是用知识分子的心理描写代替了现实生活中的工人和农民的心理,从而神秘化了农民和工人,也使文艺脱离了革命形势的发展。胡绳提出,"作者虽然抱着同情来写工人(即使在批判他们的弱点时),但他是真的写出了工人么?"② 胡绳认为,路翎的小说创作存在的这些问题在20世纪40年代初国统区的进步知识分子中是普遍的,当时现实的社会政治条件使进步知识分子看不到出路。"出路(自己的和全社会的)到底在哪里?知识分子自己的弱点究竟怎样克服呢?人民的力量究竟在哪里呢?——在这样的苦闷的年头里,知识分子为这样的问题而苦恼,而彷徨,甚至悲观绝望:因为如果不从集体的人民斗争上看,人民的力量是找不到的;如果看不到潜在着的人民的集体斗争力量,出路是找不到的;如果不把知识分子自己和人民大众相结合,知识分子的弱点的克服是不可能的。"③ 路翎在其描写劳动者的小说作品中,"其主观意图虽然是要探索人民群众中的精神活动,但实际上,他从现实生活中几乎只看见人民群众这样和那样的弱点,而着重地加以表现了;其主观意图虽然是要寻找存在于

---

① 冯雪峰:《论民主革命的文艺运动》(上),载《中原、希望、文艺杂志、文哨联合特刊》,1946年第1卷第1期。
② 胡绳:《评路翎的短篇小说》,载《大众文艺丛刊》1948年第1辑。
③ 同上。

人民群众中的力量,发扬人民的英雄主义,但实际上,他所看到的人民力量不是从现实生活中产生,倒是建立在与现实生活无干的突发的感情波动之上,也不是在集体的群众中产生,倒是建立在离开群众的独立特行的个别人物身上。"① 因此,胡绳认为,路翎这位被称为最不沾染"客观主义倾向"的作家,却是有着太强的知识分子的主观的,而这种太强的知识分子的主观妨碍了他去认真地写出他所看到的工人,以至在小说中把他似乎寄予厚望的工人也写成了和某些知识分子一样的"精神闪烁的神经质者"了。并且,胡绳认为,路翎《青春的祝福》以及之后的部分作品表现出了一个趋势,那就是越来越离开真实的生活。"作者所'寻求'的是那些空洞抽象的非现实的东西,而他所用来做写作的题材的终究不能不是现实世界中的现实生活,——在这里发生了矛盾。"②

如何处理好对大后方"灰色的战场"上的民众觉醒的最初过程的描写和对革命形势下先进的人民斗争的描写之间的关系呢?文艺作为革命斗争的一翼如何才能及时跟上革命形势的发展,发挥自己的功用,而不致落后于革命形势的发展呢?我们可以用国统区和解放区"环境和任务"的区别以及历史性的差异来解释路翎的创作,但胡风和路翎似乎并不愿意用这样的框架来为自己开脱辩护,他们始终是以现实主义文艺的最高标准来要求自己的。胡风认为,"文艺作品的价值,它的对于现实斗争的推进效力,并不是决定于题材,而是决定于作家的战斗立场,以及从这战斗立场所生长起来的(同时也是为了达到这战斗立场的)创作方法,以及从这创作方法所获得的艺术力量。"③ 因此,他对那些及时反映革命形势新发展的作品和因素给予了更高的评价的。相对于《北京人》,胡风更高地评价了曹禺的《蜕变》,认为后者密切地结合了现实的政治要求,表现了肯定性的人物。"在《蜕变》里面,作者曹禺正面地送出了肯定的人物。这并不是说他在别的作品里面没有送出肯定的人物,但只有在这里,他的肯定的人物才站在作品构成的中心里面,而更重要的是,只有《蜕变》里的肯定的人

---

① 胡绳:《评路翎的短篇小说》,载《大众文艺丛刊》1948年第1辑。
② 同上。
③ 胡风:《关于结算过去》,见《胡风全集》第3卷,湖北人民出版社1999年版,第275页。

物，才正面地全面地和现实的政治要求结合，或者说，向现实的政治要求突进。作者的艺术追求终于和人民的愿望所寄付的政治要求直接地相应，这就构成了这个剧本的感动力的最基本的要因。"① 胡风在谈路翎的创作时也说："《英雄》看过，放一些时罢。我想，还是不如直接向人民突击，这一类的迂回战，要把自己打得发霉的。"②

路翎在介绍李季的长诗《王贵与李香香》时认为，这是一篇"以新的气氛，新的形式，抒写人民底爱与恨及生活，而又给人民读的民族革命的史诗"，认为它和《马凡陀山歌》相比较，有着更深一层的意义与价值。因为"马凡陀和人民结合的密度，还有着不少的距离，而李季已是战斗人民中间的一个"，认为李季是一个新世界的感受者，他的《王贵与李香香》指明了"诗歌底明日底道路"。③ 虽然一年之后，他在文章中又对《王贵与李香香》中描写的简单化及其大团圆结局提出了批评，认为《王贵与李香香》里面充沛着乐观的精神，表达了直接的政治信仰的乐观精神，但这种政治信仰的乐观精神并没有能够在人生情节和矛盾中完全活生生地表现出来。"革命斗争底历史形势是表达出来了，但历史斗争底本质的精神是并没有能够在应有的真实性上活出来的"，也就是说诗歌本身所采用的旧形式限制了它活生生地表现战斗的人民的真实形象。④ 而如何能够表现真正的进行着的革命斗争和斗争中的真实的人民生活一直是路翎这一时期文艺批评的标准。

在小说集《在铁链中》的后记中，路翎再一次表达了对革命形势发展中的人民运动和新世界的向往，认为它们代表了历史发展的趋势，而自己对国统区人民自发的反抗的零星的火苗或者窒息着的浓烟的描写和这燎原的大火是相通的，但对于自己的创作的未来，他是这样看的："从这样的道路走来，我的一些原来用做对旧社会斗争的武器的东西，会慢慢失去了

---

① 胡风：《〈蜕变〉一解》，见《胡风全集》第3卷，湖北人民出版社1999年版，第117页。
② 胡风1945年1月23日致路翎的信，见胡风：《致路翎书信全编》，大象出版社2004年版，第47页。
③ 未明（路翎）：《王贵与李香香》，载《泥土》1947年创刊号。
④ 冰菱（路翎）：《对于大众化的理解》，载《蚂蚁小集》1948年第2集。

它们的作为武器的性能罢。到了阳光中，我身上的创疤就明显地暴露出来了。对于过去我无所留恋，我希望在这伟大的时代中，我能够更有力气追随着毛泽东的光辉的旗帜而前进，不再像过去追随得那么痛苦。"①

第三节　个性解放

舒芜在《回归五四·后记》中有这样一段关于他和路翎如何提出个性解放这一问题的戏剧性的记载："1943年冬，路翎已经住在我家，我们朝夕谈论共同关心激动的文化文艺问题。有一天，我们又在'左道楼'上凭栏纵谈，路翎忽然神情郑重地问我：'你说，中国现在需要什么？'我答不出，回问他。他明确肯定地说：'需要个性解放。'他这一句话，像一滴显影定影药水，一下子把我们谈论过很多而模糊不清的一切，显现为一幅清楚的画面，又像一个箭头，一下子指出了中心之点，从而使一切条理都可以梳清。我想来想去，的确一切都可以归纳为需要个性解放，特别是国统区进步知识分子的思想问题，马克思主义如何进一步发展的问题，解决的关键都在于个性解放。"② 舒芜认为，在哲学上，与个性解放最对应的范畴，是主观问题，所以他就写作了《论主观》一文。

为什么个性解放问题这么重要呢？这是跟他们对国统区思想界形势的理解分不开的。在国统区，进步知识分子的思想问题、马克思主义的进一步发展问题是什么呢？舒芜提出，当时国统区的进步知识分子受延安整风运动的影响，对国统区进步阵营中存在的一些问题进行了广泛的批评，认为在马克思主义旗帜下，也有某种力量在背离五四的传统，因而展开了自我批判运动。乔冠华、陈家康、胡绳等对"生活态度论"的强调也是在这一背景下出发的。如果说，对路翎来说，左翼文艺中的公式主义、客观主义是他批判的对象；那么，对舒芜来说，左翼思想界的问题最让他感到触动的就是郭沫若发表的一系列崇儒抑墨的文章。在"新理学"、"新儒家"

---

① 路翎：《在铁链中·后记》，上海海燕书店1949年版，第298页。
② 舒芜：《回归五四·后序》，辽宁教育出版社1999年版，第597—598页。

的复兴和国民政府官方对儒学的推崇的背景下，舒芜认为尊儒还是尊墨是一个"尖锐的思想斗争"问题，而郭沫若在这一问题上的立场更彰显了进步阵营中思想上的混乱。

胡风最早听了郭沫若关于墨子的思想的讲座，因为知道舒芜在从事墨学的研究，就写信把郭沫若关于儒墨问题的不同见解告诉了他。"乡间听郭谈了一次对墨子的看法，好像比一般流行意见不同。后又谈过一次楚汉间的儒者，补充地说明墨学之中断原因。"① 舒芜认为，虽然胡风在儒墨这一问题上并没有表示出鲜明的态度，但他应该是支持自己的立场的。"胡风此信中未详叙郭氏之说的内容，未表示他自己对郭说的态度，但不久便介绍我认识了大有志于振兴墨学的陈家康，支持我写反驳郭氏的文章。"② 舒芜强调了胡风在这一时期对他的影响，认为胡风写给他的提及郭沫若墨学研究的新动向的这封信极其重要，因为在这封信中，胡风还提出当时思想工作的中心是广义的启蒙运动。胡风写道："今天，思想工作是广义的启蒙运动。那或者是科学思想发展的评价，或者是即于现实问题（包括现在成为问题的思想问题、历史问题等）的斗争。这是一个工作的两面，过去都没有好好做过。"因此建议舒芜写一写社会评论的东西，认为"不用术语而深入生活中的意识形态的解剖，我觉得今天是非常必要的。"③ 舒芜认为，胡风对现实问题的关注改变了他对纯粹学术领域的关注，为了推动马克思主义的发展，"一只手要伸向古代，继承那些应该继承而尚未继承的遗产，另一只手伸向现代，来清除'我们'自己里面种种为害更甚的东西"，因此，墨学研究对舒芜来说就具有了现实的意义，它一方面可以对抗新理学、新儒学，另一方面可以对抗在马克思主义阵营中出现的不同声音。④

在墨学的问题上，陈家康和舒芜有共同的立场，这使他们有很多的共

---

① 胡风1943年9月11日致舒芜的信，见《胡风全集》第9卷，湖北人民出版社1999年版，第473页。

② 舒芜：《回归五四·后序》，辽宁教育出版社1999年版，第579页。

③ 胡风1943年9月11日致舒芜的信，见《胡风全集》第9卷，湖北人民出版社1999年版，第472—473页。

④ 舒芜：《回归五四·后序》，辽宁教育出版社1999年版，第582页。

同语言,舒芜回忆,"陈家康对墨学的兴趣,对郭氏崇儒贬墨的不满,更使我与他有共同语言,同他们易于相通。于是,我的侧重面也转到进步文化阵营内部的自我批评了。"① 而他的《论主观》一文的写作部分是出于对受批评的"生活态度论"的支持,舒芜在致胡风的信里提到此文时说"关于陈君的问题而写的《论主观》",在后来为这封信作的注中,舒芜解释道:陈家康、乔冠华、胡绳在重庆提倡"生活态度论",反对马克思主义中的主观主义和教条主义,受到党内的批评,被迫检讨。"胡风将这个情况告诉我,我就来写《论主观》,强调个性解放,支援陈家康他们。"②

舒芜在后来的文章《从头学习〈在延安文艺座谈会上的讲话〉》和文集《回归五四》的《后序》中都提出,《论主观》一文的中心论点是个性解放,他用哲学的语言把"个性解放"翻译成了"发扬主观",而《论主观》一文主要反对的对象是"机械—教条主义"。③ 什么是"机械—教条主义"呢?舒芜认为,"机械—教条主义"是"我们目前最恶劣的倾向","机械—教条主义者们"并不是没有发扬主观作用向客观势力作战,"他们确曾有过一个时期,积极发扬了变革创造的主观作用,在各种困难的状况里,征服了许多客观势力的敌人,并把这些被征服了的客观势力摄收到主观作用中去"。④ 但他们的斗争到了一定的程度,就停止不前了,把以前获得的经验当成教条,使自己在思想上"完成"了起来,不能适应斗争形势的不断发展,落后于革命的新形势。"他们摄收那些被征服了的客观势力,达到某种一定限度时,便不再是为了继续战斗,而相反的,却把这些战利品给自己建造起一个完成了的小世界来,用它们把自己'完成'起来,把自己的主观作用完成起来。从此以后,即使还在实际上战斗着,也只是外部意义的;换言之,即从自己那已经'完成'了的小世界里,运用着那已经'完成'了的自己之已经'完成'了的主观作用,机械地一方面地去和

---

① 舒芜:《回归五四·后序》,辽宁教育出版社1999年版,第597页。
② 舒芜1944年2月29日致胡风的信和舒芜所作的注,载《新文学史料》2006年第3期。
③ 舒芜:《从头学习〈在延安文艺座谈会上的讲话〉》,见《回归五四》,辽宁教育出版社1999年版,第279页;舒芜:《回归五四·后序》,见《回归五四》,第598页。
④ 舒芜:《论主观》,载《希望》1945年第1集第1期。

客观势力作战,而不能在对客观势力的作战里面同时改造自身,同时对自己的主观作用有所变革改造。"①

舒芜认为机械—教条主义是在思想上"完成"了的这一说法显然和"生活态度论"有着千丝万缕的联系,而他要针对的对象和"生活态度论"所针对的对象似乎也是一致的。舒芜对"机械—教条主义"的指责应该是对进步阵营而言的,因为他在文中同时也指出,那些"机械—教条主义者"如果能继续战斗,是"能够始终作为一个真的战士而存在而运动"的。② 他后来在《回归五四·后序》中也明确提出,他所说的那些"机械—教条主义者","实际上指的是当时国民党统治区内某些'左翼名流',一方面和国民党斗争,受国民党压迫,另一方面又因他们在统一战线局面下享有的公开合法的地位名誉而沾沾自喜踌躇满志的心态"。③

在拿什么反对主观主义和教条主义这一问题上,舒芜提出了自己的看法,那就是发扬主观,他对当时其他的反对主观主义和教条主义的观点,比如强调"感觉"、"感情"、"自然生命力"等观点,进行了分析和批评,认为这些都不能达到反对机械教条主义的目的。他虽然没有直接指明,但其中显然包含了对"生活态度论"的批评。④ 舒芜认为,"有人向机械—教条主义者们宣扬'感觉'的必要,似乎以为他们没有感觉,才这样麻木。其实不是的。"⑤ 他认为机械—教条主义者们在他们自己"完成"了的世界里,有着极强的感觉,正是这种感觉,才支持着他们去保卫他们的世界,也正是这种感觉,才使他们无法感到新的问题,他们对人民有着强烈的感觉,但这种感觉是抽象的。因此,"在他们自己的那个世界里,感觉并不缺少,而且足够;向他们宣扬感觉,是仍然钻不进去的。"⑥ 同样,向他们宣扬"感情",宣扬"敢哭敢笑敢骂敢打"的作风,也是不能解决问题的。

---

① 舒芜:《论主观》,载《希望》1945年第1集第1期。
② 同上。
③ 舒芜:《回归五四·后序》,辽宁教育出版社1999年版,第599页。
④ 舒芜在《回归五四·后序》中提到,他的这些批评是针对陈家康他们的观点的,见《回归五四》,辽宁教育出版社1999年版,第600页。
⑤ 舒芜:《论主观》,载《希望》1945年第1集第1期。
⑥ 同上。

舒芜认为，"他们自己并非不哭不笑不骂不打，不过都是为了那些已经进入他们自己的世界的东西而哭而笑而骂而打，不是为了向新事物的战斗而哭而笑而骂而打，并且觉得别人的这些表现就是'不完成'——'不坚定'而遂加以打击"。①

但舒芜似乎也并没有完全否定"感觉"和"感情"的提倡，他认为，"这些东西都不用向他们宣扬，只应该作为我们自己的努力。不过，这也并非说，我们自己要提倡'感觉主义'和'感情主义'了。现在，不是什么文化上的这样那样的'主义'的问题，所需要的，是真正健全的开阔的积极发扬主观作用的实生活。"② 也就是说，他认为，提倡"感觉"和"感情"还没有触及机械—教条主义的根本，只有发扬主观才是问题的根本。"所以，今天说要有敏锐的感觉，是对的，要有真挚强烈的感情，也是对的；然而，这些都还不是根本的东西，最根本的是要好好地生活。好好地生活是怎样的呢？简单言之，就是把主观作用培育得日趋健全，把健全的主观作用积极发扬起来。"③

在反对"感觉"、"感情"的提倡之外，舒芜也对"自然生命力"概念提出了批评。舒芜认为，作为教条主义的基础的"主观主义"是一种"完成"了的主观作用，因此，反对这种"主观主义"的，就应该是真正的主观作用的发扬，而不是诉诸"自然生命力"，摒弃一切主观作用。"有些人就在反对教条主义时，误以为一切主观作用都要不得，而遂运用一种好像是'自然主义'的东西来做武器，表露出费尔巴哈的倾向了，似乎因为这所谓'主观主义'乃是对于思想的偏重（似乎其所以为'主观'即在于偏重思想），反对它的武器就只有人类作为自然存在而发挥的那种自然生命力。殊不知，其'主观'之所以必须反对，是在于它的'完成'，'偏重思想'只是这'完成'的必然结果而已。"④ 舒芜认为，强调自然生命力实际上削弱了主观作用，使人对自然和社会都造成了一种妥协。

---

① 舒芜：《论主观》，载《希望》1945 年第 1 集第 1 期。
② 同上。
③ 同上。
④ 同上。

舒芜用发扬主观来克服当时左翼阵营的机械—教条主义，同样，他也用发扬主观来克服左翼阵营中的"中庸主义"。他认为左翼阵营中"中庸主义"的根源也是主观力量的缺乏。"今天的新哲学者，对于较大的变化，例如一个历史阶段到另一个历史阶段的变化之类，都能知道主观的控制的重要作用，因而欢迎它的到来。然而，对于较小或较具体的变化，例如前面所说的由个性的积极解放到新的集体主义的变化之类，就有一部分人有意无意或隐或显地惟恐变化的到来，表现出'流弊论'的倾向，把主观的控制完全丢开了。"① 他针对的是关于个性解放过了度就会变成反动的说法，他认为，个性解放是从个人主义向新的集体主义发展的必由途径，而强大的主观力量则是顺利实现这一转变的保障。舒芜的论证所使用的逻辑仍然是事物内部发展的逻辑，他认为，"按个性解放的本来的发展法则，在它自己达到最高限度之后，是必然就要产生出新的集体主义来的"。②

舒芜认为，如果个性解放没能实现这种向新的集体主义的发展，那必然是因为受了社会环境的影响，发扬主观就是要在不利的社会环境下，通过自己的努力，保障个性解放按照自己纯粹的逻辑发展。"个性解放本身的发展法则，绝不会发展为反动；只有当它的发展法则被不合理的社会所歪曲时，它才会发展为反动。因此，我们的任务就不是预先用那虽然按它本来的发展法则一定将要发展出来，但实际上究竟还不曾发展出来的它的后一阶段来阻滞它本身的发展，而是要用主观力量积极地控制它，使它不被不合理的社会所歪曲，而实现它自己原来的道路，完成它本身的发展，发展到最高限度之后就接着进入新集体主义的阶段。"③ 舒芜认为，新的社会本身，需要许多条件，彻底的个性解放就是其中之一。有了它，固然不一定就产生健全的新社会，但没有它，却一定不能产生健全的社会。因此，舒芜提出，"今天所需要的，还是强烈的个性解放，为集体主义所要求的战斗的个性解放，没有什么'破坏'和'建设'的区别，'破坏'也

---

① 舒芜：《论中庸》，载《希望》1945 年第 1 集第 2 期。
② 同上。
③ 同上。

是积极性的,'个性解放'也就是道德。"①

如何看待舒芜提出的发扬主观和个性解放的观点呢?胡风在《希望》第1集第1期的编后记中给舒芜的《论主观》一文作出了很高的评价,认为《论主观》提出了一个"使中华民族求新生的斗争会受到影响的问题"。②他的这一高度评价导致了后来的很多批评,并且使他自己关于文艺创作要发扬主观战斗精神的理论和舒芜的主观论被放到了同一个标签之下。文艺上对于作家主观战斗精神的发扬同哲学上和思想上对于主观的强调是不是一样的呢?胡风在给舒芜的信中谈到和《论主观》发表于《希望》杂志同一期的自己的文章《置身在为民主的斗争里面》时说:"我写了一则短论,为了配样子。本想打击创作上的客观主义,后来发现了好像和你呼应似的。但枯涩之至,很不满意。一涉及这理论问题,我就吃苦。"③也就是说,尽管同样诉诸发扬主观,舒芜的主观论和胡风的主观论在对象和内容上都不尽相同,他们只是同样地把他们所感觉到的进步知识分子阵营中的问题归结为主观上的无力状态,因此诉诸人的主观能动性。这种诉求本身是需要探讨的。当后来的批评和研究集中于他们的理论脱离了革命的实践时,这其中忽略的,正是这种诉求背后的时代的动力和个体的差异性。胡风对《论主观》一文本身的意见是,文章还有弱点,"例如,今天知识人的崩溃,这普遍现象没有触及:这是由于把对象局限于所痛切关心的一方面之故。例如,深入生活这一论题,还把握得不丰富,或分析得不深:这是由于实践精神不够强的缘故。总之,胸襟还不够阔大。"④

我们从胡风对舒芜当时写作的小册子《人的哲学》的评论上,也可见到他们两人在观点上的差别。在个人主义和个性解放的问题上,胡风认为,个人主义一定要和集团主义结合起来,"这不仅由于顾虑,而且,非

---

① 舒芜:《论中庸》,载《希望》1945年第1集第2期。
② 胡风:《编后记》,载《希望》1945年第1集第1期。
③ 胡风1944年10月9日致舒芜的信,见《胡风全集》第9卷,湖北人民出版社1999年版,第487页。
④ 胡风:《论主观·附录》,载《希望》1945年第1集第1期。

如此不足以见它的真价值和如何批判地接受了"。① 对于其中的《人欲横流》一章，胡风也提出了自己的看法。舒芜后来解释道，这一章其实指的是个性解放，因为个性解放一向被新旧理学家攻击为"人欲横流"。"我着重反对的还是新旧理学家的'去人欲，存天理'的思想，所以着重肯定'人欲'的真善美，着重说明，正是要它'横流'。"② 而胡风认为，"之后，应有一章论精神的高扬或升华，从这里理解意识形态的独立性，由此以见理性的力量和牺牲精神。而且我觉得这应是全书的最高峰，给市侩的唯物主义一个致命的打击。"③ 之后，他又认为，"个人主义这名词恐怕用不得，即令是加上了'战斗的'形容词。我们要集体主义的坚强的个人，但决不能要个人主义的个人"，因为"我看见了不少要求'发展'自己的'个性'的天才不知道犯了多大的罪。"④ 在之前一天给路翎的信中，胡风也写道："近些时来，觉得'个人主义'不能提倡，我们所要的不能是'个人主义'的个人。我们不能只记得被压抑的个人，而忘记了被放任的个人主义的个人的那种种凶残和卑污。"⑤

什么是健全的、积极的主观呢？积极的主观就能解决主观主义和教条主义的问题了吗？路翎在给《论主观》一文所提的意见中，对舒芜所提倡的"积极的主观"提出了意见，认为"积极的主观，常有自私主义和偏窄可怜的心灵在。（教条主义常常表现出积极的主观：挣扎的感情，是积极的。）"路翎所说的应该是他一直关注的进步阵营中的堕落现象，也就是他所说的，"我们这个时代的灵魂的向上的努力，在自以为努力的空气弥漫着的现在，真是可怜"。⑥ 在《财主底儿女们》对演剧队的描写中，我们可

---

① 胡风1944年11月1日致舒芜的信，见《胡风全集》第9卷，湖北人民出版社1999年版，第489页。
② 舒芜：《回归五四·后序》，辽宁教育出版社1999年版，第603页。
③ 胡风1944年11月1日致舒芜的信，见《胡风全集》第9卷，湖北人民出版社1999年版，第489—490页。
④ 胡风1944年11月5日致舒芜的信，见《胡风全集》第9卷，湖北人民出版社1999年版，第492页。
⑤ 胡风1944年11月4日致路翎的信，见《致路翎书信全编》，大象出版社2004年版，第41页。
⑥ 路翎：《论主观·附录》，载《希望》1945年第1集第1期。

以更清楚地看到路翎对这种现象的描述和思考。"这是这个社会,这个时代所产生的个人主义者。剧队里面的人们,多半是这种个人主义者。经验较多,而失去了那种强烈的热情的人们,就常常显出投机的面貌来。而那些缺乏心力,容纳着一切种类的黑暗的意识而不自觉的青年们,亟于一劳永逸地解脱自身底痛苦,亟于获得位置,就体会出对最高的命令的无限的忠诚来,抓住了这个时代底教条,以打击别人为自身底纯洁和忠贞底证明——人们本能地向痛苦最少,或快乐最多的路上走去,人们不自觉投机以拯救自己。"① "人们并不是很简单地就走到这个世界上来,但人们又愿望自己是一劳永逸地变成适合于新的理论的新人类;人们相信自己已获得了全新的生活,相信自己是最善最美丽的,如果突然失望了,人们就会痛苦得濒于疯狂。"②

路翎对知识分子的个性解放问题有自己的看法。他认为,当时中国的知识分子、作家,大部分都出身于小资产阶级,革命的政治家,也大半出身于小资产阶级,但他们经过了脱离本阶级的沉重的斗争,实现了向另一阶级的转变,这种从一种生活向另一种生活的血肉的转变就是自我斗争,就是个性解放。个性解放是战斗的知识分子实现自我改造的出发点,而那些游离于人民的知识分子,他们就没有能够进行个性解放的斗争。"要求个性解放的立场,就是战斗实践的立场,这战斗,反封建,是一切方面的,其中包括着对旧的道德观点,旧的人生情操,自私的哲学,投机取巧的态度,逃避现实的心理,以及各样的妖魔鬼怪的斗争,它要求着成为新的性格,成为真正的人,成为真正的这个时代的战斗者;要求着而且进行着真正的和人民结合。所以,个性解放,也就是自我改造;群众性的个性解放,也就是群众性的觉醒和改造。"③

路翎认为,个性解放的要求是中国的社会性质决定的,是反封建的基本历史要求,也是反映在生活内容里面的经济解放的要求,因为"旧中国

---

① 路翎:《财主底儿女们》,人民文学出版社2004年版,第766页。
② 同上书,第767页。
③ 余林(路翎):《论文艺创作底几个基本问题》,载《泥土》1948年第6辑。

的性质，是封建的。人民里面的创伤，也是来自几千年的封建统治的"。①个性解放的要求虽然是资产阶级提出来反对封建制度的，但资产阶级不能把这一任务彻底进行下去，这个历史任务就落到了无产阶级的肩上。"个性解放，是从封建的诸关系下解放出来的意思。资产阶级是不能够把个性解放这一任务进行得彻底的，因为它的历史要求到了某一点就停止了；工农大众及其先锋队却能够，而且必须把它进行得彻底。"② 在中国的特殊情况下，由于封建势力的强大和资产阶级势力的先天不足和软弱性，革命的领导权迅速就转移到了工农阶级及其先锋队手中，作为反封建的基本行动的个性解放这一任务就也带上了新的社会性质。"这就是说，它已经不是资产阶级性的个性解放，（在中国，资产阶级只能有个性堕落和丑恶的放纵），它已经进展到工农大众底中间；而革命的知识分子（注意，并非资产阶级）底个性解放的要求和行动，反对封建的要求和行动，就反映着和推进着工农群众底这个客观上的历史要求。这就是说，在中国，任务虽然是反封建（也就是反帝），但这个任务却不是堕落的资产阶级所能够执行的，它是由革命的工农及其同盟者的知识分子来执行的。"③ 路翎认为，批评者之所以反对个性解放这一概念，是因为他们没有具体地分析这一概念中所包含的特殊意义，而简单地把它等同于资产阶级的个人主义，看成是"超阶级的人性论与人格论"，这就抹杀了战斗的知识分子的革命实践，也取消了"五四"以来反帝反封建的任务。

　　胡绳认为，个性解放的要求是国统区知识分子中常见的思想问题，并不是路翎独有的，应该跟国统区知识分子无法接触到觉醒的人民的集体斗争这一状况联系起来。"原来在黑暗的时代中的孤立的'进步'的知识分子，是常易陷入这种思想偏向的。他们既因为觉得知识分子孤军奋斗的无力，转而相信在人民群众中有着力量，但在当时当地所接触到的群众中，从表面上看去，只呈现着沉寂、落后、麻痹的现象。那么人民的力量到底在什么地方呢？他们不了解人民的力量存在于人民大众从被压迫生活中的

---

① 余林（路翎）：《论文艺创作底几个基本问题》，载《泥土》1948年第6辑。
② 同上。
③ 同上。

觉醒与可能觉醒中,却反而想去从人民中找什么'原始的强力'了;他们不了解人民的力量存在于觉醒的人民的集体斗争中,却片面地着重了'个性解放'的问题。"①

也就是说,个性解放是国统区进步知识分子在没有认识到觉醒的人民的集体斗争的力量时,对现实问题的一种想象性的解决。我们也可以在这一意义上理解舒芜下面这段话,在1948年写给胡风的信中,舒芜说:"我论生活,却忘了生活最重要的一个特质,就是'向前'。只有向前,才把握得住全面,才把握得住新生的萌芽。以前我也奢谈什么新生的萌芽,却忘了自己并未冲过去,自己内部就没有新生的萌芽。"②

个性解放只有在群众的实际的革命斗争中才能实现,个性解放的要求也只有在群众的革命斗争的历史框架中才能得到准确评价,对主观力量的要求也是如此,这也是冯雪峰对"主观论"所作的评价。冯雪峰认为,所谓主观力量或主观作用,如果看做人的先验的、天生的东西,或者从历史的考察上虽将它看做人类的历史的产物,但又把它看做不受物质力量的支配的东西,忽略了人类在生存斗争和阶级斗争中从被动到主动的斗争过程,这种理论上的错误是会影响到现实的战斗的,会使人脱离现实的历史的斗争。"我们认为主观或主观力量总是在被客观所决定的前提之下,从被动到主动,或从被物所役到役物的斗争过程产生的;因此,在我们,最着重的是这斗争。就是说,我们着重的是历史的社会的现实矛盾的斗争,我们不回避而且发扬这斗争。"③ 也就是说,对主观力量的要求必须和人民的现实的斗争联系起来,必须在这种斗争中取得自己的力量,并使自身也得到改变。

---

① 胡绳:《评路翎的短篇小说》,载《大众文艺丛刊》1948年第1辑。
② 舒芜1948年11月28日致胡风的信,见舒芜:《舒芜致胡风信》(下),载《新文学史料》2006年第4期。
③ 冯雪峰:《论民主革命的文艺运动》(中),载《中原、希望、文艺杂志、文哨联合特刊》,1946年第1卷第1期。

第六章 "主观论"与"香港批判"

"香港批判"是解放战争中毛泽东发表《目前的形势和我们的任务》,也就是共产党转入全面反攻的情况下,文艺作为配合革命运动的一翼而由国统区中共党内知识分子兴起的文艺运动,他们希望通过检讨和总结国统区文艺的现状,促进文艺向"新方向"的转变,以配合革命形势的发展。胡风的"主观论"是作为国统区左翼文艺阵营中的不良偏向之一而受到批判的,这也是胡风的"主观论"遭到的第一次大规模公开批判。"主观论"和"香港批判"论辩双方,作为同样诉诸于中国现代文学的左翼传统、诉诸于马克思主义文艺传统、具有革命诉求的文艺思想团体,考察他们之间的论辩的分歧可以为我们更好地理解现代文艺传统带来启发。

第一节 文艺的新方向

"香港批判"中对革命和历史形势的估计是以毛泽东《目前的形势和我们的任务》的报告为依据的。毛泽东在报告中指出:"中国人民的革命战争,现在已经达到了一个转折点。""这是一个历史的转折点。这是蒋介石的二十年反革命统治由发展到消灭的转折点。这是一百多年以来帝国主义在中国的统治由发展到消灭的转折点。这是一个伟大的事变。这个事变所以带有伟大性,是因为这个事变发生在一个拥有四亿七千五百万人口的国家内，这个事变一经发生，它就将必然地走向全国的胜利。"①

邵荃麟认为，这个历史性的文件，"是当前中国一切运动的总指标"。②文艺作为革命斗争的一翼，当然要配合着革命形势的发展，反映人民群众的要求，但是国统区的文艺却和现实的革命斗争脱了节，"文艺运动原来是作为社会斗争中思想运动一翼而存在，作家的创作活动是结合在这群众的思想运动与实际斗争中而共同前进。五四以来，我们一向所骄傲的革命文学底光荣传统，无非是因为我们的文艺运动在每一次革命运动中，总是走在群众前面负起时代号角的责任，而新文艺本身也是从这些实际斗争中强大起来的。然而现在我们的文艺运动却因为本身缺乏一个和群众相结合的强旺的思想主流，就被那迅速发展的现实形势远远地摔落在后面了。"③所谓强旺的思想主流也就是毛泽东在《新民主主义论》和《在延安文艺座谈会上的讲话》中提出的为工农兵服务的文艺，它的代表就是解放区整风运动后出现的新兴文艺，而国统区的文艺并没有充分地表现这一新的历史趋势。

国统区文艺的问题在哪里呢？邵荃麟认为，十年来国统区文艺的主要问题是"右倾"，"形成这种右倾状态的，是由于长期抗日文艺统一战线运动中，我们忽略了对于两条路线的斗争的坚持，在克服关门主义的倾向时，却也不自觉地削弱了我们自己的阶级立场，甚至这种观念在许多人的头脑中久已模糊了"。④也就是说，统一战线缺乏强有力的无产阶级思想的领导。⑤统一战线在这个时候成为一个需要检讨的问题当然是跟抗战胜利后国内矛盾的激化所导致的社会力量的重新分化联系在一起的。毛泽东在《目前的形势和我们的任务》中是这样来表述这一问题的："在抗日时期，

---

① 毛泽东：《目前的形势和我们的任务》，见《毛泽东选集》第四卷，人民出版社1991年版，第1243—1244页。
② 荃麟：《对于当前文艺运动的意见——检讨、批判和今后的方向》，载《大众文艺丛刊》1948年第1辑。
③ 同上。
④ 同上。
⑤ 陈闲甚至把国统区统一战线右倾的源头追溯到30年代关于"两个口号"的论争，认为在那个时候左翼就在原则性问题上作了让步。见陈闲：《论右倾及其它》，载《大众文艺丛刊》1948年第3辑。

蒋介石和国民党在中国人民中还没有完全丧失威信，他们还有许多的欺骗作用。现在不同了，他们的一切欺骗都已经被他们自己的行为所揭穿，他们已经没有什么群众，他们已经完全孤立了。"① 知识界的重新分化当然也是整个大形势下所包含的许多问题之一，对于左翼知识分子来说，这是一个需要作出调整，在新的目标、方向和策略下团结起来的问题。

以文艺的新方向为标准，对国统区文艺病态的批判是在两条战线上展开的，首先是被看做敌我矛盾性质的，即对以朱光潜、沈从文、萧乾等为代表的各种"反动"文艺思想倾向的批判，代表作是郭沫若的《斥反动文艺》②；其次是内部矛盾性质的，即在左翼阵营内部展开的对一些不良倾向的批判。邵荃麟认为，左翼阵营内部的不良倾向表现为两个方面：一方面是强调主体的内在生命力和人格力量，"在这种要求下，文艺政治倾向与直接效果，被人们视为'庸俗说教'而予以拒绝了；人们在追求着艺术的'永恒价值'，在歌颂'原始的生命力'与个人英雄主义，在高扬着超阶级的人性论与人格论，把克立斯多夫式的追求，肯定为现代人生战斗的途径；总之，阶级斗争的精神在这里被个人反抗的精神所代替了"；另一方面是"那种浅薄的人道主义和旁观者的微温的怜悯与感叹态度。人民的血肉斗争和强大力量，在这种怜悯与感叹中间，变成了庸俗而无力；或则摘借一些公式与教条，作为空虚的点缀。这就是所谓貌似真实而实则虚伪的情形"。③

在前一方面的意义上，胡绳认为，路翎的小说集《青春的祝福》尽管不满足于描写工人的外形，试图刻画出他们的丰富的内心世界，但路翎并没能真正表现出现实斗争中的矿工的真正心理。路翎笔下的主人公穿着矿

---

① 毛泽东：《目前的形势和我们的任务》，见《毛泽东选集》第四卷，人民出版社1991年版，第1256页。
② 郭沫若：《斥反动文艺》，载《大众文艺丛刊》1948年第1辑；其他对这部分文艺思想的批判，参见乃超：《略评沈从文的〈熊公馆〉》，载《大众文艺丛刊》1948年第1辑；荃麟：《朱光潜的怯懦与凶残》，载《大众文艺丛刊》1948年第2辑；绀弩：《有奶便是娘与干妈主义》，载《大众文艺丛刊》1948年第3辑。
③ 荃麟：《对于当前文艺运动的意见——检讨、批判和今后的方向》，载《大众文艺丛刊》1948年第1辑。

工和农民的外衣，但内心深藏着知识分子的灵魂。"在那里，不管作者所写的是什么矿工，但所反映了的却是一种知识分子的心情，要写工人的恋爱，但写出来的恰恰是一种知识分子的恋爱；要写工人的思想，但写出来的恰恰是一种知识分子的思想！"① 而在后一方面的意义上，臧克家的诗集《泥土的歌》和姚雪垠抗战时期的小说受到了批评。林默涵认为，《泥土的歌》仍然继承着中国千百年来田园诗的传统，歌颂着农民的勤劳、善良和坚忍。"我们的诗人一点也觉察不到那从生活的底层迸发出来的火焰，那在暴烈的社会变化中开始产生和成长起来的新的性格，新的农民形象。在他的笔下，现在的农民和几十年或几百年前的农民几乎是没有什么不同的，时间好像是永远停止着的。"② 胡绳认为，在姚雪垠的《牛全德与红萝卜》和《春暖花开的时候》中，作者"所全力去描画的人物性格并不是从这种历史现实中概括、提炼出来的；相反的，他只是欣赏着、描画着抽象的人物性格，而把他所描出的画装置在历史现实的框子中。"③ "抗战与救亡运动的历史现实并没有成为他创作的原动力，他只是按自己的趣味与方便来表现几种抽象的人物性格。正因此，他并不把农民游击队员摆在复杂的斗争过程中来写他们的发展，却只能把他们摆在比真实的历史现实无限单纯化了的环境之中；而在写到救亡运动中的女孩子时，只能够从恋爱中来分别她们的不同的性格。诚然，恋爱也是救亡青年的生活的一部分，但在曹雪芹可以从两性关系上集中地表现他的人物的性格，那是符合'大观园'的历史现实的；但《春暖》的作者如此做，就是彻头彻尾地歪曲了历史现实。"④

在胡风等人对"主观论"的提倡中，臧克家和姚雪垠等人在抗战时期的某些文艺创作是被当成左翼阵营中客观主义和教条主义的恶劣倾向的代表而进行批判的。路翎认为，姚雪垠的《春暖花开的时候》凭着写抗战、写人民为名，实际上是公式主义的作品，并没有能够表现抗战救亡的生活

---

① 胡绳：《评路翎的短篇小说》，载《大众文艺丛刊》1948年第1辑。
② 默涵：《评臧克家的〈泥土的歌〉》，载《大众文艺丛刊》1948年第1辑。
③ 胡绳：《评路翎的短篇小说》，载《大众文艺丛刊》1948年第1辑。
④ 胡绳：《评姚雪垠的几本小说》，载《大众文艺丛刊》1948年第2辑。

现实。"关于救亡,关于民族革命战争底深刻的生活根源和冲突,作者是一点东西都没有写出来。"① 路翎对姚雪垠的这些批评似乎和胡绳对姚雪垠的批评在措辞上没有太大的区别,在路翎指责姚雪垠创作中的色情主义倾向部分时,胡绳也认为,作者的某些描写是使自己堕落到了黄色新闻的水平的。② 那么路翎为什么会成为胡绳批评的另一种倾向的代表呢?

邵荃麟的话可以给我们一点线索,他认为,"对抗着那些自然主义的倾向,便出现了所谓追求主观精神的倾向。他们认为创作衰落的原因,是作家热情的衰退,生命力的枯萎,缺乏向客观突入的主观精神,因此要求这种精神的加强,强调了文艺的生命力与作家个人的人格力量,强调了作品上内在精神世界的描绘。这是针对着当时一般作品内容的苍白而提出来的。但是实际上,却仍然是个人主义意识的一种强烈的表现。"③ 邵荃麟在这里直接引用的是法国左翼理论家 A. 科尔瑙的观点。科尔瑙在《论西欧文学的没落倾向》一文中认为,在资本主义社会走向没落的时期,资产阶级没落文学的两大主题,一是表现空想的、抽象的意志力,二是用梦、厌世思想和死亡去逃避现实。"走下坡路的资产阶级,在它所鼓吹的文学上,有时就表现了用'意志'去对抗现实,把'意志'想象为绝对的力,能够转变世界,使世界满足它(阶级)的愿望,在这一点上,我们可以指出尼采的'超人';一切法西斯文学,对这个'超人'都认为是最理想的,都给予欢呼;但有时,又表现屈服于一种沮丧失望、厌世疲惫的感情,在眼前的现实以外,去寻觅一个虚幻的现实,一种死和虚无的象征。"④

科尔瑙的观点在邵荃麟的分析中并不仅仅是作为例证而引用的,它也是理论分析的基础。我们可以看到,在《大众文艺丛刊》上,胡绳、林默涵等的文章在分析国统区文学的病态倾向的原因时,都是在这样一个资产阶级没落文学的两大主题的框架中叙述的。同时发表于《大众文艺丛刊》

---

① 冰菱(路翎):《谈"色情文学"》,载《希望》1945 年第 1 集第 2 期。
② 胡绳:《评姚雪垠的几本小说》,载《大众文艺丛刊》1948 年第 2 辑。
③ 荃麟:《对于当前文艺运动的意见——检讨、批判和今后的方向》,载《大众文艺丛刊》1948 年第 1 辑。
④ A. 科尔瑙:《论西欧文学的没落倾向》,秦似译,载《大众文艺丛刊》1948 年第 1 辑。文章原来的标题为《马克思主义与文学的没落》。

第1辑《文艺的新方向》中的科尔瑙的文章《论西欧文学的没落倾向》一文的编者按语认为，科尔瑙的这篇文章，"是以马克斯（思）主义的观点，来分析和批评目前欧洲文学上几种没落倾向。这些倾向，和中国目前文学上一些倾向，虽有本质上的区别，但也有类似之处，故本文不仅可使我们窥见目前西欧文学思想一般状况，也可供我们的参考。"① 朱谷怀认为，事实上，在《文艺的新方向》这一辑中，科尔瑙的分析并不是作为参考，而是"拿着做根据来批评中国新文艺，将它们硬套在中国新文艺的头上"，把科尔瑙"主要是为了'寻出一种所谓存在主义的文学运动的根源'的分析，硬拿来批评中国底加强主观战斗要求的新现实主义的文艺，理由是有表面上的'类似之处'"。②

以反映解放战争新形势下的农村和农民这一标准来衡量，路翎和姚雪垠的创作确实存在着胡绳所说的那些问题③，但他们所代表的这两种倾向是否就能用科尔瑙所说的资产阶级没落文学这两种倾向来概括呢？这显然是值得商榷的。"香港批判"指出了国统区左翼文艺界存在的问题，但却用资产阶级没落文艺这一框架给以界定，因此，在邵荃麟看来，胡风的"主观论"和它所批判的对象根源于同样的错误思想。"个人主义的思想在文艺上表现为多种的倾向，而互相拒斥着，实际上却是同样出发于小资产阶级思想的根源"，根本原因是他们"过高地估计了黑暗的力量，过低地估计了人民的力量"，于是人民"在人们头脑中成为一个抽象的名词，而在大翻身中间起来的人民的真正力量，却反而看不见了"。④ 因此，"我们以为，今天文艺思想上的混乱状态，主要即是由于个人主义意识和思想代替了群众的意识和集体主义的思想"。⑤ 这一时期国统区关于农村和工农的文艺创作基本上被归在了个人主义的文艺的框架中，代表了个人主义的文

---

① A. 科尔瑙：《论西欧文学的没落倾向》，秦似译，载《大众文艺丛刊》1948年第1辑。
② 孔翔（朱谷怀）：《空谈及其他》，载《泥土》1948年第6期。
③ 见胡绳：《评路翎的短篇小说》，载《大众文艺丛刊》1948年第1辑；《评姚雪垠的几本小说》，载《大众文艺丛刊》1948年第2辑。
④ 荃麟：《对于当前文艺运动的意见——检讨、批判和今后的方向》，载《大众文艺丛刊》1948年第1辑。
⑤ 同上。

艺的不同倾向。结果就像林默涵所说的:"描写农村和农民的作品,最近渐渐多了起来,特别是诗歌方面,歌颂农村的作品是为我们所常见的。但是我们确实也发生了这样一种倾向,即是以知识分子自己的心境或从个人的感觉去赞颂农村。无论是出发于右的对现实的逃避,或出发于'左'的一种革命的空洞概念,结果都是使农村神秘化了。"①

我们可以看到,在这一时期,尽管新民主主义文艺的基本方向似乎在延安文艺座谈会之后就确立了,毛泽东对文艺的工农兵方向的提法似乎也已经成了马克思主义中国化的标志,《大众文艺丛刊》上正面提倡的文艺作品,比如柯蓝的《红旗呼啦啦飘》、赵树理的《福贵》、董均伦的《人民英雄刘志丹》等都是这一类的作品,但在界定和处理国统区文艺问题时,除了毛泽东的《新民主主义论》和《在延安文艺座谈会上的讲话》等著作外,国际上的左翼理论和观点仍然起着重要的作用,比如在界定什么是现实主义的文艺、如何接受文学遗产、如何对待现代主义等问题上。②也就是说,邵荃麟对国统区当前文艺运动的检讨和批判尽管是从解放战争的新形势和新民主主义的文艺思想出发的,但他的分析背后并没有一个一致的适合国统区文艺状况的理论框架,由于缺乏这样一个适合于国统区文艺本身的理论框架,当他判定国统区的文艺落后于革命形势并探讨这种落后的根源时,只能在延安道路和国际性的资产阶级没落文学的理论框架之间捉襟见肘。

对主观的提倡能够被等同于小资产阶级对抽象的"意志"的追求吗?和自己所批判的姚雪垠等人的客观主义的文学一道,胡风所提倡的"主观战斗精神"被认为也根源于小资产阶级的思想意识,应该说,这是胡风等人在回应"香港批判"时的主要问题。路翎认为,说"主观论"的提出是针对文艺上的麻痹、机械、冷淡等情况,借用这个说法也是可以的。但是,"主观这个说法,并不是指哲学意义上的所谓精神决定物质,也不是

---

① 默涵:《评臧克家的〈泥土的歌〉》,载《大众文艺丛刊》1948年第1辑。
② 如《大众文艺丛刊》第1辑《文艺的新方向》中的《联共中央关于音乐艺术的决定》、《论西欧文学没落的倾向》、《共产主义、思想与艺术》,《论主观问题》一辑中的《现代主义及其克服》等,这些文章中的观点并不是一般介绍性的,而是和当时中共所主张的文艺政策相一致的。

唯心意义上的强调意志或幻想,也不是强调简简单单的什么'内在精神世界的描绘',在抽象的意义上说的'作家的人格力量'",主观的精神要求这一说法,"正是从历史负荷和迫切的战斗任务下面提出来的,正是要求着文艺与社会斗争的关系,正是要求着革命斗争的锻炼"。因此,引用科尔瑙关于资产阶级颓废文学的观点,"只是显出了自己的不了解和论点的混乱"。① 朱谷怀认为,主观要求和战斗要求的提法和尼采的超人主义及资产阶级的没落文学有着本质的区别,被科尔瑙视做存在主义代表人物的里尔克,"是一个软弱多病的人",渴望"死亡和逃避",是"描写梦、苦闷和死的诗人","这和中国战斗的作家相比,简直是一在天上一在地下,或者牛头不对马嘴的。在中国里尔克底读者,据我所知,有冯至和梁宗岱之流"。② 冯至和梁宗岱在这篇文章中也被归入朱光潜、沈从文一类,而当时这一类的文艺已经被视做和革命的战斗的新文艺存在着"本质上的不同"了,也就是说,它们和"主观论"在性质上是完全不同的。③

在文艺的新方向的争论背后,关涉的更多的是如何评价国统区抗战文艺的成绩的问题,正如胡风所说的:"现在被当做问题的,是过去的十年的时间。这是丰富而艰苦的十年,但却是激动而伟大的十年。"④ 怎样根据毛泽东《在延安文艺座谈会上的讲话》中提出的根据地和国统区"环境和任务"的区别来评价国统区的文艺成就呢?乔冠华虽然也承认中国革命发展的不均衡性,认为在对待国统区文艺的问题上,"无论是在评价这些地区过去的文艺成就上,或是规定这些地区目前的具体文艺方针上,不承认或不重视这一限制,运用过高的尺度,或提出过苛的要求,都是不能解决问题的"⑤,但在得出国统区文艺呈现出"一片混乱和空虚","处在一种

---

① 余林(路翎):《论文艺创作的几个基本问题》,载《泥土》1948年第6期。
② 孔翔(朱谷怀):《空谈及其他》,载《泥土》1948年第6期。
③ 参见初犊:《文艺骗子沈从文和他的集团》,载《泥土》1947年第4期,当时革命文艺阵营对这一类文艺的批评是很一致的,最有影响的当然是郭沫若的《斥反动文艺》,载《大众文艺丛刊》1948年第1辑。
④ 胡风:《论现实主义的路》,见《胡风全集》第3卷,湖北人民出版社1999年版,第475页。
⑤ 乔木(乔冠华):《文艺创作与主观》,载《大众文艺丛刊》1948年第2辑。

右倾状态中"这种结论时,显然不是从国统区"环境和任务"的特殊性的分析中得出其结论的。路翎认为,国统区文艺"虽然实践底方法和姿态上和那半个中国因客观条件而有所区别,但在本质内容和本质要求上却不应该有什么不同的。如果一定要站在高处,只看见这半个中国客观环境上的黑暗,因而认定在这环境中的文艺实践的主观存在力量也一定黑暗,如果看见这是封建和殖民地的中国,就认为这环境中的新文艺传统和文艺斗争要求也只是封建和小资产阶级的存在,那才是真正的'夸大了黑暗的力量'——抹杀了新文艺斗争的起点——糊涂之极的。"①

胡风认为,判定抗战时期国统区文艺思想的主要倾向是"右倾",把它等同于西欧资产阶级的那种"容忍即民主"的思想,这是完全不对的,这忽视了国统区文艺实践含有的实际的斗争性质,无法客观评价"通过现实主义去回答历史要求的努力者们"。把责任推给"政治上的右倾的机会主义","假使、即使可以用这样的说法来衡量文艺上的问题罢,然而,有对于战争发展现阶段的深刻的分析在,有新民主主义的庄严的号召在,右倾在哪里?而且,这分析这号召正是通向作家理论家置身在那里面的、被战争发展所摇撼的现实社会,正是通向作家理论家所当做对象的、在历史负担和战争负担下面苦恼着觉醒着战斗着的广大人民,怎么会右倾?而且,这分析这号召正是对于现实主义的斗争方向的一个强大的鼓励,给作家理论家所应该坚持和争取发展的现实主义的斗争方向一个认识并深入历史现实的有力的引线,怎么可以右倾?"② 胡风认为,"正是这个时期,现实主义的思想使创作实践逐渐脱出了抽象的爱国主义以及它所包庇的各种文艺现象,艰苦地使文艺思想的阶级内容争得了初步胜利"。因此,应当探讨的是,"在历史的道路上,文艺是怎样走了过来的,因而在现实条件和现实要求里面它现出了怎样的强点和弱点","无论文艺成果应该得到怎

---

① 余林(路翎):《论文艺创作底几个基本问题》,载《泥土》1948年第6期。
② 胡风:《论现实主义的路》,见《胡风全集》第3卷,湖北人民出版社1999年版,第489页。

样的评价,但这个评价非得是根据通过庞大的资料所抽出的实际经验不可"。①

　　茅盾在总结国统区抗战十年革命文艺运动的报告中,继承了"香港批判"中对国统区革命文艺的定位与评价,但他是用主要矛盾和次要矛盾的关系来解释国统区的文学问题的,他认为,国统区文艺创作中产生各种缺点的基本根源,是由于作品不能反映出当时社会中的主要矛盾与主要斗争。"由于作者本人在不同程度上脱离了直接的革命斗争,就不能把握到,并正确地分析社会中的主要矛盾与主要斗争,因而作品中也就不免显得空疏,作家们用不同的方式来弥补这种空疏,就发生了各种不同的倾向。"② 不能从国统区"环境和任务"的特殊性中发展具体的现实主义的理论框架来分析和评价国统区抗战十年的文学的成就,尤其是革命文学的成就,这是在当时和后来的研究中产生各种偏向的原因。

第二节　论主观问题

　　怎么来看待"香港批判"呢?对国统区文艺界的全面检讨后来似乎变成了对胡风的"主观论"的集中批判,除了最后一辑《新形势与文艺》批判萧军文艺思想以外,在《大众文艺丛刊》第2辑之后的各辑中,各种问题的探讨似乎都淹没在了对胡风等人的"主观论"的批判中。这也是胡风对"香港批判"的理解:"邵荃麟的所谓全面批评,不过是表示不专门攻击某个对象的表面文章,乔冠华完全批评我的专论才是正戏。"③ 胡风对"香港批判"的理解出现的这种偏差当然是可以理解的,但"香港批判"为什么会发展成这样呢?形势为什么会急转直下呢?这除了路翎的创作和胡风等的"主观论"本身跟邵荃麟等所认为的文艺的新方向存在一定距离

---

① 胡风:《论现实主义的路》,见《胡风全集》第3卷,湖北人民出版社1999年版,第474—475页。
② 茅盾:《在反动派压迫下斗争和发展的革命文艺——十年来国统区革命文艺运动报告提纲》,见《中华全国文学艺术工作者代表大会纪念文集》,新华书店1950年版,第52页。
③ 胡风:《关于乔冠华(乔木)》,见《胡风全集》第6卷,湖北人民出版社1999年版,第513页。

这一客观因素外，路翎等人在《呼吸》、《泥土》和《蚂蚁小集》上所表现出的反批评的姿态应该也是一个原因。邵荃麟在《论主观问题》这篇专门来解决这一问题的文章中是这样来解释的："关于主观问题的讨论，事实上三年前已经开始了。1945年《希望》第1期上发表了胡风先生的《置身在为民主的斗争里面》和舒芜先生的《论主观》两篇论文，把他们对于主观问题的见解作了较有系统的说明，实际上也就等于希望社对文艺运动提出的宣言。以后《希望》、《呼吸》各期中，均有论文继续发挥这一理论。当时在重庆好几次文艺座谈会中，以及这年底重庆所举行的文艺漫谈会中，均讨论到这个问题，不过当时这些口头的讨论一直没有得到结论。复员以后，除了渝蓉方面仍有继续讨论外，在上海这些讨论是停顿下来了。但是这些理论本身仍然在发展下去，而且显出了一种宗派主义的倾向了。"①

邵荃麟所说的宗派主义的倾向主要是从路翎、舒芜、阿垅、方然等人的批评的态度上来说的，比如他们之前对姚雪垠、沙汀、臧克家、陈白尘、马凡陀等的批评，以及后来对《大众文艺丛刊》上发表的文章的回应。邵荃麟认为，这些批评已经超出了正常的文艺批评，成为了无原则的攻击。"我们断然不能容许把思想斗争引导到无原则的喧骂中去。我们应该从原则上以说理的态度来澄清思想的混乱，从统一战线的立场上来进行思想斗争，以期达到文艺思想上的加强团结，这是我们应有的态度。"② 很多学者在探讨主观论问题时，都谈到了态度问题，在当时的讨论中，态度似乎也是一个主要的问题，正像发表了路翎回应"香港批判"的文章《论文艺创作底几个基本问题》的《泥土》杂志在第7期的《编后记》中所说的："在发表了几篇关于当前文艺问题的文字后，由于看法的差异，曾经招致了一些批评，其中最多的是说'态度'不好。"③ 但态度问题并不是抽象的，它也跟一些具体的理论和现实问题联系在一起的。胡风对这个问题也比较警觉，他认为，行文有聊以快意的成分、矫饰的成分，"这会产生

---

① 荃麟:《论主观问题》，载《大众文艺丛刊》1948年第5辑。
② 同上。
③ 《编后记》，载《泥土》1948年第7期。

很大的害处","对热情,对憎恨,我们决不能偶有骄纵之心,一骄纵,它们就变质了"①,因此他认为像舒芜的《逃集体》那样的文章是不好的,"应该把心情和态度推进一步,使任何问题成为自己的问题,即,不是站在对抗的地位,要自己觉得是自己的事情负责提起来",要有严肃的尊重战略的态度。② 路翎也认为,方然在《呼吸》上的有些快意的文字,是会损害到自己的意图的,"有些东西,比方方兄的文字,就依然是出气的做法。出出气有时自然是痛快的,但却把自己底存在漏掉了,没有了广阔的信念。好像挡住自己底路的只是文坛上的这一批人,好像是他们挡住自己底文学之路的。其实这些首先是社会的存在,但是知识分子式的厌恶和高傲的感情是不能把握什么东西的。"③

在邵荃麟那里,态度问题是非常具体的理论和现实问题。邵荃麟是从马克思和恩格斯的文艺批评出发来讲批评的态度问题的。他认为,马克思和恩格斯的文艺批评是讲原则性的,如马克思和恩格斯对同路人和对自己同志的批评,是既指出原则性的问题又尽力说服对方,既批评又团结,"马克思主义的文艺批评,是有原则性的,有说服性的批评"④;宗派主义的批评是非原则性的,"宗派主义的批评,常常是作为排外的抨击手段。宗派主义是以宗派的利益去代替革命的群众的利益,因此,他们的批评不需要说服和教育的作用"。⑤ 邵荃麟在《论马恩的文艺批评》一文中举出的宗派主义文艺批评的例子就是舒芜发表在《呼吸》上的文章《更向前》。邵荃麟认为,文艺批评上的宗派主义不仅在理论上是非马克思主义的,并且,在实践上,它也是跟统一战线中存在的右倾错误联系在一起的。"这种无原则的宗派主义正是今天文艺统一战线上的一个问题,但是对于这种

---

① 胡风1947年9月9日致阿垅的信,见《胡风全集》第9卷,湖北人民出版社1999年版,第11页。
② 胡风1948年4月15日致舒芜的信,见《胡风全集》第9卷,湖北人民出版社1999年版,第528页。
③ 路翎1947年9月15日致胡风的信,见路翎:《致胡风书信全编》,大象出版社2004年版,第157页。
④ 荃麟:《论马恩的文艺批评》,载《大众文艺丛刊》1948年第4辑。
⑤ 同上。

吉诃德式无原则的攻击，我们仍将从原则上去批判，从马列主义和毛泽东的观点上予以阐明。"① 反对文艺批评上的宗派主义是当时在新的历史条件下扩大与巩固统一战线的需要，从这一角度出发，主观论发展出来的宗派主义也是一个不得不解决的问题，而文艺批评被看成是解决这一问题的有力武器，因此，对主观论的批评就是纠正主观论偏向、扩大与巩固统一战线的有效手段。就像萧恺在《文艺统一战线的几个问题》中所说的，"文艺批评是统一战线的具体表现，——既团结又斗争，同时也是展开文艺理论方面的教育与说服的最好的武器"。② 姚雪垠在对胡风等人的反批判中，也是把胡风等人的问题看成是宗派主义的问题的。在《论胡风的宗派主义》一文中，他提出了"胡风派"这个名词，并把这一问题跟破坏文艺统一战线联系了起来。他认为，"关于'胡风派'这个名词，有朋友劝我不用，为的是免得别人说文坛真有派别。其实胡风派的存在尽人皆知，用不着掩耳盗铃。我们希望胡风派能放弃过去的狭隘作风，为整个的联合战线而努力。我提出'胡风派'这名词，毫无恶意，我认为宗派主义是巩固联合战线的一大障碍，不如揭破了的好。"③

在延安文艺座谈会上，毛泽东把宗派主义的问题和文艺上的其他一系列问题归结为"为群众和如何为群众"的问题，认为"为什么人的问题，是一个根本的问题，原则的问题"，"这个根本问题不解决，其他许多问题也就不易解决。比如说文艺界的宗派主义吧，这也是原则问题，但是要去掉宗派主义，也只有把为工农，为八路军、新四军，到群众中去的口号提出来，并加以切实的实行，才能达到目的，否则宗派主义问题是断然不能解决的。"④ 鲁迅在谈到左翼作家联盟时也认为，目的一致，为工农的方向一致，文艺的战线才能统一。"联合战线是以有共同目的为必要条件的。……我们战线不能统一，就证明我们的目的不能一致，或者只为了小团

---

① 《论批评·编后》，载《大众文艺丛刊》1948年第4辑。
② 萧恺：《文艺统一战线的几个问题》，载《大众文艺丛刊》1948年第3辑。
③ 姚雪垠：《论胡风的宗派主义——〈牛全德与红萝卜〉序》，载《雪风》1947年第3期。
④ 毛泽东：《在延安文艺座谈会上的讲话》，见《毛泽东选集》第三卷，人民出版社1991年版，第853—858页。

体,或者还其实只为了个人,如果目的都在工农大众,那当然战线也就统一了。"①"主观论"的"宗派主义"的根源在哪里呢?根源于目的的不能一致吗?似乎也不是。"香港批判"中对"主观论"宗派主义的批评最后似乎落实到了态度问题上,使对态度问题的争论和批评成为论争的主要部分,这有可能会使其他对我们来说更为重要的问题被遮蔽了。

在宗派主义之外,邵荃麟、胡绳、乔冠华也从马克思主义传统出发对"主观论"进行了理论上的甄别工作,他们指出,"主观论"虽然以马克思主义的面目出现,但其中包含了复杂的非马克思主义的成分。乔冠华和邵荃麟都指出,"主观论"的出发点是反对教条主义和文艺上的苍白无力,这是值得肯定的,"这种思想在动机上说是很好的,因此这种思想在反抗黑暗的意义上,未始没有它的作用,即在今天,也不应完全抹杀它某种程度的作用"。②但在拿什么来反对教条主义这一问题上,"主观论"是存在缺陷的。那么,从马克思主义理论资源内部出发,"主观论"存在什么样的问题呢?

和黄药眠此前在《论约瑟夫的外套》中的分析一样,邵荃麟的分析也指出了舒芜的《论主观》一文在马克思主义基本观点上的错误,舒芜在分析人类历史发展时以抽象的主观精神的发展代替了生产力和生产关系的斗争与发展,取消了阶级斗争,这是对唯物论的基本精神的歪曲。并且,邵荃麟认为,按照马克思主义的历史唯物论,主观作用是跟阶级立场联系在一起的,"最强有力的主观作用一定是凭藉着掌握在最先进的阶级手里的革命的科学理论。因为这种理论能够正确地反映客观现实及其发展规律,能够正确地解决社会物质生活所提出来的问题和任务。"③舒芜所强调的主观脱离了阶级立场,只抽象地强调所谓符合人类主观的本性,因此最强的主观只是最符合人类的主观的本性的主观。"从舒芜先生这样的理解出发,

---

① 鲁迅:《对于左翼作家联盟的意见》,见《鲁迅全集》第4卷,人民文学出版社2005年版,第242—243页。
② 荃麟:《论主观问题》,载《大众文艺丛刊》1948年第5辑;乔木(乔冠华):《文艺创作与主观》,载《大众文艺丛刊》1948年第2辑。
③ 荃麟:《论主观问题》,载《大众文艺丛刊》1948年第5辑。

自然就抹杀了主观的阶级性,他以一种玄虚的'本性',去代替了社会主观的物质基础,因此他把历史上激烈的阶级意识斗争,理解为'一部分主观作用的反其本性,另一部分的主观保存并发挥本性'的关系。"① 邵荃麟认为,离开了社会阶级的观点,仅仅从人的主观能动作用出发去认识主观问题,就产生了一连串的错误,这和经验论的哲学思想有若干相似之处。

舒芜在哲学上对主观论的阐释当然是有唯心论的倾向的,但文艺上的"主观论"是不是从哲学上的主观论直接发展而来的呢?胡风是怎么来看待"唯心论"这种指责的呢?我们来看一看胡风收在文协十周年暨文艺节纪念特刊《五四谈文艺》中的文章《以〈狂人日记〉为起点》,这是胡风在这一时期写作的回应"香港批判"的少数几篇文章之一。在这篇文章中,胡风对自己所遭受的"唯心论"的指责和当时的革命新形势都作了分析。胡风在评论鲁迅的《随感录六十六·生命的路》一文时,认为鲁迅也使用了类似唯心论的概念,如"人类的渴仰完全的潜力"、"生命不怕死,在死的面前笑着跳着"等②,但他认为,这些概念只是和唯心论的概念存在着表面上的相似性,它实际包含的依然是中国革命斗争的精神。"对照着后来的历史发展底实际内容,这些诗的语言,包含了多么强的现实斗争的人生意义。""我也痛恨唯心论,但这一段用着好像是'唯心论'的说法所写出的文字,可以说是对于三十年以来的革命斗争的真情的颂歌。"③ 也就是说,胡风认为"潜力"、"生命"以及对这些词语背后的思想的强调是从中国左翼文艺传统而来的,并且也是跟革命的现实斗争紧密相关的。

那么,邵荃麟等人是怎么来看待胡风他们跟鲁迅所代表的那个革命传统的关系的呢?在经验论之外,邵荃麟也指出了"主观论"跟中国现代左翼文艺传统的关系,认为它也从这一传统内部汲取了理论资源,但把它主要地归之于鲁迅早期思想的影响,认为主观论"恐怕也多少受了鲁迅先生

---

① 荃麟:《论主观问题》,载《大众文艺丛刊》1948年第5辑。
② 鲁迅:《随感录六十六·生命的路》,见《鲁迅全集》第1卷,人民文学出版社2005年版,第386页。
③ 胡风:《以〈狂人日记〉为起点》,见《五四谈文艺》,中华全国文艺协会1948年编印,第17页。

早期思想所影响"。① 当舒芜说现在的中国仍然是鲁迅批判的那个旧中国，旧社会的根基没有得到根本性的动摇，我们仍然需要坚持鲁迅的道路时，也就是说，他认为，"实际上呢，鲁迅的中国还是鲁迅的中国，改变了的仅仅是外貌。这并不是说人民的力量的高涨不是真实的，而是说反人民的力量的高涨同样是真实的。这具体表现在大批的做戏的虚无党也都装成人民的样子这一事实上"②，胡绳认为，这说明"主观论"者并没有超越鲁迅批判国民性的那个阶段，没有掌握鲁迅思想的精髓。鲁迅思想的精髓是什么呢？"在周围都是黑暗的时候，敢于做'惟一的光'；但又准备着一旦有了太阳的时候，就情愿接受光明的普照。——这才是鲁迅的真精神。""三十年前《热风》的作者用'人类的渴仰完全的潜力'来说明'生命'的自然进步发展，表现了唯心论的倾向，我们却并不能因而贬抑其历史的进步作用。可是三十年后的胡风先生在《并不是'诗'》里为之解释说：'革命的思想总是现实存在、或人生渴望的反映'，却使人无法可想……真正的唯物论者会用'人生渴望的反映'来说明'革命思想'么？"③

　　胡绳等对鲁迅思想的分析基本上仍然是以瞿秋白的《鲁迅杂感集·序言》为基础的，认为鲁迅思想发展的道路经历了从进化论到阶级论的转变，进化论和个性主义在五四时期曾经是战斗的有力武器，而"主观论"者的理论所表现的正是鲁迅前期在《文化偏至论》、《摩罗诗力说》中的思想，因此他们并没有真正掌握鲁迅先生思想的精髓。"在四十年前，鲁迅在唯心论与个人主义的思想基础上片面地提出发展个性，加强主观力量的主张，'客观上在当时还有相当的革命意义'；但在四十年后，胡风、舒芜诸先生企图用新的字眼来复写在实质上与《文化偏至论》中的内容相同的思想，其客观的趋向却只能是小资产阶级对于人民大众的自觉的、集体的进取和改革的抵制。"④ 胡绳的意思显然是胡风和舒芜等人犯了时代错误，没有正确认识当前解放战争所带来的革命的新形势，继续执着于鲁迅的前

---

① 荃麟：《论主观问题》，载《大众文艺丛刊》1948 年第 5 辑。
② 舒芜：《鲁迅的中国与鲁迅的道路》，载《希望》1946 年第 2 集第 4 期。
③ 胡绳：《鲁迅思想发展的道路》，载《大众文艺丛刊》1948 年第 4 辑。
④ 同上。

期思想，没有跟上时代潮流，而究其原因，则是"鲁迅后期的思想虽然是发展到更高的历史水平，然而人们若从小资产阶级立场上去看（即便他是一个'革命'者），却终究会觉得前期的思想是较为合胃口，易亲近，反而觉得后期思想是有些格格不相入的"①，也就是说，最后仍然归结于小资产阶级的立场问题。②

那么，胡风他们是不是在国统区没有认识到解放战争带来的这种革命的新形势从而在文艺思想上犯了错误呢？胡风好像并不是没有认识到毛泽东在《目前的形势和我们的任务》中指出的历史发展的新趋势，并不是没有认识到民族统一战线内部的分化、整合和重新加强思想领导的必要性以及文艺发展的新方向，在他看来，"到了民族战争的后期，一方面是民族统一战线内的分化发展到了明显的程度，明显到非赶快地加强重心不可，另一方面，是人民底力量广大地发动了，广大到非深入地把握那实际内容不可，这就提出了要求也提出了可能，使思想方法接受了从实际出发的批判的革命运动。"③ 也就是说，我们与其把"主观论"看做一种时代错误，不如把它放在这样一个新的条件下来看待，看做胡风等人对这种革命新形势的反应。"主观论"的提出开始可能仅仅是出于反对抗日战争时期国统区文艺界的病态，但是，在胡风看来，它在后来的发展对应着的也是解放战争不断发展的新形势，在不断地试图解答历史提出的新问题。那么，胡风是怎么来看待"香港批判"的呢？胡风认为，思想斗争应该是原则性和丰富性的结合，而"香港批判"是某些性急的知识分子用原则性压死了思想斗争的丰富性。"新的思想内容，也就是新原则底内容，总是由人民、群众底实践所提供的，但一旦被杰出的思想家集中地提高成了原则以后，总不免会被'趾高气扬的作家'拿去性急地使用，反而阻碍了群众底实践底丰富性的。这是历史上屡见的情形。不过这正表示了新原则底坚强，坚

---

① 胡绳：《鲁迅思想发展的道路》，载《大众文艺丛刊》1948年第4辑。
② 关于"胡风派"的鲁迅研究与主流派的鲁迅研究之间的区别，参见吕东亮：《"胡风派"的鲁迅研究及其与主流派的歧异》，载《中国现代文学研究丛刊》2007年第2期。
③ 胡风：《以〈狂人日记〉为起点》，见《五四谈文艺》，中华全国文艺协会1948年编印，第21—22页。

强才有大的吸引力,因而才有性急的执行者。"① 其实,在《希望》编发的文章中,我们还是可以看到胡风对解放区文艺或文艺的新方向的理解的,他在对照"一个时代、两个中国"的文艺时对解放区的文艺方向还是颇为赞同的,正像他在回忆中所说的:"当时知道了党号召面向农村。那虽然不一定是针对国统区的,但我在《希望》的编辑上尽可能响应了。"② 在杂志的编排上,他照顾到了两个中国的具体时代特征,就像他所说的:"在现在的中国,一切都现出激烈的变动,一切都现出鲜明的对照"③,而他的杂志也试图"鲜明地反映出两个中国的不同的精神动向"④。比如,关于《希望》第2集第2期发表的4篇关于农民生活和现实的小说,胡风认为,"《回家》是在抗战前的东北农村,那种黑暗情形下的农民的遭遇,《胆怯的人》和《王炳全的道路》却是抗战期间后方农民的受牺牲的形象,前者死于无告的冤屈,后者经验着深刻的心理变化,在走向工人阶级的集体生活的道路上克服着悲剧的命运。到了《凤仙花》,我们就接触到了解放的过程和被解放了以后的景象。""如果我们能够感受得到这样的对照中间包含了多少的痛苦,多少的斗争,我们就可以明白这对照对于中国的前途将有什么意义罢。"⑤

胡风认为,在这一次关于主观问题的讨论中,自己是处于不利的处境的,"现在,有过锻炼而又诚恳思考的人们对他们很反感,但无数投机家们袒护他们(大半暗暗地),浮华的或天真的青年们还对他们多少有迷惑"。因为,"从现象看来,他们倒群趋'政治',而我们倒是沾沾于文化、思想领域的"。邵荃麟等人的观点是从当时发展的政治和革命斗争的具体形势出发的,有着强烈的现实诉求,更容易吸引一般的读者,在这一方面,"主观论"者也是不得不承认有着压力的。因此,胡风认为,解决问题首先是"要从对于虽然浮华但却是一代热情的青年们的感受和要求的体

---

① 胡风:《以〈狂人日记〉为起点》,见《五四谈文艺》,中华全国文艺协会1948年编印,第22页。
② 胡风:《从实际出发》,见《胡风全集》第6卷,湖北人民出版社1999年版,第688页。
③ 胡风:《编后记》,载《希望》1946年第2集第2期。
④ 胡风:《从实际出发》,见《胡风全集》第6卷,湖北人民出版社1999年版,第688页。
⑤ 胡风:《编后记》,载《希望》1946年第2集第2期。

会出发，也就是，从肯定那一区的强烈的情绪来肯定这一区的实践"，"他们的这个气氛（虽然是浮浅的），就正是抓住了读者（的弱点）的原因，我们就要从这一点上来缴他们的械"，要把实践性的内容推向前去，从而"动摇二十年的机械论的统治势力"。①

第三节 论小资产阶级的改造

邵荃麟和胡绳等《大众文艺丛刊》上的作者们基本上把"主观论"的问题看成是小资产阶级的思想问题和立场问题，认为他们和他们对文艺上教条主义的批判只是"以一种小资产阶级的思想去对待另一种小资产阶级的思想"②，因此，解决问题的方法是小资产阶级必须改造自己的思想，必须"长期地无条件地全心全意地到工农兵群众中去"。延安整风运动以来，关于小资产阶级必须进行思想改造的问题已经在革命文艺阵营成为了一个普遍的共识，我们可以看到，毛泽东在延安文艺座谈会上的讲话是"香港批判"及其引起的争论中相关问题讨论的共同的理论资源和基础。《泥土》上回应邵荃麟、胡绳等的批评的《论小资产阶级》一文也认为："关于小资产阶级底必须'改造'，这一原则是已经光辉地确定了的。"③ 但在如何改造这一问题上，他们的观点是和《大众文艺丛刊》上提倡的观点形成鲜明对比的。《泥土》这一期的《编后记》认为，《论小资产阶级》一文"在深广的社会基础和实践要求上阐述了这个目前为我们所关心的问题，对于只会企图牵着我们的鼻子走的空谈底机械的理论，将是一个鲜明的对照和有力的驳斥，对于我们自己也可更真实地执着'改造'底道路"。④

在他们看来，应该被改造的不是"主观论"的胡风、路翎等，而是《大众文艺丛刊》上的作者们，因为后者对国统区文艺的总结和评价，脱

---

① 胡风1948年10月26日致舒芜的信，见《胡风全集》第9卷，湖北人民出版社1999年版，第533—534页。
② 荃麟：《论主观问题》，载《大众文艺丛刊》1948年第5辑。
③ 怀潮：《论小资产阶级》，载《泥土》1948年第7期。
④ 《编后记》，载《泥土》1948年第7期。

离了国统区文艺的实际,"不过为了包庇客观主义以至色情作家,仍旧以自己所有的教条主义公式主义作出发点,从解除新文艺底理论和实践的武装的那个结果开始,到打击真诚的艺术工作者底战果和'创作情绪'的那种企图完结罢了",认为这正是小资产阶级劣根性的表现。而毛泽东小资产阶级改造问题的提出,"其实,当时、当地地就是针对了这么一种思想倾向,这么一种工作上的作风的"。①

"主观论"和"香港批判"双方都把对方指责为小资产阶级知识分子,那么,到底谁是"小资产阶级的知识分子"呢?如何在中国具体的社会关系中对小资产阶级作出界定呢?毛泽东在延安文艺座谈会上认为,中国的小资产阶级是人民大众的一部分。"什么是人民大众呢?最广大的人民,占全人口百分之九十以上的人民,是工人、农民、兵士和城市小资产阶级。所以我们的文艺,第一是为工人的,这是领导革命的阶级。第二是为农民的,他们是革命中最广大最坚决的同盟军。第三是为武装起来了的工人农民即八路军、新四军和其他人民武装队伍的,这是革命战争的主力。第四是为城市小资产阶级劳动群众和知识分子的,他们也是革命的同盟者,他们是能够长期地和我们合作的。这四种人,就是中华民族的最大部分,就是最广大的人民大众。"②怀潮认为,这一界定在一个辽阔的视野中确定了革命的小资产阶级的地位和性质,而小资产阶级改造问题的提出也是建立在这一基础上的。"革命的小资产阶级底地位、底性格,在这一辽阔底视野中被肯定了。就是说,必须在人民性的、革命性的因素上面肯定这个阶级。'改造'这一命题的提出,它底可能,它底必要,其实,也正是必须建筑在这种人民性的、革命性的因素底被确定的基础上面的。"③

怀潮认为,小资产阶级具有软弱性和动摇性,这是由他们在社会生产关系中所处的地位决定的,但这一群体本身也是有区别的,改造决不是为了周作人、胡适、朱光潜、萧乾那样的小资产阶级,而是在革命的壁垒中

---

① 怀潮:《论小资产阶级》,载《泥土》1948 年第 7 期。
② 毛泽东:《在延安文艺座谈会上的讲话》,见《毛泽东选集》第三卷,人民出版社 1991 年版,第 855—856 页。
③ 怀潮:《论小资产阶级》,载《泥土》1948 年第 7 期。

展开的,针对的是革命的小资产阶级。革命的小资产阶级中也存在各种劣根性,除了一般小资产阶级的共性之外,还存在一些具体的特定的问题。"革命的小资产阶级,除掉或多或少,或隐或显地流露了和流露着一般的小资产阶级底那种性格,而由于此时、此地所占的位置,却又表现了和表现着形式虽然特殊,而根源实则相同的如下的'劣根性':或者,那是右倾投降主义,尾巴主义;或者,那是'左'倾排外主义,关门主义,宗派主义;或者,那是'教条主义',公式主义,主观主义,客观主义。"① 怀潮认为,小资产阶级的思想改造必须针对的是这部分人和他们的具体问题,"'改造',是为了这个,和必须针对这个","整风运动就是在一个极宽泛的意义上面'整'的这个'风',《在文艺座谈会上的讲话》,则是在文艺问题上面特别提出这个问题,解决这个问题的事情"。②

胡风对小资产阶级知识分子的改造问题有他自己的看法,他认为,"知识分子的绝对大多数是小资产阶级出身的,犹如在人民这个概念里面,除掉产业工人和雇农以外,那绝对大多数,连农民和手工业者在内,无论'小'到怎样可怜也都是小资产阶级"③,然而绝大多数知识分子在跟贫困生活的斗争和在争取民主的文化革命和社会革命的实践中,始终是脱离了原来的社会地盘,跟劳苦的和先进的人民结合在一起的。因此,从中国社会的具体历史内容来看,知识分子也是人民,这是小资产阶级知识分子革命性的物质的根源。但这并不是取消了知识分子作家的改造问题,取消了他们和人民结合的问题,而是要从实际出发,认识知识分子的游离性,即所谓知识分子的二重人格。在革命的知识分子中,这种游离性或二重人格是主观公式主义和客观主义的根源,而对于那些和人民有着联系,争取着深入人民的作家们来说,他们的创作实践原本就是克服着本身的二重人格,追求着和人民结合的自我改造的过程。也就是说,"主观论"本身就是知识分子改造思想,追求与人民结合的道路的产物。"依靠着对于历史

---

① 怀潮:《论小资产阶级》,载《泥土》1948 年第 7 期。
② 同上。
③ 胡风:《论现实主义的路》,见《胡风全集》第 3 卷,湖北人民出版社 1999 年版,第 525 页。

现实的发展方向的承受,依靠着把自己放在反封建的斗争要求里面,依靠着对于被革命思想所照明的人民的内容(负担、潜力、觉醒、愿望和夺取生路)的深入。那么,这灰色的战场也是能够有一种火热的内容的。"并且,"凭着思想要求的力量,一面和笼罩着他们的买办性封建性的文化作战,一面深入他们的内容,坚守并创造更多也更强的实现历史要求的桥梁,不正是现实的客观条件所规定的和人民结合以及自我改造的光辉的实践道路么?"① 胡风在这里认为绝大多数农民和手工业者也是小资产阶级的看法是引起后来很多批评和争议的地方,但单纯对这一概念的批判不能取代他对灰色战场上的知识分子改造问题的看法,后者需要更细致的辨析。

胡风所说的知识分子的自我改造和自我斗争,跟毛泽东在延安文艺座谈会上所发表的讲话中提倡的知识分子的改造是不是一致的呢?邵荃麟认为,这两种理论是完全不一致的。"胡风先生所谓自我斗争,是作家和人民在一种对等地迎合和抵抗的斗争,'作家的主观,一定要生动地表现出或迎合或选择或抵抗的作用,而对象也要主动地用它的真实性来促成、修改,甚至推翻作家或迎合或选择或抵抗的作用。'因此,他一方面要求作家深入人民,同时又警告作家不要被人民的海洋所淹没,而在我们,这个思想改造,正是一种意识上的阶级斗争,有如毛泽东所说的'长期地无条件地全身心到工农中去'。小资产阶级意识必须向无产阶级'无条件地投降',它不是对等的斗争,而是从一个阶级走向另一个阶级的过程。"②

乔冠华认为,作家要进行改造,必须向人民学习,向人民学习和作家的自我斗争是一个问题的两个方面,灵魂内的阶级斗争是实际阶级斗争的反映,它不能离开现实的实际斗争;一旦离开了实际的阶级斗争,改造就无从进行。"这就是为什么必须一再强调:向人民学习的主观要求,必须在和人民结合的客观事实中进行,作家的自我改造又必须在实际的群众斗争、向人民学习、接受群众批评的主要方向之下进行的缘故。"③ 自我斗争

---

① 胡风:《论现实主义的路》,见《胡风全集》第3卷,湖北人民出版社1999年版,第529—530页。
② 荃麟:《论主观问题》,载《大众文艺丛刊》1948年第5辑。
③ 乔木(乔冠华):《文艺创作与主观》,载《大众文艺丛刊》1948年第2辑。

可能是一个痛苦的、长期的过程，但如果发展成只是欣赏这一痛苦的心理转变过程本身，而忘记了自我斗争的最终目的，这是舍本逐末。"严格意义上的自我斗争（阶级转化）只是一个手段而不是目的。达到什么目的呢？为了完全和人民相结合，为了建立一个心甘情愿地为人民做事的人，为了建立起一个能够正确地表现革命真实的作家的主观。"①

当胡风认为一切事物都和真理相通，到处都有生活，知识分子在灰色的战场上通过发扬主观战斗精神，通过个性解放和严格的自我斗争，可以实现和人民结合时，乔冠华认为，这种结合仍然是抽象的，它没有超出小资产阶级生活的范围，没有实现跟工农群众的真正结合，因此他们的作品就不能真实地反映革命发展的新形势。乔冠华在这里实际上是对自己在1943年的"生活态度论"中"到处都有生活"的观点的检讨，他认为，如果说那个时候国统区的知识分子被剥夺了直接的革命实践的自由，所以把革命实践诉诸生活态度的改变，这种理论的提出是跟所处的历史条件相符合的。但是，在抗战已经取得胜利，解放战争也即将取得胜利的1948年底的香港，生活与革命实践的关系有了相当大的改变。那就是说，最平凡的生活虽然和现实的革命斗争存在根本的联系，但它不能代替现实的革命斗争，知识分子必须直接参与人民大众的革命斗争。"最平凡的生活事件和最停滞的生活场面，在今天的中国是不是和现实的政治斗争、群众斗争、阶级斗争一脉相通呢？在最广泛的意义上，是相通的；例如，任何一个人的平凡生活都和当前的政治有关；任何一个具体的被压迫者都和被压迫群众有关，一个人对一个人的态度反映着一定的阶级关系。但假使有人因此就认为只有具体的平凡生活才是最真实的政治，从而把政治还原为平凡的生活事件，群众还原为个别的被压迫者和战斗者，阶级斗争还原为个人对个人的态度，那将是大错而特错。"②

乔冠华认为，这样的思想上的错误会产生两个方面的消极后果：首先，对于作家来说，这种说法会被理解成什么样的生活是不重要的，重要

---

① 乔木（乔冠华）：《文艺创作与主观》，载《大众文艺丛刊》1948年第2辑。
② 同上。

的是生活态度,这就从根本上否定了"血肉的现实人生搏斗"的意义。"这种思想好像是为了知识分子如何和人民结合的课题而提出的,但实际上它取消了和人民结合的这一基本命题。假如小资产阶级的作家,过什么样生活的客观事实不重要,重要的是他如何生活的主观态度,这不是取消了作家和人民结合的基本命题是什么?这是一种危险。"① 其次,在创作理论上,这种思想会导致一种倾向,即认为"写什么"不是最重要的,最重要的是"如何写"。而小资产阶级自以为正确的自发的人民立场如果不与实际的工农群众斗争结合起来,必然是抽象的,对这种抽象的精神状态的描写不能表现出人民斗争的真实,"不管一个小资产阶级作家在他的个人生活范围内的主观态度自以为如何正确,对现实人生搏斗的意志自以为如何坚强,假如他不真正地走到工农群众及其斗争中去,他是不能和人民结合的;在这种情况下,他就不可能真正表现出人民斗争的真实,而他那自以为正确的人民立场(主观)必然是抽象的,不能解决问题的。""任何自以为正确的主观态度和坚强的批评意志,都不能代替一个作家从这一种生活到那一种生活,从这一个阶级到那一个阶级'血肉'转变的客观事实。"②

乔冠华引用了托尔斯泰的观点,认为艺术创造的过程是使朦胧的还未为大家感觉到的新事物、新事物的萌芽显现的过程,为什么路翎等人的文学创作跟他们所要求的文艺的新方向还存在距离,不能反映解放战争时期的高涨的革命形势和革命形势下人民的新的革命要求呢?因为他们对革命的这种新的现实不熟悉,他们的主观要求和自我斗争没有跟这新的革命现实联系起来。"很多人对于革命的现实和人民没有反映(因为不熟悉现实)和表现(因为并不真的理解和爱人民)的能力,这并不是因为他们一般的主观不强,而是因为他们小资产阶级的主观太强,那种主观不够资格成为表现今天的历史真实和现实的工具。"③

乔冠华在这篇文章中谈的主要是知识分子作家的改造问题,他认为胡

---

① 乔木(乔冠华):《文艺创作与主观》,载《大众文艺丛刊》1948年第2辑。
② 同上。
③ 同上。

风的这种强调主观的文艺思想妨碍了和人民的结合，但他的论述展开的逻辑却不那么严密。比如，他把胡风对文艺的感性作用的强调归结为是对文艺表现活的人、活人的心理状态、活人的精神斗争的强调，认为一旦把文艺的任务规定为"反映一代底心理动态"，就不可避免地会在实际上产生各种不健康的创作倾向和批评倾向。乔冠华认为这个问题值得讨论，"倒不是因为'心理状态'、'精神斗争'这一类的字眼有什么可怕，好像一提到个人就想起了个人主义，一提到心理状态就想到心理分析，一提到精神斗争就想到唯心主义似的"，而是"理解活的个人及其心理状态重要，为什么理解活的群众及其实际斗争就不重要呢？"① 表现活人的心理就不能反映革命的客观现实吗？就不能反映实际的斗争吗？这些都是后来引起琐碎的争论的地方。林默涵和胡绳后来都承认，乔冠华这种把写人物内心生活与写社会斗争对立起来的观点是不对的。② 但是，正是在对这些问题的批评和反批评中，知识分子改造这个重要的问题反而被遮蔽了。应该说，乔冠华的这篇文章有很多观点其实是对自己在1943年的"生活态度论"中的观点的检讨。

邵荃麟、胡绳、乔冠华等提倡的小资产阶级知识分子的思想改造是着眼于国统区文艺落后于革命形势的具体问题的，是以解放区的文艺作品为基础和方向的，不管其具体的理论表述存在什么样的问题，在现实主义的文学要反映历史发展的主要趋势这一方面是更为有力的。胡风和路翎等人也意识到了国统区左翼文艺存在的问题，但他们所提倡的发扬主观战斗精神和个性解放的知识分子的改造，却似乎并不能解决国统区文艺向新的文艺方向转变的问题。路翎等人笔下的工人和农民带着反抗的"原始的""自发性"，而在特定的抗日战争时期成长起来的具体的农民和工人形象却很难在他们的作品中得到真正的表现，这似乎也是发扬主观和提倡个性解放无法解决的问题。文艺上"一个时代、两个中国"的状况无疑是政治现实和社会现实的反映，解决这个问题的根本途径是革命实践，知识分子必

---

① 乔木（乔冠华）：《文艺创作与主观》，载《大众文艺丛刊》1948年第2辑。
② 参见舒芜：《参加胡风文艺思想讨论座谈会日记抄》，载《新文学史料》2007年第2期。

须在这个革命实践中得到改造,这个改造过程也许需要发扬主观,需要个性解放,但单纯地发扬主观、提倡个性解放,是无法实现这种向新的文艺方向的跨越的。认识到文艺上的这种"新与旧"的区分,但把问题的解决诉诸发扬主观和提倡个性解放,这是"主观论"的问题所在。在这个意义上,邵荃麟、胡绳等人在《大众文艺丛刊》上对胡风等人的文艺思想和文艺的新方向之间的差距的认识是正确的。我们也可以看到,胡风在香港批判以及之后的历次批判中虽然一直坚持他的理论的某些方面,但他和路翎的文学创作确实出现了某种转变,我认为,正是在这些作品中,胡风和路翎才真正实现了他们所期盼的现实主义风格。

那么,怎么来看待《大众文艺丛刊》上这些提倡知识分子必须进行思想改造,以实现与人民结合的知识分子及其行为呢?当怀潮提出谁是小资产阶级的知识分子这一问题时,他质疑的首先是他们这种改造者的姿态。同样是来自国统区的知识分子,同样基于毛泽东《在延安文艺座谈会上的讲话》中关于小资产阶级必须改造自己思想的理论,"香港批判"中的知识分子的改造者身份的合法性在哪里呢?"如果以为到了水里,甚至到了'海外'、'到了根据地'、到过根据地等等,而自以为超凡入圣,脱胎换骨,正是小资产阶级底虚妄、自满,如此而已。"① 正是在这个意义上,我们可以理解胡风为什么会认为乔冠华用"香港批判""洗了手"。② 其次,知识分子思想改造的过程本身具有复杂性,毛泽东提出的与工农结合的那个框架作为一个实践的框架,在理论和意识形态层面还是有很大的阐释的空间的。我们或许可以在这样一个层面来重新理解胡风等人的反批评,也就是说,在革命实践中,小资产阶级的改造仍然是一个客观实践和主观要求相结合的问题。"'改造'并不是盖印,'和人民结合'也不是呼口号","没有客观实践根据的主观要求,那最多是空想的社会主义之流,以及,是被还原到观念论的事情了;而没有主观要求作用的客观实践,那最多也是摇旗呐喊,行尸走肉,而且那是属于进化论而不是属于革命论的范畴,

---

① 怀潮:《论小资产阶级》,载《泥土》1948年第7期。
② 胡风:《关于乔冠华(乔木)》,见《胡风全集》第6卷,湖北人民出版社1999年版,第516页。

在人民运动中和它不知不觉地取了一种距离,既没有真正的热情,也没有真实的理想,也不免是观念论的那种精神状态的蛰居倾向或者分离运动了。"①

1978年,胡风在《从实际出发》中谈到思想改造问题时,还是认为,自己反对的是何其芳那样的把思想改造庸俗化的人,而不是毛泽东所提倡的思想改造本身。"在我开始文学工作起,以为作家是要不断地在生活里克服非劳动人民的感情,逐渐使自己的感情能够体现劳动人民的生活和品德。我在文字里也一直是这样对待作家和作品的。所以,我以为对毛主席提的作者的思想改造,是能够理解的。但我以为,这个改造过程是要最后在创作实践中经过主客观相克相生的艰苦斗争才能够实现。"②

第四节　文艺的感性作用

邵荃麟认为,关于"主观论"的讨论的中心,是如何从马克思主义的角度理解主观问题,以及如何才能发扬文艺上的创造力问题。而正是在这些问题上,他们的见解是和"主观论"者基本不同的。"然而他们却处处以马列主义与毛泽东文艺思想者自命,因而引起了读者不少的误解,在这一点上,我们是有责任予以澄清的。"③邵荃麟把胡风的文艺思想跟舒芜的哲学思想直接挂起钩来,认为胡风在文艺上对作家生存意志和战斗精神的强调是从舒芜的错误理论发展而来的。"把生存斗争代替了阶级斗争,我以为这是主观论者的一个中心错误。文艺理论上的许多错误,也是由此而来。"④ 但他还是注意到了胡风的主观论在文艺思想上的独特性,他认为,"在胡风先生的文章中,我们可以找到他的一个中心思想:就是他对于文艺的感性作用底认识"。并且,他认为,这种对文艺的感性作用的认识,

---

① 怀潮:《论小资产阶级》,载《泥土》1948年第7期。
② 胡风:《从实际出发》,见《胡风全集》第6卷,湖北人民出版社1999年版,第740—741页。
③ 荃麟:《论主观问题》,载《大众文艺丛刊》1948年第5辑。
④ 同上。

是"主观论"者文艺思想的一个中心出发点。①邵荃麟的分析的基础是胡风在《置身在为民主的斗争里面》一文中对文艺的感性作用的强调。

如何理解文艺创作中的作家的主观作用呢？邵荃麟认为，"所谓作家的主观精神，在我们看来，并不是什么神秘的东西，就是作家的思想、情感、立场、态度等等的总和。客观的现实既然是通过作家的主观态度而反映于创作中间，作家的主观作用自然是个重要的问题；所以毛泽东在文艺座谈会的引言中首先提出来的，也即是作家的立场问题、态度问题等。"②他认为，在主观问题所包含的诸因素中，最主要的就是思想问题。"思想问题在作家主观作用上，不能不是一个最主要的问题，是非常显然的。文学艺术并不能像普列汉诺夫那样，把它仅仅归属于感性的范畴。因此，我们也不能片面地把作家的感性作用提高到比作家的思想意识更高的地位，尤其不能把所谓主观精神问题，扯到'生命力'问题之类的生物学的问题上去。"③他认为，这样说，并不是要抹杀或轻视感性或感性作用在文艺创作过程中的地位，"文艺既然是形象性的艺术，因此就不能仅仅凭藉于抽象的思维，同时必须通过形象的（感性的）思维去创造出活生生的形象，所以对于作家提出感性的要求自然是必要的"。④

邵荃麟的分析的基础是列宁对感觉与思维的关系的认识，列宁认为，感觉、印象等是事物的直接反映，但思维是在感觉、印象的基础上对事物的本质的认识。列宁的分析是对马克思和恩格斯的理论的发展，马克思和恩格斯既反对黑格尔的唯心主义把历史看成是人类主观精神的发展，也反对费尔巴哈的直观唯物论把人类主观仅仅限于客体的或直观的形式，局限于抽象的人类本质，没有从实践方面去理解。因此，在邵荃麟看来，在《关于费尔巴哈的提纲》中对感性对象和感性作用的强调的最后的根源是革命实践，这是区别辩证唯物论和其他一切乱七八糟的唯物论的根本点，因此所谓取得感性或加强感性的惟一途径就是展开"实际的活动"或"革

---

① 荃麟：《论主观问题》，载《大众文艺丛刊》1948年第5辑。
② 同上。
③ 同上。
④ 同上。

命的实践"。

邵荃麟认为,当胡风说思想必须化合为感性的机能时,他是在感觉和概念之间划开了一道鸿沟,把认识的过程颠倒了过来,不是由感觉上升为思维,而是"从理性的认识前进到感性的认识,从逻辑的思维前进到感性的深入",因此,更深刻渗透进事物、反映事物本质的,不是像列宁所说的是思维,而是感性机能本身。在这样的理解下,即使胡风声明了"感性的对象,不但不是轻视了或放松了思想的内容,反而是思想内容更尖锐的更活泼的表现"①,但实际上,却是把思想的作用贬抑到感性作用下面去了。"作家不是藉思想与思想方法去具体研究他的对象,而是凭藉其感性机能去感受万物,而所谓批判的意义,也贬降为仅仅是作家'同感精神的肯定与反感精神的否定'了。"② 因此,对于作家来说,重要的不是思想改造和与人民结合,而是强烈的感性机能的问题,不是实践,而是主观精神的搏击。"作家为什么不能创造出有力的作品呢?因为是作家感觉麻木了,作家为什么不能深入到庞大的人民中去呢?因为是感性机能衰退了。彷佛文艺衰落与强旺的原因,是一个作家感性机能的强弱问题,或生命力的强弱问题,这样就把问题从社会学的观点,扯到生物学的观点上去了。"③

邵荃麟认为,作家的主观,固然是一个重要的问题,但却不能仅仅从主观观念本身去解决,而应当通过革命的实践来解决。"马列主义者是思想与实践的统一论者,因此,作家的主观问题必须在客观社会实践中才能得到改造与提高。我们的问题的提出,不应是凭空地向作家去要求什么样的主观,而应该具体地要求作家去怎样实践,怎样从实践去取得所要求的主观。所以毛泽东在《论文艺问题》的引言中,固然首先提出作家的立场问题、态度问题等,而在解决这些问题的结论中,却把问题中心转移到为群众和如何为群众这个根本问题上来,这是很明白的。"④

当邵荃麟用"实际的活动"或"革命的实践"来讲感性对象和加强感

---

① 胡风:《置身在为民主的斗争里面》,载《希望》1945年第1集第1期。
② 荃麟:《论主观问题》,载《大众文艺丛刊》1948年第5辑。
③ 同上。
④ 同上。《论文艺问题》指毛泽东《在延安文艺座谈会上的讲话》,参见本书第14页注释。

性时,当然在基本立场上是没有问题的,但马克思在这一问题上的论述似乎并没有这么简单,马克思在强调应当从实践立场去理解感性时,正是为了克服旧的唯物论对人的感性和主观能动性的忽视。他认为,"从前的一切唯物主义(包括费尔巴哈的唯物主义)的主要缺点是:对对象、现实、感性,只是从客体的或者直观的形式去理解,而不是把它们当做感性的人的活动,当做实践去理解,不是从主体方面去理解。因此,和唯物主义相反,能动的方面却被唯心主义抽象地发展了"。① 这也是胡风在强调文艺的感性作用时的理论来源之一,即如何从"感性的活动"方面去理解对象、现实和感性。

胡风对文艺的感性作用的强调和对作家在创作中的主观作用的强调就脱离了"实际的活动"和"革命的实践"了吗?如何认识胡风对文艺的感性作用的强调呢?在回答"香港批判"中邵荃麟等人关于唯心论的质疑时,胡风有意识地从马克思和恩格斯的论述中汲取了资源,尤其是马克思和恩格斯在《关于费尔巴哈的提纲》、《德意志意识形态》和《路德维希·费尔巴哈与德国古典哲学的终结》中关于人的感性活动的论述。马克思认为,费尔巴哈跟"纯粹的"的唯物主义者相比有一个很大的优点,就是他也承认人是"感性对象","但是,他把人只看做是'感性对象',而不是'感性活动',因为他在这里也仍然停留在理论的领域内,没有从人们现有的社会联系,从那些使人们成为现在这种样子的周围生活条件来观察人们——这一点且不说,他还从来没有看到现实存在着的、活动的人,而是停留于抽象的'人',并且仅仅限于在感情范围内承认'现实的、单个的、肉体的人',也就是说,除了爱与友情,而且是观念化了的爱与友情以外,他不知道'人与人之间'还有什么其他的'人的关系'。他没有批判现在的爱的关系。可见,他从来没有把感性世界理解为构成这一世界的个人的全部活生生的感性活动"。② 胡风在《论现实主义的路》一书中大

---

① 马克思:《关于费尔巴哈的提纲》,见《马克思恩格斯选集》第1卷,人民出版社1995年版,第54页。
② 马克思、恩格斯:《德意志意识形态》,见《马克思恩格斯选集》第1卷,人民出版社1995年版,第77—78页。

段地引用了马克思的这段话,而他的论述也是以这段话为基础的。

胡风认为,战斗的唯物论是要在历史里面看见人的,而这个人是需要从经验论及唯物论出发去认识的,需要从"社会的关联"和"生活诸条件"中去认识。"人的活动是什么?人的劳动生产和社会斗争。劳动生产结成了社会的关联,创造了生活诸条件,社会斗争又改变社会的关联,再创造生活诸条件。这就是'感性的世界'。人是经营着这样的活动的感性的对象。""因此,人不但是客观的'感性的对象',而且还同时是主观的'感性的活动',或者叫做'对象的活动'(《论纲》)。"① 但是,胡风认为,即使某些唯物主义者比费尔巴哈进了一步,看到了人的"社会的关联"和"生活诸条件",看到了感性的世界由人的活的感性的全部活动所形成,也不过是更完全地把人当做"感性的对象"而已,还是没有真正地从唯物主义的角度去理解人。因为,胡风认为,这些"社会的关联"和"生活诸条件"还没有反过来作用于人,形成主观的感性的要求,推动人去从事劳动生产和社会斗争,形成具体的历史的人。"人所结成的'社会的关联'和人所创造的'生活诸条件'又创造了人,丰富了人,那些又通过千万的路径反转过来变成了人的内容,形成了他的主观的感性要求,去从事劳动生产和社会斗争。人创造了感性的世界,这感性的世界又是活在人的'活的感性的全活动'里面的。这样,人就成了具体的人,成了'感性的活动'。"② 胡风把他的"主观论"安置在唯物论中意识反作用于物质这一层面,也就是他所说的"社会的关联"和"生活诸条件"反过来作用于人,变成人的内容,推动人去从事劳动生产和社会斗争。正是在这一方面,他为自己的"主观论"找到了理论上的合法性,也就是说,"感性的世界"必须活在人的"活的感性的全活动"里面。也正是在这一点上,他认为提倡"主观战斗"、"人格力量"、"情绪的饱满"是发扬唯物主义中能动的一面,是与唯心论或所谓的唯生论无关的。

对于现实主义的作家来说,这种从"感性的对象"到"感性的活动"

---

① 胡风:《论现实主义的路》,见《胡风全集》第 3 卷,湖北人民出版社 1999 年版,第 520—521 页。

② 同上,第 521 页。

的过程就是必须发扬主观战斗,和对象进行血肉搏斗的过程,是必须在创作过程里面实现的,也就是说,"从对于客观对象的感受出发,作家得凭着他的战斗要求突进客观对象,和客观对象经过相生相克的搏斗,体验到客观对象的活的本质的内容,这样才能够'把客观对象变成自己的东西'而表现出来。在现实主义者,创作过程是一个生活过程,而且是把他从实际生活得来的(即从观察它和熟悉它得来的)东西经过最后的血肉考验的、最紧张的生活过程。"① 因此,思想必须化合为感性的机能,"思想(意识),不能是逻辑公式平面上的'思想',非得成为'意识的存在',即从现实要求来的主观的要求不可。"② 主观公式主义者的"思想"没有成为"意识的存在",没有在他的"感性的活动"里面生根,所以不能走进这个过程;客观主义者走向了客观对象,但由于他没有凭着战斗要求的"感性的活动"去进行对于客观对象的把握,所以也没有走进这个过程,只是站在客观对象外面,最好的也不过把客观对象当做"感性的对象",不能把握到那作为"感性的活动"的真实内容。胡风认为,这是主观公式主义和客观主义在理论上反现实主义的来源。

胡风虽然在马克思和恩格斯的唯物论中为自己的理论找到了切入点,但他的主观论的提出,即"主观战斗精神"、"精神奴役创伤"、"人格力量"等概念的提出是不是一开始就是严格来自马克思和恩格斯的传统呢?事实并不是这样,这些概念的提出并不是一种理论上的推演,而是有着强烈的现实针对性的,而且它的概念和术语也是在跟当时的各种话语的对话中浮现出来的。正像胡风所说的,这些概念和提法"原也是当做'奴隶的语言'用用的",也就是说,是在当时现有的概念和提法上对自己思想和立场的表达。作为一种"奴隶的语言",这些术语承载着各自的意义、历史和意识形态色彩,它们是可以讨论的,也可以弃置不用,"把这一类说法立案注销,也非始不可"③,但虽然如此,却还是不能取消这些概念和提法背后的那个问题本身。那个问题是什么呢?在胡风看来,那个问题就是

---

① 胡风:《论现实主义的路》,见《胡风全集》第3卷,湖北人民出版社1999年版,第523页。
② 同上,第521页。
③ 同上,第532页。

革命的主义必须化为作家的实践意志,凭着它去深入现实、把握现实、克服现实,"因为历史的要求只有通过人这'感性的活动'去争取实现,只有变成了人的血肉要求才有可能深入客观对象,把握客观对象,克服客观对象(创造活动),甚至踏着铁蒺藜前进的。"① 正是在这一点上,胡风对自己强调主观战斗精神的主张抱有强烈的信心,因为"奴隶的语言"下面针对的那个现实问题是有力的。"'主观的战斗要求是唯心论',就是这么一个'唯'法,'精神重于一切的道路',就是这么一个'重'法,'把艺术创作过程神秘化的倾向',就是这么一个'化'法的。别的任何东西都可以而且应该'无条件'抛弃,但这一点'唯'或者叫做'重'或者叫做'化'的,却是无论冒什么'危险'也都是非保留不可。那一切的'无条件'原来不正是仅仅为了争取这个惟一条件的么?"② 而且胡风认为:"在我的经验上,像这一类迂回的'奴隶的语言',不论那所有的含义多么微不足道,也不论那说法里面有多少缺点多少错误,但对于有历史感受的平常人,至少对于作者的用心大都是感受得到,理解得到的。"③

虽然论证了自己关于"主观论"的文艺思想在马克思主义的唯物论中是存在理论上的根据的,对于自己在文章中引用马列主义的术语,而招致的"处处以马列主义的文艺思想自命"的指责,胡风还是作出了解释:"虽然在我自己是作为理解实际问题的帮助,但其实是不必这样的。不过,这样做也有原因。当时,甚至在马列主义著作里面常见的用语都成了问题,例如'感受'、'渴望'、'人格'等词语,都被看成了'唯心论'的证据,这就会愈弄愈发生枝节。现在引用一下,至少在用语上面总可以免掉一些不必有的误解的。"④

但是,引用马列主义的术语会不会产生问题呢?胡风的"主观论"是不是能避免舒芜在理论上的错误,和马克思主义对主观能动性的强调完全

---

① 胡风:《论现实主义的路》,见《胡风全集》第3卷,湖北人民出版社1999年版,第532页。
② 同上,第556页。
③ 胡风:《为了明天·校后附记》,见《胡风全集》第3卷,湖北人民出版社1999年版,第454页。
④ 胡风:《论现实主义的路·写在后面》,见《胡风全集》第3卷,湖北人民出版社1999年版,第572页。

一致呢？在用"感性的活动"来论述作为创作对象的人时，我们可以发现这里面的分歧。胡风认为，"创作的对象是人，即感性的活动，因为，'人的本质是社会关系的总体'。或者用常识的话说：'活的人，活人的心理状态，活人的精神斗争。'创作完成了以后的人（人物），更是感性的活动，因为，文艺所要求的是'典型环境里的典型的性格'，甚至还应该是被创作加工所提高了的。或者用常识的话说：'一代的心理动态。'"① 在马克思讲人的活动本身是对象性的，应当当做"人的感性活动，当做实践"② 去理解的地方，胡风"用常识的话"就直接转换成了创作中的"活的人，活人的心理状态，活人的精神斗争"，或者"一代的心理动态"。支撑胡风对马克思主义的主观方面的能动性的解释的是从创作过程而来的对心理因素的重视，他把这种创作过程中心理现实主义的理论框架取代了马克思主义对于变革的实践的强调。

如何正确地理解和阐释马克思在《关于费尔巴哈的提纲》中提出的关于能动的唯物主义和旧的唯物主义的区别呢？如何从对象性的活动角度来理解人的主体、自然和感性等方面呢？马克思和恩格斯只是在早期的著作中涉及了这一话题，但立即把它归之于实践问题。列宁在批判经验主义时曾经说过："在'经验'这个字眼下，毫无疑问，既可隐藏哲学上的唯物主义路线，也可隐藏唯心主义路线，同样既可隐藏休谟主义路线，也可隐藏康德主义路线，但是不论把经验规定为研究的对象，还是规定为认识的手段，都还没有解决这方面的任何问题。"③ 在马克思、恩格斯、列宁、斯大林的这个传统中，革命的实践在改变世界和世界中的人方面拥有的巨大力量，使得实践过程中的主体性问题相对而言弱化了，没有得到充分的探讨。主体性的问题在被称为"西方马克思主义"的那个传统中得到了更多的探讨，卢卡奇、葛兰西、阿尔都塞等人都在这一领域作出了自己的贡

---

① 胡风：《论现实主义的路》，见《胡风全集》第3卷，湖北人民出版社1999年版，第533页。

② 马克思：《关于费尔巴哈的提纲》，见《马克思恩格斯选集》第1卷，人民出版社1995年版，第58页。

③ 列宁：《唯物主义和经验批判主义》，见《列宁选集》第2卷，人民出版社1995年版，第114页。

献。如果说葛兰西的领导权理论和阿尔都塞的意识形态理论背后都有一套支撑它的体系，那么胡风的"主观论"只是一种文艺创作论，是从创作过程和创作实践而来的，借用胡风经常引用的鲁迅的话来说，是"凭着实感"的。作为一种态度和立场，它的背后并没有一个足以支撑它的理论的框架，这也就是邵荃麟等人批评"主观论"只是一种"态度问题"的原因。"主观论者的理论，讲来讲去，总不外一个人做人态度的问题，主观精神强弱的问题，而且把这作为文艺上贯穿一切的问题来看待了。"①

在胡风研究中，很多学者都注意到了胡风"主观论"中的特殊性，并对这一问题进行了研究，认为对作家主观作用的强调是胡风的现实主义特有的内容。严家炎先生认为，"在历来的现实主义文学理论家中，还没有哪一个人像胡风这样把作家主观作用强调到如此突出的程度"，并因而把胡风的现实主义称为"体验的现实主义"②。在概念的命名上，后来的学者也有过不同的建议，徐文玉称之为"主体体验的现实主义"或"主体性的现实主义"③，魏绍馨称之为"人本主义的现实主义"④，梅琼林则称之为"启蒙现实主义"⑤。洪子诚在讲当代文学的资源时，也认为胡风和冯雪峰的思想观点中最重要的两点，除了强调"作家创作的'主观和客观的融合'，强调作家的主观意志、主观精神在创作中的重要性"，另外重要一点就是"强调感性生活"，"强调作家实践的生活意志"。因此，胡风和冯雪峰的现实主义"是一种更强调感性体验，强调表现中国人的感性生活，并从那里面发掘革命的生命力的左翼文学"⑥。

如何认识胡风文艺思想中的这种独特性，如何在马克思主义的传统中对之作出适当的评价呢？对胡风在马克思主义传统中地位的评价当然也是

---

① 荃麟：《论主观问题》，载《大众文艺丛刊》1948年第5辑。
② 严家炎：《教训：学术领域应该"费厄泼赖"》，载《文学评论》1988年第5期。
③ 徐文玉：《胡风论》，湖北人民出版社2005年版，第125页。
④ 魏绍馨：《人文主义的现实主义文学创作论——胡风文学思想评议》，载《中国现代文学丛刊》，1988年第4辑。
⑤ 梅琼林：《胡风现象：启蒙现实主义的理论建构》，载《山西师大学报》（社会科学版）1998年第1期。
⑥ 洪子诚：《问题与方法：中国当代文学史研究讲稿》，三联书店2002年版，第287—290页。

跟对中国化的马克思主义在整个马克思主义传统中的地位的评价联系在一起的。很多研究者都指出了毛泽东在农民问题上独到地发展了马克思主义①，齐泽克在评论马克思主义发展史时认为，从马克思到列宁以及从列宁到毛泽东的发展是马克思主义发展史上的两次重要转折，这两次转折都对原有的理论有所发展："革命从最先进的国家转变到一个相对落后的国家——革命发生在错误的国家；革命的主要力量也从工人阶级变成了农民。"② 毛泽东思想在新的环境中创造性地发展了马克思主义，在当时和后来的许多历史时刻无疑都对国际国内的共产主义运动产生了深刻的影响，它也是后来的西方马克思主义理论创新的资源之一，对毛泽东思想在马克思主义传统中的地位的研究也一直是大家关注的话题。《在延安文艺座谈会上的讲话》作为毛泽东思想在文艺问题上的体现，背后是有毛泽东关于农民问题、中国社会的性质问题等的理论作为支撑的，它无疑可以被看做中国马克思主义文论史上的重要文献而进行研究。但当我们把胡风的"主观论"看做是"中国三四十年代左翼文学理论发展的最高成就"③，或者认为"就其理论实质而言，达到了中国的马克思主义现实主义所能达到的最高水平"④，或者在当时世界的马克思主义文学理论的范畴里，把他与卢卡奇、布莱希特相提并论，认为"卢卡奇、胡风、布莱希特各自的理论特色显示马克思主义文艺理论在东欧、西欧和东亚中国三个地区三种不同形式的发展"⑤ 时，我们认为，胡风的"主观论"本身并不足以代表中国马克思主义文艺理论在这一阶段的发展，在跟其他的马克思主义文艺理论的思想和体系进行比较时，它本身及其背后并没有这样一套相当的足以支撑起这种评价的理论和观念体系，它只是当时中国国统区的马克思主义者应对

---

① 如 Benjamin I. Schwartz: *Chinese Communism and the Rise of Mao*, Cambridge: Harvard University Press, 1951；裴宜理（Elizabeth J. Perry）：《中国人的"权利"概念》，载《国外理论动态》2008 年第 2 期。
② Slavoj Zizek, Introduction of *On Practice and Contradiction*, Verso: London and New York, 2007, pp. 1 – 2.
③ 徐文玉：《胡风论》，湖北人民出版社 2005 年版，第 102 页。
④ 陈思和：《胡风对现实主义理论建设的贡献》，载《海南师院学报》1997 年第 2 期。
⑤ 艾晓明：《胡风与卢卡奇》，载《文学评论》1988 年第 5 期。

现实问题发展马克思主义所作出的努力中的一种，它和国统区其他马克思主义者的理论实践一起，构成了国统区左翼知识分子马克思主义中国化的努力。

艾晓明认为，胡风的马克思主义文艺思想最重要的来源和独立的品格来自于中国左翼文文学理论自身内部生成的历史，国统区与解放区"环境与任务"的差别是胡风文艺思想合理性的依据，"承认在解放区与国统区之间有着不同时代的差异，我们就可以说，作为'灰色的战场'上文艺思想斗争结晶的胡风文艺理论正由于抵制了左倾机械论的种种倾向而显示出充分的历史合理性"①，这当然是从历史研究的角度出发抓住了胡风文艺思想的特殊性，但把胡风和卢卡奇、布莱希特并列，认为他们代表了当时国际上马克思主义文艺理论发展的最高成就这一观点，显然是并没有在中国左翼文艺的传统中、在中国马克思主义的传统中、在当时的历史条件下对胡风的文艺思想的特殊性作出比较准确的理解和分析。

---

① 艾晓明：《胡风与卢卡奇》，载《文学评论》1988年第5期。

第七章 结 论

　　胡风对创作中作家主观能动性的强调，以及因此而衍生出的胡风、舒芜、路翎等人的"主观论"，在20世纪40年代成为一个问题，成为争论的对象，是跟当时的社会现实和思想界的状况紧密联系在一起的，是在跟各种思潮和话语的对话中浮现出来的，是在左翼的框架内对当时的思想和社会问题所作的回应。他们的一些概念和主张，都留有那个时代特定的印记，如果离开了郭沫若20世纪40年代新的儒墨研究在左翼阵营引起的争议，我们就无法理解主观论中"个性解放"的要求对胡风和舒芜等人来说具有的特殊内涵，以及他们在提出这一要求时在理解理论和现实问题上的某种局限。如果离开了"才子集团"的"生活态度论"的具体理论主张，我们就无法理解胡风"感性的对象"这一概念的提出的历史背景，无法理解这一概念在胡风自身理论发展中所处的位置。而这一切，如果离开了"战国策"派和其他各种思潮和政治力量用"民族的"标准对马克思主义的"阶级"和"国际主义"标准的挤压，我们就无法理解强烈的爱憎以及对人的主体能动性的强调在马克思主义中国化和反教条主义的框架中所具有的意义。总之，离开了特定的历史背景，抽象地把"主观论"置于美学的或文学的理论框架中，我们就很难对它作出准确的评价。

　　对主观能动性、对强烈的爱憎的诉求在一定程度上是跟战争在人民心理上造成的影响联系在一起的，战争使民族、国家以及诸如此类的抽象的概念成为民众切身的体验,成为爱与憎的情感的直接对象。正如舒芜在《辞"理想"》一文中所写的:"抗战八年,一切比个人更高更大的存在,例如民族、祖国、历史、人民,都在最感性的形式上显现出来了。它迫使人们不得不感到它,不得不被它吸引。它把人们造成为理想主义者。"① 路翎在《财主底儿女们·题记》中也写到,青年们对周遭纸糊的宫殿和掩藏着的监牢的斗争和抵抗,"自然要,也必得和这个世界上的那种深沉的、广漠的,明确而伟大的东西联接在一起",而假如这些青年们在前进了几步就期待着一劳永逸,艳羡起那些纸糊的宫殿和阴暗的监牢来,"那么,不管他们脸上是挂着怎样的笑容或眼泪,他们都必得被继起的人们,以那个伟大的东西的名字,重重地击倒"。② 那么,如何理解这些"比个人更高更大的存在"、这些"伟大的东西"在感性层面的显现呢?它和"主观"、"强烈的爱憎"这些诉诸人的感性层面的词语的出现,有着什么样的联系呢?

应该说,抗日战争中国土沦丧、人民被迫颠沛流离、离乡背井的严酷现实是使国家、民族这些原本抽象的概念成为和民众血肉相连的感性认识的经验基础,由切身的经历而带来的对家国的爱和对入侵者的恨在民众中是最容易被唤醒的情感,这种情感或情绪也是各种政治力量、各类思想派别、各个文化团体争取和诉求的对象,或者说,是它们必须面对的社会问题的一部分。如果它们不能在这些问题上发言,不能占有话语权,它们的诉求就会显得苍白无力,就会失去合法性。在这种情形下,对民众的积极的精神性力量,对强烈的爱憎之情的诉求,在各个领域都是普遍的,它并不是左翼知识分子的专利,而高涨的民族主义的爱恨情仇的情绪也往往被各种力量用来当做挤压和攻击以阶级和国际主义为诉求的马克思主义者的工具。

《大公报》在1943年上半年发表了《我们还需要加点劲》、《提高人的因素》、《提供一个行为的基准》等系列文章提倡"爱、恨、悔"的运动,

---

① 舒芜:《辞"理想"》,载《呼吸》1946年创刊号。
② 路翎:《财主底儿女们·题记》,见《财主底儿女们》,人民文学出版社2004年版,第2页。

要求造成一种新的风气，振奋民众的士气。萧一山在评论文章中认为，这些文章"都是以爱、恨、悔为三种精神元素，想给现今沉闷萎疲的人心激荡一股活力，为当前艰难坎坷的国运打开一条生路，已引起不少读者的共鸣。足见爱的嫩苗，恨的利剑，悔的热泪，还隐藏在人心中而未死，我很希望它能成为我国的一种革心运动，和国民革命运动配合起来，以达到建国复兴之目的。"① 而林同济也认为，《大公报》这种对爱、恨、悔的运动的提倡，"其志其言，与我心心相印"，并且认为，"中国问题，千头万绪。归根结底，一切在'人'。人的革新，也千头万绪，而新的人生观的建立是必需的条件。"② 当然，相似的对"爱、恨"这些情感的诉求并不仅仅是停留在抽象的情感层面的，它们都在自己的一套话语体系中展开，有自己的明确的价值取向。

对林同济来说，他的"新的人生观"是跟他特定的民族主义理论联系在一起的，在他的封建、列国、大一统的文化三阶段论中，民族主义是列国阶段特有的产物，它用"内外之分"，即所谓"民族的或国家的"标准对立于封建时代的"上下之别"，也就是他所说的贵贱阶级的标准。林同济认为，"列国时代一切价值的基础，不在于'上下之别'，乃在于'内外之分'。上下之别虽不完全泯灭，但是降到次要地位了。此时社会上的意识，不注重贵贱阶级之互异，而最注重国与国间的区别。所以外战可以消除内争，攘外足以安内。"③ 在历史和哲学的探讨之下，"战国策"派的民族主义是直接把马克思主义的世界主义当成自己的对立面的，在评论第三国际解散的文章中，他们认为，"现在的世界，正是民族主义的时代，不是世界主义的时代"。④

在这样特定的民族主义框架中，"战国策"派提倡感情主义，提倡爱与恨的情感运动，认为，"在民族主义高涨的时代，也应当是感情主义高

---

① 萧一山：《爱、恨、悔的辩证道理》，载《大公报》1943年5月10日。
② 林同济：《请自悔始》，载《大公报》1943年4月18日。
③ 林同济：《民族主义与二十世纪——一个历史形态的看法》，程国勋记，载《大公报》，《战国》副刊1942年6月17日。
④ 《第三国际正式解散》，载《民族文学》1943年第1卷第2期。

涨的时代。民族主义最需要的，不是爱国的'道理'，而是爱国的'感情'。能够'爱'的人，一定是能够'恨'的人，也只有能够'恨'的人，才是能够'爱'的人。恨与爱都是道理讲不彻底的，然而它们却是眼前的事实，内在的情怀。伟大的民族运动，应当是爱与恨的感情运动。"① 但实际上，这种爱与恨的感情运动是在"民族的"范围内展开的，它的直接对立面是马克思主义者的国际主义和阶级论，他们指责后者口头上说在保卫自己的祖国，实际上是破坏自己的祖国，去保卫别人的祖国。②

国民政府对民众精神力量的动员也是多方面的，新生活运动、国民精神总动员和对传统儒家文化的提倡都是具体的表现。蒋介石在《中国之命运》中论及建国工作之基本点时，把心理建设和伦理建设一起放在五项建设的起点，而把新生活运动当成各项建设的总运动。在心理建设方面，他认为，"要我们的国民积极创造，自主自动，务化冷酷的态度为热烈的进取情绪，更化消极委靡的精神为积极果敢的行动，养成整齐严肃践履笃实的风气，方能巩固革命建国的心理"。③ 当然，他这种对热烈的情绪和积极的情感的提倡，是在以"忠孝"为基础的四维八德的伦理框架中展开的，并且，马克思主义在其中是以对立面的形式出现的。在《中国之命运》中，蒋介石是把自由主义和共产主义看成中国文化的对立面的，认为它们是对外国学说的屈服，损害了中国文化的精神和中国的实际利益。他认为，自由主义与共产主义，"不外英美思想与苏俄思想的对立，这些学说和政论，不仅不切于中国的国计民生，违反了中国固有的文化精神，而且根本上忘记了他是一个中国人，失去了要为中国而学亦要为中国而用的立场"。④

由于国际国内形势的变化，当各种政治势力和话语都用自己的方式来对民众进行精神性的动员，并且明确地以"民族的"标准对立于马克思主义的阶级的和国际主义的标准时，进步阵营和马克思主义者也必须创造自

---

① 陈铨：《感情就是一切》，载《民族文学》1943 年第 1 卷第 4 期。
② 《第三国际正式解散》，载《民族文学》1943 年第 1 卷第 2 期。
③ 蒋介石：《中国之命运》，正中书局 1943 年版，第 131 页。
④ 同上书，第 74 页。

己的相应的语言,积极应对。当然,自马克思主义传入中国以来,它跟各种思潮包括民族主义的交锋从来就没有停止过,但在抗日战争时期,不管是在理论上还是实践中,民族主义都给它带来了最大的压力。毛泽东在1938年的《中国共产党在民族战争中的地位》一文中提出:"国际主义的共产党员,是否可以同时又是一个爱国主义者呢?我们认为不但是可以的,而且是应该的。爱国主义的具体内容,看在什么样的历史条件之下来决定。"① 他认为,共产党员是国际主义的马克思主义者,但是马克思主义必须和我国的具体特点相结合并通过一定的民族形式才能实现,把国际主义的内容和民族形式分离开来,是一点也不懂国际主义的人们的做法,我们要把二者紧密地结合起来。正是在这一基础上,他提出了"民族形式"的主张,提出要建立"新鲜活泼的、为中国老百姓所喜闻乐见的中国作风和中国气派"。②

当由此而引发的关于"民族形式"的讨论在国统区进步阵营中轰轰烈烈地展开时,我们也可以看到,其他思潮也在使用类似的语词,而且在中国化方面那些以民族主义为旗号的思潮似乎更具合法性。1943年,陈铨提出的民族文学运动的基本原则是"用中国的题材,用中国的语言,给中国人看"③,在相似的字眼下面,左与右、政治与思想立场的差异似乎只有一步之遥。应该说,"民族形式"是马克思主义中国化在文艺领域的一种努力,但这一过程充满了复杂性,进步与落后、先进与陈腐,这些原本确定的东西在这一过程中界限变得模糊,需要重新作出界定。夏衍在下面这段话中描述了中国化问题在进步文艺阵营引起的混乱:"抗战前后文艺家大谈'唯物辩证法的创作方法',活剥生吞,言必希腊,造成了极端脱离中国现实的一时现象,可是一转眼,'中国化'问题一提出,文艺青年的视线从极左摆到极右,言必'民族',甚至连文章里有一两句讲得精密正确一点的语句,也被骂为太洋化,不够中国气派了。'欧化'变成了不漂亮

---

① 毛泽东:《中国共产党在民族战争中的地位》,见《毛泽东选集》第二卷,人民出版社1991年版,第520页。
② 同上,第534页。
③ 陈铨:《民族文学运动》,载《民族文学》1943年第1卷第1期。

的名词，性急的朋友赶快去找民间形式，即便在文艺的范围之内吧，五四以来好容易躺了下去的陈腐形式乃至思想，又开始蠕动了。"①

我们可以看到，跟 20 世纪 30 年代辩证法和唯物论在社会科学领域的所向披靡不同，1943—1945 年间，由于民族危机和民族主义问题，马克思主义是遭遇了一定程度的困难局面的，中国化作为一个问题的提出可以看做是对这一困难局面的反应，而中国化问题本身导致的混乱则使很多人关注内部的整肃问题，也就是反对马克思主义中的教条主义问题，就像陈家康所说的："两年来，我们要整顿三风，要肃清以教条主义为其主要特征的主观主义。"② 在文艺问题上，胡风认为："这就急迫地要求着战斗，急迫地要求着首先'整肃'自己的队伍，使文艺成为能够有武器性能的武器。有武器性能的武器才能够执行血肉的斗争，是血肉的斗争才能够和广大人民的血肉的斗争汇合，使广大人民的血肉的斗争前进，削弱以至击溃那个大逆流的攻势。"③ 这一时期左翼阵营中发表的各种反对教条主义的文章大都指向了内部存在的思想上的软弱无力倾向，而"主观"、"感性"、"强烈的爱憎"等主张的提倡也必须从这一角度得到理解，必须被看做是对这样一种困难局面的反应，那就是左翼从自身内部出发，试图寻找革命的新动力。

什么是马克思主义中的教条主义呢？郭沫若的新的儒墨研究在左翼阵营引起了普遍的不满，舒芜和陈家康都把它看成是教条主义的表现，但我们也可以看到，反对马克思主义史学中的教条主义同样是郭沫若的儒墨研究标举的旗帜。郭沫若的儒墨研究一方面要反对新史学阵营中存在的教条主义，另一方面也要反对之前的观念论史学，要求在古代社会制度和物质文化的研究的基础上给儒墨以适当的定位。通过对郭沫若 20 世纪 40 年代儒墨研究的探讨，以及胡风和舒芜在针对郭沫若的儒墨问题上的主张的探讨，我们发现，胡风和舒芜等人似乎并没有能够正确认识郭沫若的儒墨研

---

① 余约（夏衍）：《我们还要大胆地摄取》，载《群众》1943 年第 8 卷第 10 期。
② 陈家康：《唯物论与"唯物的思想"论》，载《群众》1943 年第 8 卷第 16 期。
③ 胡风：《逆流的日子·序》，见《胡风全集》第 3 卷，湖北人民出版社 1999 年版，第 172—173 页。

究在当时的复杂性，只是根据表面的对儒学的积极的评价和对墨学的部分否定就断言郭沫若在马克思主义立场上出了大问题，这至少说明"主观论"对现实问题的评估，也就是他们所认为的左翼阵营内部的主观主义和教条主义问题，其中的部分内容是需要我们重新辨析的，不能直接就当成现实存在的问题。在舒芜方面，"个性解放"要求的提出主要是因为郭沫若的儒墨新评价被当成了马克思主义阵营内教条主义的代表，这由此看来似乎就缺乏了足够的理论说服力。

"生活态度论"和胡风等人的"主观论"对"感性生活"、"强烈的爱憎"、"积极的主观"的提倡，是从反对左翼阵营中的教条主义出发的，试图发扬史的唯物论中能动的部分，而对人的主体性因素中情感性的、能动的一面的强调在当时的左翼阵营似乎也是普遍的。黄药眠虽然对胡风和舒芜的文章提出了批评，但他也肯定了要发扬积极的主观精神，只是认为胡风和舒芜的文章在马克思主义的基本理论问题上理解不正确。茅盾和邵荃麟在"生活态度论"提出的时候对生活态度和感性生活的提倡也是基本赞同的。也正是在这样一种氛围中，我们才可以理解华岗从爱和憎的角度对中国作风和中国气派作出的这种阐发："对于中华民族和中国人民，必须有高度的爱，而对于中华民族和中国人民的敌人，必须有深切的憎，这也是创造中国作风和中国气派所不可缺少的因素。因为无论处事理物，无论作文演说，要能真正打动老百姓的心坎，取得老百姓的共鸣或响应，就必须具备这种分明的爱和憎，而不只站在漠不关痛痒的旁观地位。"①

强调爱憎和痛痒，以反对左翼阵营内的教条主义，在这一点上似乎"生活态度论"和"主观论"有很多共同点，很多关于20世纪40年代胡风文艺思想的研究都涉及了"才子集团"的"生活态度论"，但"才子集团"的成员在1948年的香港批判中却似乎成了批判胡风等人的"主观论"的主要力量，因此和"生活态度论"的比较就成了后者背叛当初理想的证据，而"主观论"的一致性和正当性也似乎因之得到了不容置疑的证明。因此，厘清"生活态度论"的具体主张及其在"香港批判"中转变的原

---

① 华岗：《我们应该怎样来表现中国作风和中国气派？》，载《群众》1943年第8卷第10期。

因，似乎对我们全面理解"主观论"就具有了重要的意义。

作为同时在《中原》杂志上发表文章探讨文艺创作中的主客观问题的撰稿人，蔡仪在介绍国统区的文艺论争时，认为"生活态度论"和"主观论""显然是不一样的"，"主要是'主观论'影响较大，争论较多，历时也较久，可以说是当时文学争论的主要问题。而'生活态度'问题则是个别人的一时的意见，因而性质不同。"① 蔡仪的这种判断跟他在文艺的主客观问题上所持的立场有没有关系呢？蔡仪发表在《中原》创刊号上的文章《艺术的主观性和客观性》，也被很多关于抗战时期的文学选本放在"主观论"问题讨论的标题之下，但我们可以看到，它关注的问题跟"生活态度论"和"主观论"是完全不一样的。蔡仪认为，艺术既有主观性又有客观性，二者是对立统一的。"根据客观现实的差别而生的主观认识上的差别，或者说因为主观意识的特殊条件而反映的客观现实本质的特殊属性、侧面，这就是艺术的主观性和客观性，是对立的统一，而且，是以客观性为基础的。"② 蔡仪的这种论述在现实主义文艺理论的框架内应该说是非常全面和稳妥的，但它缺少"生活态度论"和"主观论"针对现实问题发言的维度，并不是针对教条主义在思想和文艺上造成的苍白无力的局面而重新来谈文艺上的主客观问题，这种思想意识上的差异使我们很难认同蔡仪后来就"生活态度论"和"主观论"的性质所作的判断。

"生活态度论"受到了延安整风运动反对主观主义和教条主义的影响，但我们可以看到，它是在国统区特定的时间和空间中展开的，不管是乔冠华对生活的"广度、深度、密度"的提倡，胡绳对"感性生活"的提倡，还是陈家康对"自然生命力"的提倡，都试图解决国统区进步知识分子中存在的理论与实践相脱离的问题，反对主观主义和教条主义在知识分子思想上造成的僵化和文艺上的贫弱，也就是他们所说的"思想得太多，而感觉得太少"的无力状况。因为在他们看来，正是进步知识界本身的这种缺陷，使人的主体性中能动的、情感性的那方面，被国统区其他各种民族主

---

① 蔡仪：《理论、论争·序》，见《中国抗日战争时期大后方文学书系》第二编第一卷，重庆出版社1989年版，第12页。

② 蔡仪：《艺术的主观性与客观性》，载《中原》1943年创刊号。

义的、自由主义的、法西斯主义的思潮和政治势力"抽象地"发展起来了,因此,如何在马克思主义的框架内,发扬人的主体的、能动的、感性的一面,就成了与前者争夺阵地,在新的条件下发展马克思主义必须面对的一个问题。

"生活态度论"所涉及的文章大部分是在郭沫若1943年6月创刊的《中原》杂志上发表的,郭沫若此时正在从屈原研究向引起左翼阵营更多意见的儒墨思想研究进发,以反对左翼阵营中的主观主义和教条主义,探讨如何从唯物史观出发正确地评价中国古代的文化遗产。这或许也可以说明,在反对教条主义,提倡发扬唯物论中人的能动性方面,郭沫若也是站在这一行列中的。

胡风文章中"感性的对象"及其相关概念"感性的机能"的出现,也必须在这一背景下进行思考。"感性的对象"延续了胡风一直以来对文艺创作必须表现"活的对象"的强调,也就是说,作家在创作过程中必须通过向创作对象的"突进"和"搏斗",以"真实的爱憎"来表现"活的现实";而"感性的机能"则通过"自我扩张"、"自我斗争"、"自我克服"这些部分结合进了延安整风以来知识分子思想改造的新内容。也就是说,在"感性"这一标题下,知识分子思想改造的新内容和胡风之前对"主观"、"情绪的饱满"、"真实的爱憎"的强调并不矛盾,胡风通过这一对概念对他之前的理论主张进行了重新的表述,并针对现实问题增加了新内容。

但感性这一概念的使用与其说意味着胡风完全赞同和接受"生活态度论"在这一问题上的主张,不如说他赞同或者接受"生活态度论"背后那个共同的问题框架和问题意识,那就是在马克思主义框架内诉诸主体性中能动的层面来反对教条主义在思想上造成的僵化。胡风认为,乔冠华对生活态度的强调并没有触及精神上的深刻的自我斗争,因此是"轻飘即虚伪"的,而对生活的感受力和对热情的强调是必须和深邃的思想力量和坚强的思想要求结合起来的,但我们也可以看到,胡风这种思想力量和思想要求最终却是落实在人物波涛汹涌的精神世界里和对这种精神世界的把握上的。① 苏光文在评价"生活态度论"和"主观论"时认为，我们或许可以说，"这些文章在论述大后方文化思想界和文艺界出现的'文化的——精神的危机'时，过分强调了产生这一'危机'的主观因素，也过分强调了属于主观范畴的生活态度在克服这一'危机'过程中的作用"。② 这一评价仍然是非常中肯的。

冯雪峰在分析和评价主观论时强调了抗日战争取得胜利这一历史框架，应该说，在这一框架内，团结抗战的各种思潮和力量都是应当得到应有的评价的，对进步知识界自然可以用较高标准来作出评价，但这一评价也应该在这一广泛的基础上进行。冯雪峰认为，对于"主观论"应当从积极的时代意义上去看，得出积极的意义和加以领导的方向。"现在就正是革命发展，人民的力量和斗争高扬的时代，知识分子和青年和作家的某些热情的表现和要求，就不能不是反映或向往革命和人民的这种高扬的东西，也不能不是寄寓着文化和个性的解放、未来的生活和艺术理想之追求的东西；它不免要对教条主义和客观主义的思想态度抗议，但更本质的说，却更多是对于压迫青年的生机和热情的旧社会和恶势力的反抗，也是对于部分的知识分子的精神上崩落状态的抵制。这些情形，主要的应看做对于革命的接近和追求，而反映到文艺和文艺运动的要求上来是非常好的，也正为我们文艺所希望。"③

"主观论"在"香港批判"中第一次遭遇了公开的大规模的批判，但通过对相关史料的梳理，我们可以看到，"主观论"并不是"香港批判"的直接目标，也不是其惟一目标，这改变了以往研究中把香港批判视为围剿"主观论"的一场运动的视角。"香港批判"是在解放战争中共产党转入全面反攻的形势下，主要由国统区转往香港的知识分子发动的一场运动，目的是要改变文艺落后于革命形势发展的局面。为什么国统区的左翼文艺在解放战争中出现了落后于革命形势发展的问题呢？如果说国统区的

---

① 胡风：《青春的诗》，见《胡风全集》第3卷，湖北人民出版社1999年版，第266页。
② 苏光文：《大后方文学论稿》，重庆西南师范大学出版社1994年版，第193页。
③ 冯雪峰：《论民主革命的文艺运动》（中），载《中原、希望、文艺杂志、文哨联合特刊》，1946年第1卷第2期。

左翼文艺在抗日战争中起了反映抗战形势发展、推动团结抗战的进步作用，那么在解放战争中，在表现革命形势的新进展和表现翻身起来的作为历史新主体的"工农兵"方面，国统区的进步文艺界确实表现出了局限性，它无法及时地反映这一趋势，这当然是由它们所处的"一个时代，两个中国"的客观环境造成的。

但是悖论性的问题是国统区左翼为了革命和进步的要求，又在主观上非常迫切地试图反映这一趋势，这使这一时期涌现了大量的描写农村和农民问题的作品。由于客观环境的限制，这些作品无法直接接触革命和斗争中翻身起来的作为历史的新主体的农村和农民，也尚未在新的革命和斗争的新形势中使自身得到改变，因而在对工人、农民和士兵的描写方面往往陷于旧有的模式中，或者对农村作田园诗式的描绘，或者对工人作流浪汉式的发挥，用胡绳和林默涵的话来说就是，它们不能反映人民群众的新的觉醒过程与正在进行的轰轰烈烈的斗争，反而对这种斗争的现实作了歪曲的、抽象的描写，这就在客观上造成了相反的效果，那就是，这种抽象的描写"神秘化了"正在翻身起来的农村和农民，而这跟进步文学试图反映客观现实和表现历史发展的趋势的初衷是完全不相符的。①

胡绳、邵荃麟所说的国统区进步文艺界的两种不良倾向之一就是胡风、路翎所代表的提倡发扬主观的文艺，另一种则是姚雪垠、臧克家等人的所谓"客观主义、公式主义"的文艺，胡绳和邵荃麟把这两种文学倾向的根源都归结为"小资产阶级的个人主义"，认为是个人主义的思想在文艺上的表现。在指出国统区左翼文艺和革命现实之间存在的差距和提出文艺应该反映翻身起来的农村和农民这一新方向之后，胡绳和邵荃麟把以上两种倾向的文艺都归在"小资产阶级的个人主义的文艺"这一类中。应该说，在反映解放战争新形势下的农村和农民这一标准下，"主观论"和姚雪垠等的创作确实存在胡绳和邵荃麟所说的这些问题，但它们是不是可以用"小资产阶级的个人主义的文艺"这样一个标签来界定呢？

---

① 胡绳：《评路翎的短篇小说》，载《大众文艺丛刊》1948年第1辑；林默涵：《评臧克家的〈泥土的歌〉》，载《大众文艺丛刊》1948年第1辑。

路翎认为，问题是存在的，"但不是胡老爷所提出的那样问题"。① 姚雪垠、臧克家等人在抗战时期的某些文艺创作是被胡风等人当成"客观主义"、"公式主义"的代表而进行批判的，现在胡风和路翎本人也和他们所批判的对象一道，成为了不良倾向的代表，这是胡风、路翎等人对香港批判进行反批评的原因之一。但更重要的原因则是，胡绳和邵荃麟等人在指出国统区左翼文艺存在的问题之后，在分析这些错误倾向的根源时，所使用的那个理论框架是有问题的。也就是说，虽然在文艺问题上，香港批判似乎完全是以毛泽东的《在延安文艺座谈会上的讲话》为基础的，讲话也从理论上清晰地、有力地论证了文艺的新方向，但由于毛泽东的讲话并没有针对国统区特定的文艺和社会现实，所以在用以评价国统区文艺现象时就会出现理论上的真空现象，胡绳和邵荃麟在这里是借用了科尔瑙的"资产阶级没落文艺"的框架来填补这一空白，但科尔瑙的这一理论显然是无法对国统区抗战文艺作出恰当的分析的，这也是胡风和路翎等人无法信服"香港批判"的主要原因。

在毛泽东的《在延安文艺座谈会上的讲话》所界定的人民文艺的大框架之下，如何对国统区抗战十年的文艺作出一个恰当的评价呢？由于解放战争中革命形势的迅速发展，国统区的左翼阵营还没有来得及就这一问题形成一个共识性的评价体系，就在政治和思想的新的分化浪潮中被裹挟而去了。而因为这一评价体系的缺失，论辩各方在文艺新方向的标题之下，都坚持着自己或多或少的合理性。就像路翎所说的，"我近来想，我们应该感觉到我们的缺点，但总也感觉到，在文学思想和理论上我们是对的。"那么，路翎是不是没有认识到革命的新形势和文艺的新方向呢？好像又不是，因为他接着说，"但我们也不能做保守者。伟大的现实的新的迫力我们应该感觉到。我们和过去相通，但不怀念过去。今天所崛起的人民间的新的英雄，比起我们过去的英雄们来是要伟大得多的。我们所可惜的是，

---

① 路翎1948年3月23日致胡风的信，见路翎：《致胡风书信全编》，大象出版社2004年版，第171页。

现在的文学把这些新英雄们弄得那样单薄可怜。"①

我们可以说,"香港批判"是在文艺的新方向之下,进步文艺界内部的争论,目的是要克服文艺落后革命形势发展的问题,但它所反映出来的问题是,在人民文艺这个一致的标题之下,缺乏一个恰当的评价国统区抗战文艺的理论和价值体系,"香港批判"中关于胡风"主观论"问题的论争向我们显示了这一点,而这样一个评价体系的缺失所造成的影响在今天我们依然可以感觉到,对胡风问题的评价,对张爱玲、沈从文、钱钟书和抗战时期各种文学思潮和文学团体的评价都显示了这一点。

---

① 路翎1949年11月20日致阿垅的信,见路翎:《路翎书信集》,张以英编注,漓江出版社1989年版,第118—119页。

参考文献

中文期刊：

《大公报》（重庆）
《大众文艺丛刊》
《读书与出版》
《工作与学习》
《郭沫若研究》
《呼吸》
《荒鸡小集》
《抗战文艺》
《抗战文艺研究》
《蚂蚁小集》
《萌芽》
《民族文学》
《民主与科学》
《泥土》
《七月》
《青年文艺》

《群众》

《思想与时代》

《文化先锋》

《文化杂志》

《文哨》

《文艺先锋》

《文艺杂志》

《文艺阵地》

《希望》

《新华日报》

《雪风》

《战国策》

《中国文化》

《中苏文化》

《中央周刊》

《中原》

《中原、希望、文艺杂志、文哨联合特刊》

中文论著：

阿垅：《阿垅诗文集》，人民文学出版社2007年版。

阿垅：《后虬江路文辑》，宁夏人民出版社2007年版。

阿垅：《垂柳巷文集》，武汉出版社2006年版。

阿垅：《南京血祭》，人民文学出版社1987年版。

阿垅：《第一击》，海峡文艺出版社1985年版。

阿垅：《人和诗》，上海书报杂志联合发行所1949年版。

艾思奇：《大众哲学》，人民出版社2004年版。

艾晓明：《中国左翼文学思潮探源》，北京大学出版社2007年版。

蔡仪主编：《中国抗日战争时期大后方文学书系》第二编《理论·论

争》第一集,重庆出版社1989年版。

陈立夫:《唯生论》(上),正中书局1947年版。

陈立夫:《生之原理》,正中书局1945年版。

陈铨:《陈铨代表作》,于润崎选编,华夏出版社1999年版。

陈铨:《野玫瑰》,上海文艺出版社1989年版。

陈铨:《从叔本华到尼采》,大东书局1946年版。

陈铨:《中德文学研究》,商务印书馆1936年版。

厨川白村:《苦闷的象征》,鲁迅译,百花文艺出版社2000年版。

德里克:《革命与历史:中国马克思主义历史学的起源》,翁贺凯译,江苏人民出版社2005年版。

德里克:《中国革命中的无政府主义》,孙宜学译,广西师范大学出版社2006年版。

丁玲:《魍魉世界》,湖南人民出版社1987年版。

杜赞奇:《从民族国家拯救历史:民族主义话语与中国现代史研究》,王宪明等译,社会科学文献出版社2003年版。

冯友兰:《三松堂全集》,河南人民出版社1986年版。

耿德华:《被冷落的缪斯》,张泉译,新星出版社2006年版。

郭沫若:《十批判书》,群益出版社1947年版。

郭沫若:《郭沫若全集》,人民出版社1982年版。

郭沫若:《沫若文集》,人民文学出版社1958年版。

郭沫若:《郭沫若佚文集:1906—1949》,王锦厚等编,四川大学出版社1988年版。

郭沫若研究学会(乐山)、重庆地区中国抗战文艺研究会合编:《抗战时期的郭沫若论文集》,四川省社会科学院出版社1985年版。

郭沫若研究学会编:《郭沫若与儒家文化》,山东人民出版社1994年版。

桂遵义:《马克思主义史学在中国》,山东人民出版社1992年版。

河上肇:《社会组织与社会革命》,郭沫若译,商务印书馆1951年版。

贺桂梅:《转折的时代:40—50年代作家研究》,山东教育出版社

2003年版。

贺麟:《五十年来的中国哲学》,商务印书馆2002年版。

贺麟:《文化与人生》,商务印书馆1947年版。

洪子诚:《问题与方法》,三联书店2002年版。

胡风:《胡风全集》(十卷本),湖北人民出版社1999年版。

胡风:《胡风家书》,复旦大学出版社2007年版。

胡风:《致路翎书信全编》,大象出版社2004年版。

胡风:《胡风评论集》,人民文学出版社1984年版。

胡风:《罗曼·罗兰》,上海新新出版社1946年版。

胡风编:《民族形式讨论集》,华中图书公司1941年版。

胡绳:《胡绳全书》,人民出版社1998年版。

胡绳:《胡绳文集(1935—1948)》,重庆出版社1990年版。

胡绳:《理性与自由:文化思想批评论文集》,华夏书店1946年版。

胡绳:《在重庆雾中》,重庆生生出版社1946年版。

胡乔木:《胡乔木回忆毛泽东》,人民出版社2003年版。

侯外庐:《中国古代思想学说史》,辽宁教育出版社1998年版。

侯外庐:《韧的追求》,三联书店1985年版。

侯外庐:《中国古典社会史论》,五十年代出版社1943年版。

黄乔生:《鲁迅与胡风》,河北人民出版社2003年版。

黄敏兰:《学术救国——知识分子历史观与中国政治》,河南人民出版社1995年版。

黄药眠:《论约瑟夫的外套》,人间书屋1948年版。

黄药眠:《论走私主义的哲学》,求实出版社1949年版。

黄药眠:《黄药眠口述自传》,蔡彻撰写,中国社会科学出版社2003年版。

季进、曾一果:《陈铨:异邦的借镜》,文津出版社2005年版。

翦伯赞:《历史哲学教程》,新中国书局1949年版。

蒋介石:《中国之命运》,正中书局1943年版。

江沛:《战国策派思潮研究》,天津人民出版社2001年版。

雷海宗：《中国文化与中国的兵》，商务印书馆1940年版。

李长之：《迎中国的文艺复兴》，上海商务印书馆1946年版。

李泽厚：《中国现代思想史论》，天津社会科学出版社2003年版。

李书磊：《1942：走向民间》，山东教育出版社1998年版。

李怡：《七月派作家评传》，重庆出版社2000年版。

联共（布）中央特设委员会编：《联共（布）党史简明教程》，人民出版社1975年版。

列宁：《列宁选集》，人民出版社1995年版。

列宁：《列宁论作家》，吕荧辑译，上海新文艺出版社1952年版。

林同济：《时代之波》，大东书局1946年版。

刘成友：《现实主义思潮中的胡风和路翎》，武汉大学博士论文1999年。

鲁迅：《鲁迅全集》，人民文学出版社2005年版。

鲁贞银：《胡风文学思想及理论研究》，复旦大学博士论文2000年。

卢卡奇：《历史与阶级意识》，杜章智等译，商务印书馆1992年版。

罗梅君：《政治与科学之间的历史编纂：30和40年代中国马克思主义历史学的形成》，孙立新译，山东教育出版社1997年版。

罗义俊编著：《评新儒家》，上海人民出版社1989年版。

罗钢：《历史汇流中的抉择》，中国社会科学出版社2000年版。

路翎：《财主底儿女们》，人民文学出版社2004年版。

路翎：《致胡风书信全编》，大象出版社2004年版。

路翎：《路翎文集》，朱珩青编选，华夏出版社2000年版。

路翎：《路翎书信集》，张以英编注，漓江出版社1989年版。

路翎：《燃烧的荒地》，作家出版社1987年版。

路翎：《路翎剧作选》，中国戏剧出版社1986年版。

路翎：《战争，为了和平》，中国文联出版公司1985年版。

路翎：《朱桂花的故事》，作家出版社1955年版。

路翎：《英雄母亲》，上海泥土社1951年版。

路翎：《在铁链中》，上海海燕书店1949年版。

路翎：《饥饿的郭素娥》，上海希望社1947年版。

路翎：《求爱》，上海海燕书店1946年版。

路翎：《青春的祝福》，南天出版社1945年版。

路莘：《人在文坛：耿庸纪传》，山西人民出版社1999年版。

绿原、牛汉编：《白色花》，人民文学出版社1981年版。

吕荧：《吕荧文艺与美学论集》，上海文艺出版社1984年版。

吕荧：《文学的倾向》，上海书报杂志联合发行所1950年版。

吕荧：《人的花朵》，上海新新出版社1948年版。

马克思、恩格斯：《马克思恩格斯选集》，人民出版社1995年版。

马克思、恩格斯：《德意志意识形态》，人民出版社1961年版。

马克思：《德意志意识形态》，郭沫若译，群益出版社1947年版。

马克思：《政治经济学批判》，郭沫若译，群益出版社1947年版。

马克思：《艺术的真实》，郭沫若译，群益出版社1947年版。

毛泽东：《毛泽东选集》，人民出版社1991年版。

毛泽东：《论文艺问题》，新华书店1949年版。

茅盾、于潮等著：《方生未死之间》，小雅出版社1947年版。

茅盾：《腐蚀》，人民文学出版社1989年版。

茅盾：《茅盾文艺杂论集》，上海文艺出版社1981年版。

茅盾：《茅盾评论文集》，人民文学出版社1978年版。

茅盾：《我走过的道路》，人民文学出版社1984年版。

梅志：《胡风沉冤录》，中国社会科学出版社1989年版。

梅志：《胡风传》，北京十月文艺出版社1998年版。

民革中央孙中山研究学会重庆分会编著：《重庆抗战文化史》，团结出版社2005年版。

倪伟：《"民族"想象与国家统制——1928—1948年南京政府的文艺政策及文学运动》，上海教育出版社2003年版。

聂绀弩：《脚印》，人民文学出版社1986年版。

钱穆：《国史大纲》，商务印书馆1994年版。

钱理群：《1948：天地玄黄》，山东教育出版社1998年版。

乔冠华、章含之：《那随风飘去的岁月》，上海学林出版社1997年版。

荃麟、胡绳等：《批评论文选集》，新中国书局1949年版。

四川省社会科学院编：《国统区抗战文艺研究论文集》，重庆出版社1984年版。

四川省社会科学院文学研究所抗战文艺研究室编：《抗战文艺报刊篇目汇编》（续一），四川省社会科学院出版社1986年版。

沙汀：《困兽记》，人民文学出版社1963年版。

沙汀：《淘金记》，作家出版社1954年版。

沙汀：《还乡记》，上海文化生活出版社1950年版。

邵荃麟：《邵荃麟评论选集》，人民文学出版社1981年版。

舒芜：《挂剑集》，海燕书店1947年版。

舒芜：《回归五四》，辽宁教育出版社1999年版。

舒芜：《舒芜口述自传》，许福芦撰写，中国社会科学出版社2002年版。

舒芜：《碧空楼书简》，凤凰出版社2003年版。

史景迁：《天安门》，中央编译出版社1998年版。

苏光文：《大后方文学论稿》，西南师范大学出版社1994年版。

唐文权：《觉醒与迷误——中国近代民族主义思潮研究》，上海人民出版社1993年版。

谭洛非编：《抗战时期的郭沫若》，四川省社会科学院1985年版。

田亮：《抗战时期史学研究》，人民出版社2005年版。

王瑶：《中国新文学史稿》，上海新文艺出版社1953—1954年版。

王丽丽：《在文艺与意识形态之间：胡风研究》，中国人民大学出版社2003年版。

王培元：《延安鲁艺风云录》，广西师范大学出版社2004年版。

王凡西：《双山回忆录》，中国社会科学出版社2004年版。

王明：《中共50年》，中国社会科学出版社2004年版。

王训昭等编：《郭沫若研究资料》，中国社会科学出版社1986年版。

王大明等编：《抗战文艺报刊篇目汇编》，四川省社会科学院出版社

1984 年版。

汪晖：《反抗绝望——鲁迅及其文学世界》，河北教育出版社 2000 年版。

汪晖：《现代中国思想的兴起》，三联书店 2004 年版。

万同林：《殉道者》，山东画报出版社 1998 年版。

温儒敏：《中国现代文学批评史》，北京大学出版社 1993 年版。

温儒敏、丁晓萍编：《时代之波——战国策派文化论著辑要》，中国广播电视出版社 1995 年版。

文天行：《国统区抗战文学运动史稿》，四川教育出版社 1988 年版。

文振庭、范际燕主编：《胡风论集》，中国社会科学出版社 1991 年版。

吴伯箫编：《郭沫若在重庆》，青海人民出版社 1982 年版。

吴福辉编：《沙汀日记》，山西教育出版社 1997 年版。

吴腾凰、杨连成：《美的殉道者：吕荧》，燕山出版社 1989 年版。

无名氏：《北极风情画》，上海文艺出版社 1989 年版。

夏衍：《懒寻旧梦录》（增补本），三联书店 2000 年版。

晓风主编：《我与胡风》（增补本），宁夏人民出版社 2003 年版。

晓风、晓谷、晓山：《我的父亲胡风》，春风文艺出版社 2001 年版。

谢冕、杨匡汉主编：《中国新诗萃：50 年代—80 年代》，人民文学出版社 1985 年版。

徐懋庸：《徐懋庸回忆录》，人民文学出版社 1982 年版。

徐文玉：《胡风论》，湖北人民出版社 2005 年版。

徐庆全：《知情者眼中的周扬》，经济日报出版社 2003 年版。

许纪霖、李琼编：《天地之间——林同济文集》，复旦大学出版社 2004 年版。

姚雪垠：《差半车麦秸》，人民文学出版社 2001 年版。

姚雪垠：《长夜》，人民文学出版社 1981 年版。

姚雪垠：《记卢熔轩》，怀正文化社 1947 年版。

姚雪垠：《牛全德与红萝卜》，怀正出版社 1947 年版。

姚雪垠：《重逢》，东方书社 1947 年版。

姚雪垠：《春暖花开的时候》，现代出版社1946年版。

姚雪垠：《戎马恋》，大东书局1946年版。

姚北桦等编：《姚雪垠研究专集》，黄河文艺出版社1985年版。

严家炎：《中国现代小说流派史》，人民文学出版社1995年版。

杨义：《中国现代小说史》，中国社会科学出版社2007年版。

杨义等编：《路翎研究资料》，北京十月文艺出版社1993年版。

杨淡以编：《杨荣国教授学术论文选》，中山大学出版社2002年版。

杨力（贾值芳）：《人生赋》，海燕书店1947年版。

叶启良：《论七月派小说创作》，中国社会科学院博士论文2002年。

殷克琪：《尼采与中国现代文学》，洪天福译，南京大学出版社2000年版。

臧克家：《泥土的歌》，上海星群出版公司1946年版。

臧克家：《臧克家回忆录》，中国工人出版社2004年版。

张定华等：《中国抗日战争时期大后方出版史》，重庆出版社1999年版。

张业松：《胡风问题研究》，复旦大学博士后研究工作报告2002年。

张业松编：《路翎批评文集》，珠海出版社1998年版。

曾凡解：《悖论中的胡风——胡风文艺思想内在矛盾剖析》，武汉大学博士论文2000年。

郑惠：《程门立雪忆胡绳》，中央民族大学出版社2003年版。

郑惠、姚鸿编：《思慕集——怀念胡绳文辑》，社会科学文献出版社2003年版。

支克坚：《胡风论》，广西教育出版社2000年版。

斯大林：《斯大林文集（1934—1952）》，人民出版社1985年版。

中国社会科学院文学所编：《"两个口号"论争资料选编》，人民文学出版社1982年版。

中国社会科学院文学所编：《左联回忆录》，中国社会出版社1982年版。

中国社会科学院新闻所编：《中国共产党新闻工作文件汇编》，北京新华出版社 1980 年版。

中国社会科学院科研局组织编选:《侯外庐集》,中国社会科学出版社 2001 年版。

中国作家协会上海分会编:《胡风文艺思想批判》,新文艺出版社 1955 年版。

中华全国文学艺术工作者代表大会宣传处编:《中华全国文学艺术工作者代表大会纪念文集》,新华书店 1950 年版。

中华全国文艺协会编:《五四谈文艺》,中华全国文艺协会 1948 年。

周健强:《聂绀弩传》,四川人民出版社 1987 年版。

周燕芬:《执守·反拨·超越——七月派史论》,中华书局 2003 年版。

周扬:《周扬文集》,人民文学出版社 1985 年版。

周肖鸥:《辩证唯物论之透视》,正中书局 1942 年版。

朱珩青:《路翎传》,大象出版社 2003 年版。

作家出版社编辑部编:《胡风文艺思想批判论文汇集》(六卷本),作家出版社 1955 年版。

英文论著:

Kirk A. Denton, *The Problematic of Self in Modern Chinese Literature*: *Hu Feng and Lu Ling*, Stanford University Press, 1998.

Arif Dirlik, *The Origins of Chinese Communism*, New York: Oxford University Press, 1989.

Tsi-an Hsia, *The Gate of Darkness*: *Studies on the Leftist Literary Movement in China*, Seattle: University of Washington Press, 1968.

Leo Ou-fan Lee, ed. *Lu Xun and His Legacy*, University of California Press, 1985.

Benjamin Schwartz, *Chinese Communism and the Rise of Mao*, Cambridge: Harvard University Press, 1951.

Shu Yunzhong, *Buglers on the Home Front*: *The Wartime Practice of the*

Qiyue School, State University of New York Press, 2000.

Slavoj Zizek, Introduction of *On Practice and Contradiction*, Verso: London and New York, 2007.

后　记

这本论文写完之后，我一直以为它最可能的命运就是留在国家图书馆和学校图书馆的论文库里，等待老鼠的牙齿的批判，因为现在要出版这样的学位论文实在很困难。中央编译局出版基金愿意资助本书的出版，对我来说，是一件很受鼓舞的事，因为这意味着这本论文将有机会呈现在更广大的读者面前，将有机会与更多的人进行交流，当然这也意味着将接受更大范围的检视，想到这一点，在高兴之余，心里又不免有些忐忑。

我是从硕士时期的西方文论方向转而攻读中国现当代文学的博士研究生的，虽然一直都是在中文系的范围内接受训练，但之前对中国现代文学只是限于一般程度的了解，没有专门的研究，所以刚开始要确定具体的研究对象时还是很困难的。在这里我要感谢我的导师罗钢教授，是他建议我从胡风问题入手来切入中国现代文学史研究的，因为胡风的问题虽然已经得到了平反，但胡风研究中聚集的传统的、异端的、反思性的各种视角对于重读中国现代文学史或者说重新理解中国近现代史都是大有裨益的，它们使平滑的历史叙述断裂开来，显示了现代文学史是如何构建起自己的传统的，又是如何不断地进行修正的。

在阅读的过程中，我不断地被我所接触到的材料"教育"和"修正"着，它们不断地刷新着我原有的知识判断。这可能是因为我在这个领域是个新来者，所以很多在别的研究者眼中很普通、很习以为常的东西却不断地给我造成"震惊"效果,构成我的各种问题。胡风等人提倡主观战斗精神有好几个对立面,他们所反对的姚雪垠、沙汀、茅盾的文学创作中存在的问题,我读了之后也颇为认同,但他们认为郭沫若的儒墨研究对儒家精神的肯定是丧失了一个马克思主义者应有的立场,是向国民政府的民族主义的妥协,体现了机会主义和教条主义的倾向,我不大能够理解。于是我就去读郭沫若的《青铜时代》和《十批判书》,去读他和侯外庐关于屈原思想的论争,我发现教条主义并不像胡风和舒芜说的那么简单和绝对。"才子集团"在"主观论"提出时把胡风等人引为同道,但在"香港批判"中却反戈一击,成为批判胡风等人的文艺观的主要力量,被认为是用"香港批判"给自己"洗了手"。这样的转变是否仅限于道德层面的执守与背叛呢?因为在"生活态度论"和"香港批判"两个时期,乔冠华、胡绳等人都发表了大量的理论文章来阐述他们的观点和立场,如果忽略这些观点的具体内容,仅从胡风这一面的感受出发来理解问题,不免有些偏颇。于是我又去读乔冠华等人的《方生未死之间》、《论生活态度与现实主义》、《感性生活与理性生活》、《唯物论与唯"唯物"的思想论》,去读《大众文艺丛刊》等刊物上的文章。最后,这本以胡风的"主观论"为题的论文花了很大的篇幅来论述郭沫若和侯外庐关于儒墨问题的争论,花了很大的篇幅来讲"才子集团"的生活态度论和"香港批判",这让人看上去似乎觉得有些奇怪。

  应该说,这样的结构是由于我自己的兴趣而造成的,在阅读的过程中,我对这些问题感到困惑,而论文的写作则是对我自己的这些疑问的解答,但这并不是说这些问题之间的联系是很随意的,也不是说论文的风格是非常个人化的。在胡风研究中,对胡风文艺思想及论争的梳理已经很多了,但对与之相关的思想论争却很少提及,而没有对国统区左翼阵营中思想论争的大背景的了解,单纯从文艺思想出发,很难对胡风等人的理论贡献作出客观的、历史的评价。本书对郭沫若儒墨研究、"才子集团"等问题的探讨可以说发掘了这些隐含的历史联系,对已有的研究形成了一定的补充。

  在阅读和写作的过程中,我也逐渐涉及马克思主义中国化的问题。我发现，不管是胡风，还是他所批判的对立面，大家都是在用马克思主义的话语表述自己的主张，或者说，是在马克思主义的框架内从事创作和研究的。而且，马克思主义的中国化在当时也作为一个问题提出而得到了公开的讨论，那么，可不可以在中国化这一标题下来认识胡风和郭沫若等人之间的论争呢？大家就某一问题或某一现象所作的争论，与其说是真假马克思主义的，不如说是在马克思主义的框架内所提出的对问题的不同看法，而所有这些努力都构成了马克思主义中国化不可分割的部分。我的这一观点受到了一些同志的批判，他们认为我脱离了延安整风和建国之后的各种斗争的语境，漠视了胡风等人因此在身体和精神上遭受的痛苦，轻飘飘地得出了一个和谐的结论。看到这些评论，我也作了反省，我当然没有经历过以上所说的历次斗争的折磨，但我无意于忽视这一历史，对这些问题的探讨正是为了还原历史，因为真正的马克思主义者不会因为自己遭受的苦难和不公正而否定自己之前对革命理想的追求，而经历了各种磨难的胡风等人也始终没有放弃自己对共产主义的信仰。

我发现，尽管当时国统区的左翼阵营经常就马克思主义的各种问题展开论争，批判马克思主义中的各种偏向，但我们很难从理论上判断哪一种马克思主义是正确的，哪一种是错误的，因为不同理论家借用了马克思主义中的不同资源，针对的是问题的不同层面，比如胡风等人抵制儒学是因为国民政府把儒学视为官方意识形态，他们认为提倡儒家精神或儒学有投降主流意识形态的危险。而郭沫若则从历史唯物主义出发，认为儒学在孔孟时代代表了生产力发展的方向，具有进步的意义。这可以说是不同的视角和主体位置的问题，当然对儒学历史的肯定可能会被主流意识形态挪用，历史研究在很多时候都遭遇了这一困境；但我们也可以说对儒学历史的肯定正是对抗战时期复兴的儒学意识形态的否定和批判，因为它表明儒学或儒家精神所依附的那种生产力发展已经消失了，儒学或儒家精神在现代生产力发展水平面前是落后时代的，因此儒学在现代的复兴需要我们作出更具体的分析。

"才子集团"的乔冠华等人在"主观论"时期提倡发扬人的主体性中积极能动的方面，以改变当时国统区左翼知识分子中低沉消极的局面；而在"香港批判"中提倡改造知识分子,文艺为工农兵服务,我以为,这是处于革命发展的不同阶段的问题。在抗战时候,大后方的知识分子看不到革命的出路,生活上也很窘迫,受到各方面的打压,提倡发扬主观、振作精神在当时是具有积极意义的。而在抗战胜利后"一个时代,两个中国"的局面下,农民作为新主体已经登上了历史发展的舞台。《李有才板话》、《太阳照在桑干河上》中的普通农民,一改"五四"以来文学作品中的农民形象,健康、开朗、有尊严,成为自己命运的主人,这大概是多少年来进步知识分子梦寐以求的农民形象,他们实现了"五四"以来知识分子要求改变国民性的梦想。而这种改变并不是靠知识分子来完成的,是农民自己在革命斗争中实现的,知识分子在这一转变中并没有成为领路人,而成为了落后者,因此启蒙的任务变成了知识分子自身的改造问题。路翎笔下的农民跟现实生活中新涌现的这些农民形象显然是有差距的,路翎自己也意识到了这一问题,他对革命形势发展中的人民运动和新世界也是满怀向往的,他也提出,"今天所崛起的人民间的新的英雄,比起我们过去的英雄们来是要伟大得多的"①。路翎这一时期的小说集《在铁链中》也有部分小说开始描写主人公向新道路的转变,当然处理得还是比较模糊。

  不同的理论家处于不同的主体位置,处于革命发展的不同阶段,这都会给他自身的观点带来局限性,而他在这一语境中对马克思主义的理解和阐发也带有局限性。然而,本书要表达的不仅仅是这一层面的意义,它还指出了国统区的马克思主义中国化相对于延安的马克思主义中国化所具有的一个特点,如果说延安的马克思主义中国化更注重实践,那么国统区知识分子的马克思主义中国化更多地强调人的主体性中能动性的、情感性的一面。这一特点具体地是由国统区思想界的状况决定的。当第三国际由于反法西斯统一阵线而解散、苏联转向"一国社会主义"后,民族主义的理论和实践就对马克思主义构成了巨大的挑战。当时的国民政府和各种民族主义思潮诉诸人们的情感,进行群众动员,左翼知识分子如何在这一领域中表达和发展自己的观点,争取话语权,教育自己并动员群众,这就成了

---

① 路翎:《路翎书信集》,张以英编注,漓江出版社1989年版,第118—119页。

摆在许多理论家面前的迫切的问题。胡风和"才子集团"的乔冠华、胡绳等人从马克思和恩格斯的意识形态理论和鲁迅以来的左翼传统中借鉴了资源,发展了马克思主义中主体性的、情感性的一面,以应对民族主义对感性和情感的诉求,可以说在这一领域作了有益的探索,而对人的主体性、人道主义的探索这一线索在中国的马克思主义发展中也从未停止过。

  我的论文原来是想探讨中国的马克思主义与民族主义之间的关系问题,因为在当代中国,马克思主义与民族主义话语之间似乎不存在什么矛盾,我们从小接受的爱国主义教育和我们所信仰的马克思主义之间的一致性似乎是不言自明的,国外一些媒体在评论中国当前的一些社会现象时也经常会使用社会主义中国的民族主义等字眼,但是在接触抗战时期的文献的过程中,我发现,民族主义在当时作为国民政府的官方意识形态,给左翼阵营的马克思主义带来了很多挑战,尤其是在团结民众、反抗侵略等社会现实问题方面。当毛泽东提出"国际主义的共产党员,是否可以同时又是一个爱国主义者"这一问题,并引起关于"民族形式"的大讨论时,马克思主义与民族主义之间的关系无疑是值得探讨的,而当时确实从两个方面出发都进行了很多的讨论,马克思主义的中国化问题也是因此而得到热烈讨论的。但由于时间和精力的限制,我的论文只涉及了胡风等人从马克思主义立场出发对民族主义所作的理论回应,民族主义只是作为背景出现,没有涉及民族主义理论方面的详细论述,因此可以说,在马克思主义与民族主义这一问题上,我的论文只触及了冰山的一角。

  从胡风到马克思主义的中国化与民族主义,我的论文在漫长的写作过程中离一开始的设想已经很远了,很多设想都在材料面前被推翻,很多观点也经历了艰难的求证过程,但这一过程对我来说是有益的,它改变了我对很多问题的看法,不仅是重新认识历史的问题,甚至是重新认识当前社会上的一些现象的问题,我想,这应该是做论文给我带来的最大的收获。

  感谢我的导师罗钢教授在论文写作过程中的悉心指导,虽然论文在很多方面离他的要求还有很大差距。感谢出席我的论文选题报告会并提出宝贵意见的蓝棣之、汪晖、解志熙、格非教授,感谢审读我的预答辩论文并给予肯定、鼓励和具体修改意见的张海明、邹红、解志熙、格非教授,感谢出席我的论文答辩会的李今、钱振纲、格非、解志熙、张玲霞教授,他们对论文的评议使我深受鼓舞,虽然他们提出的很多修改建议我还没有来得及在本书中完全体现出来,有待将来的进一步完善。感谢张松建博士在论文答辩会上担任答辩秘书。

感谢华南师范大学刘纳先生对论文进一步修改提出的宝贵意见。

感谢《中国现代文学研究丛刊》刘慧英老师、《文艺研究》戴阿宝先生和《生产》主编汪民安先生,他们使本论文的部分章节得以发表,给了我很大的鼓励。

感谢赖海榕先生为本论文申请出版基金撰写的热情洋溢的推荐信,感谢郗卫东老师在本论文申请出版基金的过程中所给予的鼓励与支持,感谢中央编译局出版基金资助本论文的出版。

感谢中央编译局李其庆老师、刘元琪先生、徐洋先生、周艳辉女士以及《国外理论动态》杂志全体同仁一直以来对我的帮助,他们严谨、执着的工作态度始终影响着我,使我一刻也不敢放松对自己的要求。

感谢中国社会科学院马克思主义研究院刘淑春老师一直以来对我的关心和帮助。感谢本书责任编辑贾宇琰女士,因为她细致、耐心的工作,本书才得以顺利出版。

感谢各位同窗好友和我的家人。

最后,我要把这本书送给我的女儿。当我写作学位论文时,她在这个世界上还根本不存在,而当本书最后出版时,她已经 2 岁半了。因为她,我所做的这一切才有意义。

2011 年 4 月

图书在版编目(CIP)数据

马克思主义与主体性——抗战时期胡风的"主观论"研究/黄晓武著.
—北京:中央编译出版社,2012.12
ISBN 978－7－5117－1560－9

Ⅰ.①马…
Ⅱ.①黄…
Ⅲ.①胡风(1902~1985)－文艺思想－文学评论
Ⅳ.①I206.6

中国版本图书馆 CIP 数据核字(2012)第 319366 号

马克思主义与主体性——抗战时期胡风的"主观论"研究

出 版 人	刘明清
出版统筹	谭　洁
责任编辑	贾宇琰
责任印制	尹　珺
出版发行	中央编译出版社
地　　址	北京西城区车公庄大街乙 5 号鸿儒大厦 B 座(100044)
电　　话	(010)52612345(总编室)　(010)52612375(编辑室)
	(010)66161011(团购部)　(010)52612332(网络销售)
	(010)66130345(发行部)　(010)66509618(读者服务部)
网　　址	www.cctphome.com
经　　销	全国新华书店
印　　刷	北京金瀑印刷有限责任公司
开　　本	787 毫米×960 毫米　1/16
字　　数	187 千字
印　　张	12.75
版　　次	2012 年 12 月第 1 版第 1 次印刷
定　　价	39.00 元

本社常年法律顾问:北京市吴栾赵阎律师事务所律师　闫军　梁勤
凡有印装质量问题,本社负责调换,电话:(010)66509618